Debbie Macomber
Después del fuego

Editado por Harlequin Ibérica.
Una división de HarperCollins Ibérica, S.A.
Núñez de Balboa, 56
28001 Madrid

© 2006 Debbie Macomber. Todos los derechos reservados.
DESPUÉS DEL FUEGO, N° 93 - 1.2.10
Título original: 6 Rainier Drive
Publicada originalmente por Mira Books, Ontario, Canadá.
Traducido por Sonia Figueroa Martínez

Todos los derechos están reservados incluidos los de reproducción, total o parcial. Esta edición ha sido publicada con permiso de Harlequin Enterprises II BV.
Todos los personajes de este libro son ficticios. Cualquier parecido con alguna persona, viva o muerta, es pura coincidencia.
™ TOP NOVEL es marca registrada por Harlequin Enterprises Ltd.

® y ™ son marcas registradas por Harlequin Enterprises Limited y sus filiales, utilizadas con licencia. Las marcas que lleven ® están registradas en la Oficina Española de Patentes y Marcas y en otros países.

I.S.B.N.: 978-84-671-7922-4
Depósito legal: B-46700-2009

Para Martha Powers, mi compañera de caminatas
y dietas... y lo mejor de todo, mi amiga

CAPÍTULO 1

Justine Gunderson despertó de golpe de un profundo sueño, y tuvo la vaga sensación de que pasaba algo malo. Cuando lo recordó todo al cabo de un momento, sintió una intensa tristeza, y siguió tumbada en la cama con la mirada fija en el techo mientras intentaba asimilar la situación. El Lighthouse, el restaurante por el que Seth y ella se habían desvivido, estaba destruido. Había quedado hecho cenizas una semana atrás, en un incendio que había iluminado el cielo nocturno en kilómetros a la redonda... un incendio que había sido provocado por un saboteador que aún no había sido identificado.

Ni siquiera tuvo que mirar para saber que su marido no estaba a su lado en la cama. Sólo hacía una semana desde el incendio, pero daba la impresión de que había pasado un mes, un año, una vida entera. Estaba convencida de que Seth había dormido tres o cuatro horas al día como mucho desde que habían recibido la devastadora llamada de teléfono.

Apartó a un lado la sábana, y se levantó de la cama poco a poco; según el despertador digital, eran apenas las cuatro de la madrugada. La luz de la luna se filtraba por una rendija de las cortinas, y proyectaba formas sobre las paredes del dormitorio.

Después de meter los brazos en las mangas de la bata, fue en busca de su marido; tal y como esperaba, lo encontró en la sala de estar, paseándose sin cesar de la chimenea a la ventana y viceversa con una actitud cargada de tensión. Él siguió caminando cuando la vio, y apartó la mirada como si fuera incapaz de mirarla cara a cara. Era obvio que no quería tenerla cerca en ese momento, desde el incendio parecía un hombre distinto que apenas se parecía a su marido.

—¿No puedes dormir? –le preguntó en voz baja, por miedo a despertar a su hijo de cuatro años. Leif tenía el sueño muy ligero, y a pesar de que era demasiado pequeño para entender lo que había pasado, notaba de forma instintiva que sus padres estaban alterados.

—Quiero averiguar quién ha hecho esto, y por qué –Seth apretó los puños, y se volvió a mirarla como si esperara que ella pudiera darle una respuesta.

Justine se colocó un mechón de pelo largo y liso detrás de la oreja, y se sentó en la mecedora en la que tiempo atrás solía amamantar a su hijo.

—Sí, yo también –jamás le había visto tan alterado.

Su marido tenía ascendencia sueca, era muy rubio y corpulento; debía de medir más de uno noventa y cinco, y sus anchos hombros iban en consonancia con el resto de su cuerpo. Había trabajado de pescador, pero poco después de la boda habían decidido abrir el restaurante. El Lighthouse había sido el sueño de Seth, y con el apoyo financiero de sus padres lo había invertido todo... su capacidad de trabajo, sus emociones, los ahorros de ambos... en aquel proyecto; por su parte, ella le había apoyado en todo.

Al principio, cuando Leif aún era un bebé, ella se había ocupado de la contabilidad y de las nóminas; sin embargo, cuando el niño había alcanzado la edad suficiente para ir a la guardería, había asumido un papel más activo, y había empezado a trabajar de maître y a echar una mano cuando faltaba algún empleado.

—¿Quién ha podido hacer algo así? –dijo él.

Ella se preguntaba lo mismo, no alcanzaba a entender por qué les habían atacado así; que ella supiera, no tenían enemigos, y tampoco rivales serios. Le costaba mucho creer que el incendiario hubiera elegido el restaurante al azar, pero no se podía descartar aquella posibilidad, porque de momento la investigación había avanzado muy poco.

—No puedes seguir así, Seth —le dijo con voz suave, mientras alargaba la mano hacia él.

Al ver que no respondía, se dio cuenta de que ni siquiera la había oído. Quería tranquilizarlo, darle ánimos. Era obvio que el fuego no sólo había destruido el restaurante, sino que además había robado la serenidad y las metas de su marido, y en cierto sentido, también su inocencia. Seth había perdido la fe en la bondad de los demás, y también la confianza en sí mismo.

En cuanto a ella, su inocencia había quedado destruida una soleada tarde de verano de 1986, cuando Jordan, su hermano gemelo, se había ahogado. Ella misma había sujetado entre sus brazos su cuerpo sin vida hasta que habían llegado los paramédicos. Se había quedado conmocionada, ya que había sido incapaz de asimilar que su hermano, su gemelo, se había ido para siempre. Jordan se había roto el cuello al zambullirse en el agua desde un muelle flotante.

Su mundo entero había cambiado aquel día. Sus padres se habían divorciado poco después, y su padre se había casado con otra mujer casi de inmediato. En apariencia, ella se había adaptado sin problemas a los vaivenes que estaba experimentando su vida; al salir del instituto había ido a la universidad, y después de licenciarse había conseguido un empleo en el First National Bank, donde había ido ascendiendo hasta el puesto de gerente. A pesar de que no pensaba casarse jamás, había empezado a salir con Warren Saget, un promotor inmobiliario que tenía una edad parecida a la de su madre, y entonces había vuelto a ver a Seth Gunderson en una fiesta de antiguos alumnos del instituto.

Seth había sido el mejor amigo de Jordan, y ella siempre

había creído que, si él hubiera estado presente aquella fatídica tarde de verano, era posible que su hermano no se hubiera ahogado; en ese caso, ella habría tenido una vida diferente... aunque no sabría decir en qué sentido. Desde un punto de vista racional, sabía que pensar así era una ridiculez, pero no podía evitarlo.

Apenas había cruzado palabra con Seth cuando estaban en el instituto. Él era el héroe de rugby, el atleta, el cerebrito de la clase, y no había habido ningún acercamiento entre los dos; sin embargo, siete años atrás, había coincidido con él en la reunión para la planificación de la fiesta de antiguos alumnos, y él había mencionado como si nada que había estado interesado en ella cuando iban al instituto. A juzgar por cómo la había mirado, era obvio que la encontraba incluso más atractiva en aquel momento que cuando eran adolescentes.

No habían tenido un noviazgo fácil, porque Warren Saget no quería perderla y la había presionado para que accediera a casarse con él; al parecer, se había dado cuenta de forma instintiva de que Seth suponía una amenaza muy seria, porque había comprado un anillo con el diamante más grande que ella había visto en su vida, y le había prometido que viviría rodeada de lujos y que disfrutaría de un lugar prominente en la escala social si se casaba con él.

Seth sólo había podido ofrecerle el viejo velero de más de veinte años en el que vivía... y su amor; para entonces, ya estaba loca por él, pero había seguido debatiéndose y negándose a escuchar a su propio corazón, hasta que al final no había podido seguir resistiéndose y había caído rendida...

—Esta mañana voy a llamar al jefe de bomberos, quiero respuestas —le dijo su marido.

—Seth, cariño, ¿por qué...?

—No intentes calmarme —le espetó él con sequedad— Ya ha pasado una semana, seguro que han descubierto algo. Es obvio que están ocultándome información, y voy a averiguar de qué se trata. ¡Si tengo que llamar a Roy McAfee, lo haré! –la miró directamente por primera vez desde que ella había entrado en la habitación.

–Confío en Roy, pero los bomberos y la compañía de seguros ya están investigando. Déjales hacer su trabajo, y al sheriff también –le dijo con voz suave.

Él se pasó los dedos por el pelo, y soltó un profundo suspiro antes de decir:

–Lo siento, no quería desahogar mi frustración contigo.

–Ya lo sé –se acercó a él y lo abrazó. Apretó el cuerpo contra el suyo, para intentar que se relajara–. Vuelve a la cama, intenta dormir un poco.

–No puedo. Cada vez que cierro los ojos, veo el restaurante ardiendo.

Seth había llegado pocos minutos después que los coches de bomberos, y había permanecido impotente a un lado mientras el restaurante quedaba hecho cenizas.

–Aún no puedo creer que lo hiciera Anson Butler –comentó ella, pensando en voz alta. Aquel muchacho le había caído bien, pero tanto sus amistades como sus vecinos coincidían en decirle que había cometido un error al confiar en él.

–Lo que pasa es que no quieres creerlo.

Aquello era cierto. Seth había contratado varios meses atrás a Anson, que había sido condenado a pagar los gastos ocasionados por un incendio que él había provocado en el parque. El muchacho no había explicado por qué había prendido fuego a la caseta, y ella sólo sabía los escasos detalles que Seth le había contado cuando había accedido a contratarlo.

Anson se había entregado a las autoridades y se había responsabilizado de sus actos, y aquello había sido un punto a su favor. Aquella actitud había impresionado gratamente a Seth, que al final había accedido a darle un empleo cuando su amigo y contable Zachary Cox, que se había convertido en una especie de mentor para el muchacho, había abogado en su favor.

Al principio, Anson se había esforzado por demostrar su valía. Estaba tan ansioso por quedar bien, que llegaba al trabajo antes de que empezara su turno y hacía horas extras, pero al cabo de un par de semanas las cosas habían empezado a torcerse. Tony, otro friegaplatos, le tenía manía, y los dos habían discutido; al parecer, en un par de ocasiones se habían dado algún que otro empujón, y el ambiente de la cocina había ido cargándose de tensión.

Cuando ella le había sugerido a Seth que los separara, su marido había decidido que Anson pasara a ser pinche de cocina, pero a Tony no le había hecho ninguna gracia seguir siendo friegaplatos mientras que su rival ascendía de puesto a pesar de llevar menos tiempo trabajando en el restaurante.

Entonces se había cometido un robo, y a pesar de que había más gente que tenía acceso a la caja metálica donde se guardaba el dinero, tanto Anson como Tony habían sido vistos entrando en el despacho del restaurante. Cuando les habían preguntado al respecto, el primero había dicho que había entrado porque quería hablar con Seth sobre su horario, y el segundo que estaba buscando a Seth porque había surgido un problema con uno de los proveedores.

Como los dos muchachos eran sospechosos, Seth no había tenido más remedio que despedirlos. El dinero no se había recuperado, y él se había sentido culpable porque había salido del despacho durante unos minutos, y había dejado la caja fuerte abierta con la caja metálica dentro.

Una semana después, el Lighthouse había ardido hasta quedar hecho cenizas.

—No tenemos ninguna prueba que demuestre que fue Anson —le dijo a su marido.

—Sea quien sea el culpable, encontraremos pruebas. Descubriremos quién lo hizo, Justine —tenía el cuerpo tenso, y su voz reflejaba una determinación férrea.

—Intenta dormir —lo llevó al dormitorio, y él la siguió a regañadientes.

Cuando se metieron en la cama y él se tumbó boca arriba, ella se apretó contra su cuerpo, deslizó una pierna por encima de la suya, y pasó el brazo por encima de su musculoso pecho. Él la abrazó con fuerza, como si la considerara la única cosa sólida que le quedaba en un mundo que había empezado a derrumbarse. Justine pensó que quizá se quedaría más relajado si hacían el amor, así que empezó a besarle el cuello con actitud insinuante, pero él rechazó el sutil ofrecimiento haciendo un gesto de negación con la cabeza. Se sintió dolida, pero intentó no tomárselo demasiado a pecho.

Se dijo que todo aquello pasaría pronto, que las cosas no tardarían en volver a la normalidad. Tenía que creer que sería así, debía mantener aquella esperanza, porque no quería caer en el desánimo. Tenía que luchar por mantener una actitud positiva, tanto por su marido como por el bien de su matrimonio.

Cuando volvió a despertar, ya había amanecido. Leif estaba subiendo a la cama para reclamar el desayuno, y Penny, su perra mezcla de cocker spaniel y de caniche, había entrado tras él y estaba observando la cama como planteándose si valía la pena intentar subir también.

—¿Dónde está papá? —le preguntó al pequeño, mientras se incorporaba y se pasaba una mano por la cara con cansancio.

El niño subió su osito de peluche a la cama, la miró con sus preciosos ojazos azules, y le dijo:

—En su despacho.

Aquello no era una buena señal.

—Bueno, vamos a prepararte para ir al cole —le echó un vistazo al despertador, y vio que ya eran las ocho. Leif seguía yendo a la guardería cada mañana a pesar de lo que había pasado, porque tanto Seth como ella querían que el niño siguiera con sus horarios habituales.

—Papá está enfadado otra vez —le dijo en voz baja el pequeño de cuatro años.

Justine soltó un suspiro. Le preocupaba el efecto que tanta tensión pudiera llegar a tener en su hijo, ya que el pequeño no podía entender a qué se debía el mal humor de su padre, ni el hecho de que su madre se echara a llorar de vez en cuando.

—¿Te ha gruñido? —Justine rugió como un oso pardo, y puso las manos como si fueran zarpas. Mientras Penny ladraba con entusiasmo, avanzó a gatas por encima de la cama hacia su hijo, para intentar que dejara de preocuparse por la actitud de su padre.

Leif soltó un chillido, bajó de la cama a toda prisa, y salió corriendo hacia su habitación. Lo siguió y lo acorraló entre risas, y los dos siguieron risueños mientras ella le preparaba la ropa. El niño ya empezaba a querer vestirse solo, así que dejó que lo hiciera.

Después de decirle adiós a su marido de forma breve y mecánica, llevó a Leif a la guardería. Cuando volvió a casa, Seth salió a recibirla. El cielo de abril estaba nublado, y la lluvia era inminente. Era un tiempo que reflejaba a la perfección el estado de ánimo de los dos, un día soleado habría parecido incongruente mientras tanto su marido como ella estaban tan inseguros y malhumorados.

—He hablado con el jefe de bomberos —le dijo él, al verla salir del coche.

—¿Hay alguna novedad?

—No ha querido decírmelo, y el del seguro también está tomándose su tiempo.

—Seth, con estas cosas hay que tener paciencia —estaba tan ansiosa como él por obtener respuestas, pero no quería que el jefe de bomberos cometiera errores con la investigación por querer hacerla a toda prisa.

—No me vengas con ésas, cada día que pasa nos perjudica. ¿Cómo vamos a salir adelante sin el restaurante?

—El seguro...

—Sí, ya sé que el seguro va a pagarnos, pero no recibiremos nada en un mes como mínimo; además, ese dinero no impedirá que nuestros empleados busquen otros trabajos, ni bastará para devolverles a mis padres todo lo que invirtieron. Confiaron en mí, Justine.

Los padres de su marido habían aportado una suma considerable para que pudieran poner en marcha el restaurante, y ellos iban devolviéndoles el préstamo mediante cuotas mensuales.

Justine era consciente de que sus suegros necesitaban aquel dinero, y en ese momento no supo qué decirle a su marido. Era obvio que no sólo estaba preocupado por las implicaciones financieras del incendio, pero no se le ocurrió ninguna respuesta que pudiera tranquilizarlo.

–¿Qué es lo que quieres que haga, Seth? Dímelo, y lo haré.

La miró con una expresión tan adusta y fría que la sorprendió, y le dijo en voz baja:

–Lo que quiero es que dejes de comportarte como si todo esto no fuera más que un inconveniente pasajero. El Lighthouse está destruido. Lo hemos perdido todo, y tú te portas como si no pasara nada.

Justine se quedó boquiabierta ante aquellas palabras tan injustas. Daba la impresión de que su marido la consideraba una especie de simplona que no alcanzaba a entender la situación.

–¿No te das cuenta de que los últimos cinco años han quedado hechos cenizas? –siguió diciendo él–. Cinco años trabajando dieciséis horas al día, y... ¿para qué?

–No lo hemos perdido todo –le dijo, para intentar razonar con él.

No quería dar pie a una discusión, sino hacerle entender que, a pesar de que estaban pasando por un momento muy difícil, aún se tenían el uno al otro. Juntos lograrían hacer acopio de la fuerza necesaria para empezar de nuevo, siempre y cuando Seth fuera capaz de dejar a un lado la furia que lo carcomía por dentro.

–¿Vas a empezar otra vez con lo mismo? –le dijo él con frustración.

—Quieres que me enfade tanto como tú, ¿verdad?

—¡Pues claro! Deberías estar furiosa... tendrías que querer respuestas, igual que yo, y que...

Aquellas palabras colmaron su paciencia, y le espetó:

—¡Lo que quiero más que nada es recuperar a mi marido! Estoy tan afectada como tú por lo que ha pasado. Sí, hemos perdido nuestro negocio... para mí es algo horrible, una tragedia, pero no es el fin de mi mundo.

Él se quedó mirándola con incredulidad, y al final le preguntó:

—¿Cómo puedes decir eso?

—¡A lo mejor lo que pasa es que también quieres perder a tu mujer y a tu hijo! —sin darse tiempo a cambiar de opinión, volvió a meterse en el coche y cerró de un portazo. Se sintió aliviada al ver que no intentaba detenerla, porque necesitaba alejarse un rato de él.

Se fue sin esperar siquiera a ver cómo reaccionaba. Condujo sin rumbo fijo, y aparcó a varias calles de la guardería de su hijo. Como no tenía ningún recado pendiente y el niño iba a tardar unas dos horas en salir, fue al paseo marítimo.

Mientras intentaba encontrarle alguna explicación al desastre que estaba poniendo a prueba a su matrimonio, se sentó en un banco de madera del parque y miró hacia la ensenada. El cielo se había nublado aún más, y el agua golpeaba con fuerza las rocas que había cerca de la orilla.

Necesitaba pensar, y se dijo que todo se arreglaría cuando llegara a casa. Seguro que Seth se arrepentía de lo que le había dicho, y ella le...

—¿Eres tú, Justine?

Alzó la mirada, y se obligó a esbozar una sonrisa amable al ver que Warren Saget se le acercaba. En ese momento no le apetecía ver a nadie, y mucho menos a Warren, que le había dicho que aún seguía queriéndola. Ella había declinado su proposición, pero al ver que a él no le sentaba nada bien su rechazo, había optado por evitarle todo lo posible.

Él se sentó a su lado sin esperar a que le invitara a hacerlo, y le dijo:

—Leí en el periódico lo del incendio, lo siento mucho.

El asunto había aparecido en la primera plana del *Cedar Cove Chronicle*, y la ciudad entera llevaba toda la semana hablando de ello.

—Ha sido un... golpe muy fuerte —le contestó con voz queda, mientras sentía un frío repentino.

—Supongo que vais a reconstruir el restaurante, ¿no?

Justine asintió, porque estaba convencida de que Seth querría hacerlo. Se dijo que en un par de meses todo aquello habría quedado atrás, que todo iba a arreglarse. No había ninguna otra opción.

Sintió un escalofrío al recordar que era lo mismo que se había dicho el día del entierro de Jordan. En aquel entonces había pensado que todo había acabado, que sus familiares regresarían a sus respectivas casas y que todo volvería a ser como antes, pero no había sido así. Por entonces era una ingenua muchacha de trece años, y había creído que sus padres iban a asegurarse de que su vida se mantuviera estable, pero habían sido incapaces de hacerlo. Estaban tan hundidos en su propio sufrimiento, que habían sido incapaces de lidiar también con el suyo, y al final se habían divorciado y habían roto la familia. En vez de desaparecer, el dolor no había hecho más que empezar.

Sintió una oleada de pánico, y alcanzó a decir:

—Warren... —se aferró a su mano mientras empezaba a hiperventilar. No podía respirar, y se oyó a sí misma jadeando mientras luchaba por inhalar. El mundo empezó a dar vueltas a su alrededor.

—¿Qué te pasa?, ¿estás enferma?

Ella oyó su voz como desde la distancia, y le contestó en un susurro ahogado:

—No... no lo sé —el pánico se intensificó, y sintió la necesidad abrumadora de estar junto a su madre.

—¿Qué quieres que haga? —le pasó el brazo por los hombros en un gesto protector, y añadió–: ¿Te llevo a la clínica?, ¿prefieres que llame a una ambulancia?

Ella negó con la cabeza. Se sentía pequeña y perdida como una niñita.

–Quie... quiero ver a mi madre.

Warren se levantó sin dudarlo, y le dijo con voz firme:

–Voy a buscarla.

–No –intentó contener un sollozo. Era una mujer adulta, debería ser capaz de enfrentarse a las circunstancias. Miró a Warren mientras se obligaba a tomar inhalaciones profundas y rítmicas, y luchó por controlar los latidos acelerados de su corazón.

–Me parece que tienes un ataque de pánico –le dijo él, mientras le apartaba unos mechones de pelo de la sien–. Mi pobre Justine... ¿dónde está Seth?

–En ca... casa –no podía entrar en detalles, no estaba dispuesta a hacerlo.

–¿Quieres que le llame?

–¡No! Ya... ya estoy bien –le dijo con voz trémula.

Él la rodeó con el brazo, la instó a que apoyara la cabeza en su hombro, y le dijo con un susurro tranquilizador:

–No te preocupes por nada, voy a ocuparme de ti.

CAPÍTULO 2

Allison Cox salió de la clase de historia de Norteamérica, y se apresuró a ir a la de francés con sus libros de texto en ristre. Mientras se sentaba en su pupitre, fingió no darse cuenta de que sus compañeros se habían callado de golpe en cuanto ella había entrado en el aula.

No hacía falta que nadie le dijera cuál era el tema de conversación, ella lo tenía muy claro: todo el mundo estaba cuchicheando sobre Anson. Sus amigos creían que él había incendiado el Lighthouse, pero estaban muy equivocados. Ella se negaba a creer que Anson fuera el responsable, que hubiera sido capaz de hacer algo así. Los Gunderson se habían portado bien con él, y además, no era ni cruel ni vengativo. Daba igual lo que los demás creyeran o dijeran, ella no iba a perder la fe ni en Anson ni en el amor que sentían el uno por el otro.

Se volvió y fulminó con la mirada a Kaci y a Emily. A pesar de que se suponía que eran sus amigas, insistían en que estaba engañándose a sí misma... que pensaran lo que les diera la gana, a ella le daba igual. Aunque ellas estuvieran empeñadas en condenar a Anson, ella se negaba a hacerlo.

Se volvió hacia delante al oír que sonaba el timbre, y se esforzó por hacer caso omiso de los cuchicheos. Sí, era cierto que Anson había desaparecido después del incendio y que le había prendido fuego a la caseta del parque, pero estaba convencida de que no había tenido nada que ver con lo que había pasado en el Lighthouse.

Se había convencido a sí misma de que él regresaría pronto a Cedar Cove, creía de todo corazón que ya estaría de vuelta para cuando llegara el día de la graduación. Se aferraba a aquella esperanza mientras se centraba en aquella fecha, el cuatro de junio, y se negaba a dudar de él.

La tarde se le hizo eterna, al igual que cada día que había pasado desde la noche del incendio, que había sido cuando le había visto por última vez. Se fue del instituto a toda prisa en cuanto terminó la última clase y fue a la gestoría de su padre, donde trabajaba a tiempo parcial. Mientras caminaba hacia el edificio que pertenecía a su padre y a los socios de éste, repasó los hechos tal y como los recordaba. Solía darle vueltas y más vueltas a todos los detalles, y lo cierto era que, desde un punto de vista lógico, podía llegar a entender por qué alguien que no conociera a Anson podría pensar que él había incendiado el restaurante. Era cierto que en otoño había cometido el error de prenderle fuego a la caseta del parque, pero se había responsabilizado de sus actos, había aceptado el castigo que se le había impuesto, y había intentado seguir adelante con su vida.

Había tardado una semana en volver a verle... la semana más larga de toda su vida. Él había ido a verla una noche, y la había despertado al llamar a la ventana de su dormitorio. No era la primera vez que había aparecido en medio de la noche, pero en esa ocasión se había negado a entrar y le había dicho que sólo había ido a despedirse de ella.

Anson se había negado a escuchar sus protestas, y había insistido en que tenía que marcharse. Quedaban muchas preguntas por resolver, incluyendo el tema del dinero que había desaparecido, pero él le había jurado que no sabía nada sobre eso y ella le creía. El señor Gunderson se había equivocado al echarle la culpa de un delito que no había cometido.

Pero eso no era todo: según los términos del acuerdo al que se había llegado con el fiscal después de lo de la caseta del parque, Anson se había comprometido a acabar los estudios y a pagar los daños que había causado, y como no había aparecido por el instituto durante la semana previa al incendio del Lighthouse, ella había pasado aquellos días muerta de preocupación, preguntándose dónde estaba y qué estaba haciendo. Nadie tenía ni idea de su posible paradero; de hecho, ni siquiera a la madre de Anson había parecido importarle dónde pudiera estar.

Había sido entonces cuando él había ido a verla aquella última noche. Le había dicho que iba a marcharse, pero no había querido decirle adónde pensaba ir ni cuándo volvería. A pesar de que ella le había suplicado que se quedara, y por mucho que había insistido en hablar para intentar encontrar una solución, él se había despedido con un beso y había desaparecido en la oscuridad de la noche.

A la mañana siguiente, en el que iba a ser uno de los peores días de toda su vida, su madre la había despertado y le había dicho que el sheriff Troy Davis quería hacerle unas preguntas. Había sido entonces cuando se había enterado de lo que había pasado en el Lighthouse, y a pesar de que se había esforzado por contestar a las preguntas del sheriff, lo cierto era que no le había contado todo lo que sabía. Había sido incapaz de hacerlo; de hecho, ni siquiera sus padres sabían toda la verdad. No se atrevía a contárselo a su padre por miedo a que perdiera la fe en Anson... y en ella.

Se sentía agradecida por el empleo que tenía en la gestoría, porque a pesar de que era a tiempo parcial, la distraía de sus problemas durante unas horas al día. Su padre había intentado ayudar a Anson, había intercedido por él y le había apoyado después de lo de la caseta del parque. Había sido el único dispuesto a echarle una mano. Cherry Butler, la madre de Anson, había dicho que su hijo se tendría bien merecido lo que llegara a pasarle, y no parecía demasiado preocupada por su desaparición; según ella, Anson volvería cuando estuviera listo, y hasta entonces no iba a perder el tiempo preocupándose por él.

La actitud de aquella mujer la horrorizaba. Sabía que, si ella hubiera desaparecido, sus padres la buscarían sin descanso, y que jamás la darían por perdida. El mismo Anson le había dicho que era afortunada por tener unos padres que la querían y se preocupaban por ella. Estaba convencido de que él no le importaba en lo más mínimo a nadie, pero en eso se equivocaba. Ella le amaba y sus padres también estaban preocupados por él, a pesar de que para ellos la principal prioridad era protegerla a ella.

Anson le había dicho que algunas personas nacían con suerte, y que al contrario que ella, él no pertenecía a ese grupo, así que había decidido labrarse su propio futuro.

Cuando llegó a las oficinas de Smith, Cox, y Jefferson, encontró en la zona de recepción a un montón de gente que había esperado hasta el último momento para presentar la declaración de Renta. Sólo faltaban cuatro días para el quince de abril, y la inquietud se notaba en el ambiente. Cada año pasaba lo mismo.

Mary Lou, la recepcionista, le devolvió la sonrisa y le dijo:

—Hay alguien esperándote en la cocina.

Por un segundo, creyó que podría tratarse de Anson, pero se dio cuenta de que era imposible. La oficina del sheriff intervendría en cuanto él apareciera por la zona, su padre se sentiría obligado a avisarlos. El sheriff Davis sospechaba que Anson podía intentar contactar con ella, y sus padres habían hablado sobre lo que habría que hacer en ese caso. No tenía más remedio que aceptar que tanto sus padres como ella tenían las manos atadas en aquel asunto.

—¿Quién es?

—Vas a tener que comprobarlo por ti misma —le dijo la recepcionista, sonriente.

Allison no supo qué pensar, porque Mary Lou no solía ser tan críptica.

La cocina estaba detrás del despacho, y más bien era una sala de descanso en la que había un microondas, una nevera pequeña, y una mesa con cuatro sillas. Ella solía dejar allí el bolso y los libros. Cuando entró y vio al bebé que había en un capazo sobre la mesa, exclamó entusiasmada:

—¡Cecilia!

La asistente de su padre se había convertido en una gran amiga que la había ayudado muchísimo.

La familia había pasado por una época terrible tres años atrás, cuando sus padres, Zach y Rosie Cox, habían decidido divorciarse. Para ella había sido un golpe muy duro, así que se había rebelado y había empezado a juntarse con gente poco recomendable. Sus notas habían caído en picado, y había empezado a pasar de todo.

Cuando su padre le había ofrecido un trabajo a tiempo parcial, ella había sido consciente desde el principio de que sólo quería contratarla para poder tenerla vigilada después de clase, y había aceptado el empleo decidida a seguir con su actitud desafiante.

Se había sorprendido al ver que no iba a trabajar directamente con su padre, ya que éste había decidido que fuera la ayudante de Cecilia Randall. Cecilia la había ayudado a comprender su propio comportamiento... lo que estaba haciendo, y por qué. Los padres de Cecilia se habían divorciado cuando ella tenía diez años, así que entendía a la perfección el dolor que sentía. La había ayudado a salir de la dinámica autodestructiva en que se había metido.

Cecilia la abrazó con fuerza, y le dijo:

—He pensado que a Aaron le iría bien que le diera un poco el sol.

Como el niño sólo tenía tres semanas, llevaba poco tiempo de baja maternal, pero habían pasado tantas cosas, que a Allison le parecía una eternidad.

Cecilia la agarró de los hombros, se apartó un poco para poder verla bien, y empezó a decir:
—Estás...
—Horrible —podía fingir con todo el mundo, incluso con sus padres, pero no con ella. Se pasaba las noches en vela, y se sentía abrumada por el peso de la preocupación y el miedo.
—Es por Anson, ¿verdad?
Allison asintió, pero antes de que tuviera tiempo de contestar, el niño se echó a llorar. Estaba tapado con la mantita que ella misma le había tejido. A primera vista tuvo la impresión de que había salido al padre, pero al observarlo con mayor atención se dio cuenta de que también tenía muchos rasgos de Cecilia.
—Es precioso... —susurró. Le acercó un dedo, y cuando el niño lo agarró, la sorprendió la fuerza que había en aquella manita tan pequeña.
—Ya está muy mimado —Cecilia miró a su hijo con una sonrisa arrobada, y añadió—: Yo estoy siempre pendiente de él, pero tendrías que ver a Ian. Da la impresión de que el mundo gira alrededor de este niño.
Ian y Cecilia habían tenido una hija que había muerto poco después de nacer, así que Allison sabía la importancia que aquel segundo bebé tenía para la pareja.
Cuando Aaron empezó a lloriquear, Cecilia lo sacó del capazo y se sentó en una silla antes de decir:
—Voy a darle de comer —se echó una toalla sobre el hombro, se desabrochó la blusa, y empezó a amamantar al pequeño. Le indicó una silla con un gesto de la cabeza, y añadió—: Siéntate.
Allison obedeció de buena gana, y comentó:
—Tenía muchas ganas de hablar contigo —por fortuna, nadie había ido a buscarla. A pesar de que había mucho trabajo por hacer, sus compañeros parecían haberse dado cuenta de que necesitaba hablar a solas con Cecilia.
—Puedes llamarme siempre que quieras, he estado bastante preocupada por ti.

—No podía...

—Ya lo sé —Cecilia tenía la mirada fija en su hijo mientras le amamantaba, y le acarició el pelo con ternura.

—¿Te acuerdas de que cuando nos conocimos estaba saliendo con Ryan Wilson?

—¿El chico que tenía un clip en la oreja? —Cecilia miró sonriente a su hijo, como dando a entender que se ponía nerviosa sólo con imaginar lo que le esperaba cuando el pequeño llegara a la adolescencia—. Sí, me parece que tu padre le ha mencionado.

Allison se sentía avergonzada al recordar lo tonta que había sido. Ryan era un chico problemático, y había empezado a salir con él para vengarse de sus padres. En aquella época consideraba que habían sido unos egoístas al divorciarse, pero con el paso del tiempo había acabado convenciéndose de que simplemente habían pasado por una etapa de enajenación transitoria. Sus padres se habían reconciliado poco después, y habían vuelto a casarse antes del verano.

—A pesar de lo que cree la gente, Anson no se parece en nada a Ryan. Es una persona buena, inteligente, leal, y considerada. Ryan no tiene nada que ver con él; de hecho, ha dejado el instituto, no tengo ni idea de dónde está —aunque tampoco tenía ni idea del paradero de Anson...

—Ya lo sé, Allison. Si tu padre pensara que Anson podría hacerte daño, no se habría esforzado tanto por ayudarle.

—Pero sí que me ha hecho daño... no entiendo por qué se marchó —apretó los puños con fuerza, y se preguntó si Anson se había planteado siquiera la delicada situación en que la había dejado. Sabía que él no había tenido más opción que pensar sólo en sí mismo, que había tenido que escapar, pero la había dejado sola ante todos los que pensaban mal de él, y estaba atemorizada.

—A veces, algunas personas no saben enfrentarse al dolor que sienten, y reaccionan huyendo —le dijo Cecilia, sin apartar la mirada de su hijo.

—Huir sólo empeora las cosas.
—En eso tienes razón, pero, por desgracia, Anson no se dio cuenta de que estaba equivocándose. Supongo que se sintió herido y confundido, y su reacción instintiva fue huir.
—¿Adónde habrá ido? —que ella supiera, Anson no tenía familia. Su madre era una irresponsable, y ni siquiera había llegado a conocer a su padre. Jamás le había hablado de abuelos, tíos o tías. No podía dejar de preguntarse dónde se había escondido, si estaba a salvo, si tenía comida—. Mis padres me han dicho que tengo que avisar al sheriff si se pone en contacto conmigo.
—Tienen razón.
Allison era consciente de que era lo correcto, a pesar de que no le hiciera ninguna gracia.
—Según el sheriff, Anson es una persona de interés —ella también estaba interesada, había un montón de preguntas sin respuesta.
En cuanto Aaron terminó de comer, Cecilia se abrochó la blusa, lo colocó contra su hombro, y empezó a frotarle la espalda.
—Todo saldrá bien, Allison. Si Anson es inocente...
—¡Claro que lo es!
Cecilia alzó la cabeza de golpe, y la observó con expresión intensa durante unos segundos antes de decir:
—Estás ocultándome algo, ¿verdad? —al verla tragar con dificultad, añadió—: Lo veo en tus ojos... ¿se ha puesto en contacto contigo?
—No.
—Será mejor que me lo cuentes, Allison —le dijo con calma.
—No... no sé si...
—¿Por qué tienes miedo?
Allison agachó la cabeza, y se mordió el labio antes de admitir en voz baja:
—Nadie más lo sabe —la semana anterior, cuando el she-

riff había ido a hablar con ella, se había limitado a contestar a sus preguntas con sinceridad, pero no le había dicho todo lo que sabía.

—Puedes confiar en mí, ya sabes que sólo quiero lo mejor para ti.

—¿No se lo dirás a nadie?

—Si no quieres que lo haga, no.

—A nadie, Cecilia.

—Te lo prometo.

—Vale —respiró hondo, y le dijo—: Si te lo cuento, puede que... que creas que Anson provocó el incendio.

—No estarás ocultando pruebas, ¿verdad? Porque eso lo cambiaría todo...

—¡No!, sería incapaz de hacer algo así.

—Menos mal, porque eso te convertiría en cómplice.

Eso era algo que tanto el sheriff Davis como sus padres ya le habían explicado.

—Contesté con sinceridad a todas las preguntas.

—Entonces, lo que hiciste fue omitir algo, ¿verdad?

—Aquella noche... cuando Anson vino a verme... —alzó la mirada, y cuando Cecilia asintió para animarla a continuar, añadió—: Estuvimos hablando a través de la ventana, y entonces entró en el cuarto —su madre se había alterado bastante cuando se había enterado, no quería ni imaginarse lo que diría si supiera todo lo demás.

—Sigue.

Allison vaciló por un instante, y al final admitió:

—Estuvo unos minutos en la habitación, y cuando se fue... —las palabras se le quedaron atoradas en la garganta. Cecilia se inclinó hacia ella para darle ánimos, pero le costó un esfuerzo tremendo decirlo—. Noté que olía a humo —tenía la garganta dolorosamente seca—. Al principio no me di cuenta, porque sólo podía pensar en impedir que se fuera. Noté un olor raro, pero no le di importancia. Después me di cuenta de que era olor a humo, y lloré hasta que me dormí.

—¿Anson olía a humo? —le preguntó Cecilia en voz baja.
—Sí, igual que la otra vez. Era como... como si hubiera estado cerca de una hoguera —al ver que Cecilia hundía los hombros y cerraba los ojos, se dio cuenta de que, tal y como temía, con su admisión sólo había conseguido que incluso su amiga creyera que Anson era culpable.

CAPÍTULO 3

Maryellen Bowman arqueó la espalda y cambió de posición en el sofá, que era su cama temporal. La sala de estar de la casa se había convertido en su prisión durante el último trimestre del embarazo. Jon estaba pasando la tarde fuera con Katie, la hija de tres años de ambos, así que en la casa reinaba el silencio y la calma. Sabía que tendría que descansar, pero el problema radicaba en que era incapaz de hacerlo.

Tenía la cabeza llena de preocupaciones. Estaba preocupada por el bebé que esperaba, por aquel embarazo tan difícil, y por la presión que estaba soportando su marido, que tenía que ingeniárselas para seguir manteniendo a la familia a pesar de que había perdido su puesto de chef en el Lighthouse por culpa del incendio. También estaba preocupada por su carrera de fotógrafo, y por su matrimonio. Ella había cometido muchos errores, pero el peor había sido fruto de sus buenas intenciones. Se había esforzado tanto por acabar con el distanciamiento que existía entre Jon y sus padres, que había estado a punto de destruir su propia relación con su marido.

No podía descansar, a pesar de que el médico le había dicho que tenía que guardar reposo absoluto durante el resto del embarazo. Tenía prohibido subir escaleras y hacer cualquier tipo de esfuerzo, pero le resultaba muy difícil quedarse tumbada mientras había tantas cosas por hacer. Se reclinó contra el sofá, cerró los ojos, y luchó por mantener a raya la depresión que la acechaba.

Con Katie las cosas habían sido muy diferentes, ya que aquel embarazo había sido normal en todos los sentidos, pero después había sufrido un aborto. Aún estaba por ver el coste emocional que podía llegar a tener aquel tercer embarazo, tanto Jon como ella querían con desesperación al bebé que esperaban. Lo único que podía hacer era seguir las instrucciones del médico, intentar no preocuparse, y rezar para que el niño naciera sano y fuerte.

Como estaba postrada en cama, todo el mundo se había ofrecido a echar una mano. Su madre ayudaba en todo lo posible, les llevaba la cena dos veces a la semana y cuidaba de Katie siempre que su apretada agenda se lo permitía. Su ayuda les daba la oportunidad de tomarse algún que otro respiro, pero no quería darle la lata con sus propios problemas. Su madre se había casado recientemente con Cliff, y ya tenía bastante con aclimatarse a su nueva vida.

Al oír que el teléfono empezaba a sonar, se sintió agradecida por tener algo con lo que distraerse, y se apresuró a contestar.

—¿Diga? —intentó disimular el pozo de autocompasión en el que había caído.

—Hola, Soy Ellen Bowman. ¿Cómo estás?

Se sintió abrumada por la amabilidad de su suegra, y estuvo a punto de echarse a llorar. Se sentía fatal. Dejando a un lado su breve primer matrimonio, nunca había estado tan baja de moral.

—Bien, gracias —alcanzó a decir con dificultad.

—¿Y Jon? —le preguntó Ellen, con voz un poco vacilante.

—Está... —estaba dispuesta a mentir sobre su propio estado de ánimo, pero fue incapaz de mentir sobre el de su marido—. La verdad es que está bastante mal, Ellen.

Su suegra permaneció en silencio durante unos segundos, y al final le dijo:

—Lo suponía. Ya sé que está enfadado, ha dejado muy claro que no quiere saber nada ni de Joseph ni de mí. Su actitud está matando a su padre, pero sabemos que has intentado hablar con él, y te lo agradecemos muchísimo.

Maryellen había pagado un precio muy alto por interferir entre Jon y sus padres, y no se atrevía a volver a hacerlo. Jon y ella se habían separado durante un breve tiempo, justo antes del aborto, porque había intentado convencerlo de que se reconciliara con ellos. Posteriormente, se habían esforzado por evitar el tema, pero a principios de mes, poco después de que el médico la obligara a mantener un reposo absoluto, Jon había acabado admitiendo que no tenían más remedio que pedirles ayuda a sus padres.

A pesar de todo, no los había llamado ni había contactado con ellos, al menos que ella supiera. Habían estado luchando por salir adelante un día tras otro, pero sus vidas parecían a punto de implosionar. No podían seguir viviendo con aquel estrés constante y abrumador.

—Jon me dijo que iba a llamaros.

—¿En serio?

—No lo ha hecho porque... supongo que porque tiene miedo, y porque es demasiado orgulloso.

Su suegra soltó una pequeña carcajada, y comentó:

—En eso se parece mucho a su padre.

Maryellen sonrió, y se esforzó por relajarse. Aquella tensión nerviosa era mala para el bebé, para ella, y para todos. Durante la última visita, el doctor DeGroot le había dicho que era muy importante que permaneciera calmada. Cuando le había aconsejado que intentara evitar estresarse, ella había estado a punto de echarse a reír.

—Joseph y yo estamos suscritos al *Cedar Cove Chronicle,* lo recibimos por correo. Leímos lo del incendio del Lighthouse... Jon estaba trabajando allí otra vez, ¿verdad?

—Sí, ha sido un golpe muy duro.

Sin el trabajo de chef, Jon sólo tenía los ingresos que conseguía gracias a sus fotos, pero a pesar de que sus obras se exponían en una galería de arte de Seattle y se vendían bien, el dinero no alcanzaba para cubrir los gastos de la casa, sobre todo desde que ella se había quedado sin seguro médico.

—¿No trabaja en ningún sitio? —le preguntó Ellen.

—Sus fotografías se venden muy bien, tiene mucho talento.

De hecho, había conocido a Jon Bowman gracias a sus obras, cuando él había empezado a exponerlas en la galería de arte que ella dirigía. Sus fotos habían llegado a estar entre las más populares, pero al contrario que otros artistas, él siempre había preferido no llamar la atención. Ella no se había enterado de que su marido había estado en la cárcel hasta después de que Katie hubiera nacido; al parecer, los padres de Jon habían mentido al declarar en un juicio, y él había sido condenado por un crimen que no había cometido.

—Joseph y yo queremos ayudaros, ¿qué podemos hacer? —le preguntó Ellen.

—No lo sé... —no se sentía cómoda diciéndole lo obvio... que necesitaba a alguien allí, en la casa, que se encargara de cuidar de Katie, cocinar, y limpiar.

—Hay algún problema, ¿verdad? ¿Qué pasa, Maryellen?

—Es... estoy teniendo problemas con el embarazo, tengo que mantener reposo absoluto y apenas puedo levantarme de la cama —el bebé le dio una fuerte patada, como si quisiera recordarle las instrucciones del médico.

—¿Cómo te las apañas con Katie? Si tienes que estar acostada, seguro que no puedes cuidarla.

—Jon se encarga de ella —su marido tenía que vender sus fotografías, cuidar de la niña, ocuparse de la casa, y lidiar con todo lo demás.

—Pero... ¿cómo puede ocuparse de todo? —le preguntó su suegra con preocupación.

—No puede.

—Vamos a ir a echaros una mano, nos necesitáis.

Maryellen soltó un suspiro. Se sintió aliviada, pero también preocupada por la posible reacción de su marido.

—No puedo pediros algo así, Ellen.

—No lo has hecho. Nuestro hijo va a tener que tragarse su absurdo orgullo, lo que está en juego es la familia. Seguro que todo esto es la forma que tiene Dios para conseguir unirnos de nuevo. Jon no va a poder seguir ignorándonos. Es nuestro hijo, y tanto Katie como el bebé que esperas son nuestros nietos —su voz reflejaba una decisión férrea.

—Deja que hable antes con él.

—Hazlo si quieres, pero Joseph y yo vamos a ir a Cedar Cove diga lo que diga. Déjalo todo en mis manos, Maryellen. Te llamaré pronto.

Maryellen se sintió mejor después de aquella conversación, aunque no sabía qué decirle a Jon. Se dijo que a lo mejor no debería sacar el tema, que quizá sería buena idea dejarlo todo en manos de Ellen y de Joseph. Estaba muy cansada de pelear con él por culpa de aquel asunto. A pesar de que Jon había accedido a pedirle ayuda a su familia, al final no había hecho nada, y ella se sentía incapaz de volver a tener aquella discusión.

Justo cuando estaba diciéndose que ya era hora de que su marido y su hija regresaran a casa, oyó que llegaba un coche. Intentó parecer tranquila y relajada, e incluso se esforzó por sonreír. Esperaba que Jon y la niña entraran en la casa, así que se sorprendió al oír que alguien llamaba a la puerta, y se preguntó quién podría ser.

Antes de que pudiera moverse, la puerta se abrió y Rachel Pendergast y Teri Miller entraron sonrientes, acompañadas de un soplo de brisa primaveral y de la luz del sol. Las dos trabajaban en el Get Nailed, el salón de belleza donde ella solía peinarse y hacerse la manicura.

—¡Rachel, Teri! ¿Qué hacéis aquí? —estaba atónita... y entusiasmada.

—Venimos en una misión humanitaria —Rachel dejó una bolsa de comida sobre la mesa baja que había junto a Maryellen, le agarró una mano, y soltó un suspiro de desaprobación–. Mira qué uñas...

–Supuse que te iría bien un corte de pelo, y como íbamos a venir, decidimos traer la comida –comentó Teri.

Maryellen tuvo ganas de reír y de llorar a la vez.

–¿Cómo sabíais que necesitaba mimos? –les dijo con voz queda, mientras luchaba por controlar las lágrimas.

–Nos lo dijo un pajarito –le contestó Rachel, sonriente, antes de ir a la cocina a por tres platos.

–Esta casa es preciosa –Teri se llevó las manos a las caderas, y miró a su alrededor–. Rachel me comentó que Jon la había construido él mismo. Tu marido es todo un manitas, amiga mía.

Maryellen tuvo que darle la razón. Apreciaba muchísimo a las dos. A diferencia de Rachel, que llevaba años haciéndole la manicura, Teri había empezado a cortarle el pelo recientemente. Era una mujer sin pelos en la lengua y muy entretenida, pero además tenía muy buen corazón y era muy compasiva, tal y como demostraba el hecho de que hubiera ido a visitarla.

Había llegado a conocerlas bastante bien a lo largo de los años, y en una ocasión incluso había intentado juntar a Teri con Jon. Le resultaba increíble haber pensado siquiera en algo así, porque era obvio que no eran nada compatibles, pero en aquel entonces estaba luchando contra la atracción que sentía por él. Se había convencido a sí misma de que, si Jon se interesaba por otra mujer, se olvidaría de ella y viceversa; sin embargo, él sólo tenía ojos para ella.

–Te hemos traído pollo *teriyaki* con arroz y verdura –le dijo Rachel, mientras sacaba varios recipientes de la bolsa.

A pesar de que hacía semanas que apenas tenía hambre y Jon tenía que insistir en que comiera, en ese momento se sintió hambrienta.

–Suena genial.

–Perfecto –Rachel le dio un plato de comida, y unos palillos.

Maryellen se sentó en el sofá con las piernas cruzadas mientras sus dos amigas ponían unas otomanas al otro lado de la mesa baja, y empezaron a comer. Teri comentó que habían comprado la comida en un restaurante nuevo que habían abierto en las afueras de Cedar Cove, y todas coincidieron en que estaba deliciosa y valía la pena volver a aquel lugar.

—Ten, por si algún día queréis llamar para que os traigan algo a casa —le dijo Teri, mientras le daba una hoja con el menú del restaurante—. Creo que debería dejarte el pelo bastante corto, así no tendrás que perder demasiado tiempo en peinarte. Tienes cosas más importantes que hacer.

Maryellen sonrió, porque lo cierto era que peinarse a diario le resultaba bastante pesado.

—A Jon no le gustaría que me lo cortara.

—Ya, pero no es él quien tiene que lavarlo y peinarlo. Se acostumbrará —le dijo Teri.

A Maryellen no le costó imaginar la reacción de su marido. La última vez que se había cortado más que las puntas había sido poco después de que naciera Katie, hasta entonces siempre había llevado su pelo oscuro y liso en una larga melena que le llegaba a media espalda; de hecho, le había vuelto a crecer, y en ese momento volvía a tenerlo largo. Jon no había dicho en ningún momento que no le gustara el nuevo estilo, pero era obvio que se había sentido decepcionado. Solía decirle lo mucho que le gustaba su pelo largo y brillante, lo hermoso que le parecía.

—¿Cómo de corto?

—Espera y verás —le dijo Teri, con un brillo travieso en la mirada.

—Supongo que sabéis que no voy a poder pagaros, ¿no? —les dijo a sus amigas.

—No te preocupes por eso, todo está arreglado —le dijo Rachel.

—Sí, y nos han dado una propina más que generosa —apostilló Teri.

—¿Quién ha sido? —les preguntó, a pesar de que empezaba a sospecharlo.

—Tu «hado» padrino, no voy a decirte nada más —le dijo Rachel.

—Cliff —estaba convencida de que todo aquello había sido obra de su nuevo padrastro.

—Mis labios están sellados —le dijo Rachel.

Las dos horas siguientes fueron una maravilla. Teri le lavó el pelo en el fregadero, y mientras se lo cortaba y se lo secaba, Rachel le hizo la manicura. Maryellen bendijo para sus adentros a Cliff por aquello, y por tantas otras cosas. Desde que su madre le había conocido, se había sentido impresionada por lo cariñoso y detallista que era.

—Contadme los últimos chismorreos —dijo, mientras sus dos amigas seguían con el tratamiento de belleza.

—La principal novedad es que Nate Olsen ha vuelto a la ciudad —Teri soltó un sonoro suspiro.

Nate era el joven suboficial con el que estaba saliendo Rachel. La esteticista llevaba tres o cuatro años manteniendo una relación bastante ambigua con un viudo llamado Bruce Peyton, pero entonces había conocido a Nate. La cuestión era con cuál de los dos se quedaría al final.

—¡Déjalo ya, Teri! Nate y yo no tenemos una relación seria —dijo Rachel.

Maryellen no lo tenía tan claro, pero optó por no hacer ningún comentario al respecto y le preguntó:

—¿Cómo te va con Bruce? —sabía que Rachel tenía una relación muy estrecha con Jolene, la hija de Bruce.

—Sólo somos amigos —le contestó su amiga con impaciencia.

Maryellen estaba casi convencida de que lo que Rachel sentía por Bruce era más profundo de lo que ella misma creía.

—Lo que no entiendo es que Rachel tenga dos hombres a su disposición, mientras que yo no tengo ni uno —apostilló Teri, mientras seguía cortándole el pelo.

—Tendrías que haber pujado en la subasta de solteros —le

dijo Rachel, haciendo alusión a la fiesta con fines benéficos en la que había «comprado» a Nate.

—Todos los hombres eran demasiado caros para mis bolsillos —Teri se agachó para recoger algunos de los largos mechones que acababa de cortar, y le preguntó a Maryellen—: ¿Quieres donarlo para hacerle una peluca a una enferma de cáncer?

—Por supuesto, es una idea genial —se sintió bien al poder ayudar a alguien, sobre todo teniendo en cuenta lo mucho que ella misma había recibido.

Teri encendió la tele al cabo de unos minutos para ver el informe meteorológico del fin de semana. Mientras el telenoticias acababa, comentó:

—Han dicho que va a celebrarse un campeonato de ajedrez bastante importante en Seattle.

—¿Te gusta el ajedrez? —le preguntó Maryellen.

—La verdad es que ni siquiera sé cómo se juega. Se parece bastante a las damas, ¿verdad?

Maryellen y Rachel intercambiaron una mirada, y ésta última fue quien respondió.

—No, la verdad es que es un poco más complicado.

Teri y Rachel se marcharon cuando acabaron con la sesión de belleza, y Jon y Katie llegaron poco después. Los dos parecían exhaustos.

—¿Te gusta? —Maryellen se llevó una mano al pelo con actitud vacilante al ver que él se quedaba mirándola sorprendido, y entonces le explicó lo de la visita de sus amigas y lo satisfecha que se sentía por haber podido donar su pelo para una peluca.

—Me parece genial, y me encanta tu nueva imagen. Siempre me ha gustado que llevaras el pelo largo, pero este corte te queda muy bien; además, es mucho más práctico.

Maryellen sonrió al oír sus palabras y abrazó a Katie, que se colocó sobre su regazo y apoyó la cabeza en su hombro. La niña se quedó dormida en cuestión de minutos, y entonces la tumbó a su lado en el sofá.

No le preguntó a su marido qué tal le había ido la jornada, porque su expresión cansada hablaba por sí misma. Jon se había pasado todo el día de un lado a otro... había ido a la biblioteca, al supermercado, y a comprar carretes para la cámara de fotos.

—Siéntate conmigo un rato —le dijo, mientras se incorporaba hasta sentarse.

—Aún tengo cosas que hacer, Maryellen.

—Por favor, Jon... —le dijo en voz baja, mientras daba unas palmaditas en el sofá.

Él vaciló un instante. Era obvio que estaba debatiéndose entre la necesidad de trabajar mientras Katie dormía la siesta y el deseo de estar con ella, pero al final la sonrisa con la que ella lo miró pareció convencerle, porque se sentó a su lado y le pasó un brazo por los hombros.

—Te amo tanto, Jon...

Él la besó en la frente, y le dijo:

—Yo también te amo.

—Todo esto acabará en un par de meses.

—Se me está haciendo eterno.

—Las últimas semanas de embarazo serán las peores, las cosas van a empeorar antes de empezar a mejorar.

—Nos las arreglaremos.

—Sí, claro que sí —giró la cabeza para poder mirarlo a los ojos, y le dijo sin andarse por las ramas—: Tu madrastra ha llamado.

Él se tensó, pero permaneció en silencio; al cabo de un largo momento, le preguntó:

—¿Ha llamado ella, o has sido tú?

—Ha sido ella, Jon. Reciben el *Chronicle*, y se enteraron de lo del incendio del Lighthouse. Ha llamado para preguntar cómo estábamos.

—Así que saben que no estoy trabajando, ¿no?... bueno, que no tengo un empleo.

—Sí, y le he dicho lo de los problemas con el embarazo —era obvio que aquello no le hizo ninguna gracia a su marido, pero al ver que permanecía callado, añadió–: Jon, quiero que quede muy claro que yo no se lo he pedido.

–¿El qué?

–Van a venir a echarnos una mano. Ellen ha insistido, ha dicho que se trata de sus nietos y que necesitamos ayuda –al ver que él no hacía ningún comentario, le dijo–: Di algo –le daba miedo la reacción que pudiera tener, se sentía incapaz de lidiar con él si se enfadaba.

–No pueden quedarse aquí –cuando ella asintió, añadió–: Y no quiero que estén en la casa cuando yo esté aquí.

–Se lo dejaré claro.

–Esto no me hace ninguna gracia, pero lo haré por ti, por Katie, y por el bebé.

–Gracias –le dijo ella con voz queda.

–Pero no va a cambiar nada, Maryellen.

–Ya lo sé –apoyó la cabeza contra él, y al cabo de un momento lo notó más relajado.

–Es lo que tiene el amor, ¿verdad?

–¿Mmm?

–Te hace hacer cosas que no quieres por tus seres queridos, cosas que jamás habrías pensado que harías.

Maryellen sabía a qué se refería. Jon se había prometido a sí mismo que sus padres no volverían a tener cabida en su vida debido a lo que le habían hecho, y sin embargo iba a dejar a un lado sus convicciones porque Ellen y Joseph estaban dispuestos a ayudarlos. Iba a ceder un poco por el bien de su esposa y de sus hijos. Aunque no había perdonado a sus padres, había dejado a un lado su rencor por el bien de su familia.

–Lo que quieres decir es que el amor hace que antepongamos a los demás, ¿verdad? –le dijo ella. Al fin y al cabo, ¿no consistía en eso el amor?

CAPÍTULO 4

Justine apenas podía soportar mirar los restos calcinados del Lighthouse. La mayor parte de la estructura se había derrumbado, y los restos ennegrecidos eran una mácula contra el vívido azul de la ensenada. La cinta policial amarilla aún atravesaba el aparcamiento, y a pesar de que ya habían pasado dos semanas desde el incendio, el penetrante olor de la madera quemada aún impregnaba el ambiente.

Seth y ella estaban acompañados de Robert Beckman, el tasador de la compañía de seguros, que estaba tomando notas. Gracias a Dios, Leif estaba en la guardería; en la medida de lo posible, querían mantenerlo al margen de todo aquello.

El ataque de pánico que había sufrido la semana anterior la había afectado bastante. No le había contado a Seth que se había encontrado a Warren en el parque, porque sabía que no le haría ninguna gracia, pero su marido no tenía nada de qué preocuparse. El amor que sentía por Seth y por la familia que habían creado juntos era indestructible. Warren había sido muy amable con ella, así que le estaba agradecida, pero nada más. Él la había invitado a comer, pero ella había declinado la invitación y no habían vuelto a hablar desde entonces.

–¿Cuánto tiempo va a durar la investigación? –le preguntó Seth al tasador.

Justine lo tomó del brazo para intentar aplacarlo. Su marido seguía amargado e impaciente, estaba ansioso por seguir adelante después de lo del incendio, y se impacientaba con cualquier retraso. Ya había empezado a hablar de reconstruir el restaurante, estaba deseando que tanto el negocio como sus vidas volvieran a la normalidad... de hecho, estaba casi obsesionado, y se frustraba con cada impedimento que surgía. No podía dormir, y el estrés había empezado a afectar a su salud emocional.

—Ya sé que da la impresión de que las cosas se están alargando mucho, pero... —empezó a decirle Robert, con voz tranquilizadora.

—Ya han pasado dos semanas, ¿qué queda por investigar? —le espetó Seth con sequedad.

—Disculpe a mi marido, señor Beckman. Todo esto está siendo muy duro para nosotros.

—Lo entiendo perfectamente. Como iba diciendo, soy consciente de que las cosas parecen estar alargándose mucho, pero les prometo que estamos trabajando con tanta rapidez y eficiencia como podemos.

—Disculpe si he sido un poco brusco, pero es que con cada día que pasa el restaurante pierde clientes y personal.

Aquella misma mañana, se habían enterado de que el jefe de camareros había conseguido un empleo en Tacoma. Iba a ser difícil reemplazar a Dion, y era inevitable que el resto del personal buscara trabajo en otro sitio; al fin y al cabo, nadie podía pasar sin un sueldo durante demasiado tiempo.

—La compañía es consciente de la situación, pero no podemos hacer nada hasta que el jefe de bomberos nos autorice a analizar a conciencia los daños. Como se trata de una investigación criminal, el proceso va a durar más tiempo.

Justine sabía que su marido había llamado muchas veces al jefe de bomberos, para intentar acelerar la investigación.

—He contactado con un arquitecto —comentó Seth—. Ya hemos empezado a hablar de los planos y me gustaría acordar cuanto antes el calendario de construcción, pero no puedo hacerlo hasta que las autoridades me den el visto bueno.

Ella se quedó mirándolo boquiabierta, porque no tenía ni idea de que ya había hablado con un arquitecto.

—Pues creo que va a tener que esperar un poco más —le dijo el tasador.

—¿Cuándo podremos empezar con la reconstrucción?

—Como parece claro que el fuego fue intencionado, la compañía quiere traer a un experto que analice las causas y el origen. Sería una investigación añadida a la que ya están haciendo las autoridades locales.

—¿Qué hará ese experto? —le preguntó Justine.

—Su objetivo principal sería confirmar que se trata de un incendio provocado. Se trata de analizar el fuego para determinar dónde se originó.

—¿Cómo puede sacar esa información de un montón de cenizas? —le preguntó Seth con impaciencia.

—Es increíble la cantidad de datos que los investigadores pueden llegar a obtener, son capaces de averiguar con exactitud dónde se originó un fuego y qué acelerador se utilizó. A veces pueden encontrar otras pistas rebuscando entre los escombros, ha habido casos en que gracias a sus investigaciones se ha podido detener y condenar a los culpables. Recuerdo una vez en concreto que...

—Todo eso me parece genial, pero aún no sé lo que tengo que decirle al arquitecto —le dijo Seth, mientras se pasaba los dedos por el pelo en un gesto cargado de impaciencia.

Justine se había quedado horrorizada al saber que su marido ya había contactado con un arquitecto, y se preguntó cuándo lo había hecho. Él había salido varias tardes, pero no le había dicho adónde había ido ni con quién había estado, y ella no se lo había preguntado. Lo cierto era que se había sentido aliviada al no tener que lidiar con él durante unas horas. Seth parecía incapaz de quedarse quieto, y cuando estaba en casa iba de una habitación a otra sin poder concentrarse en nada durante más de unos minutos. Parecía incapaz de relajarse.

–Su póliza cubre la falta de ingresos durante un año –les dijo Robert Beckman, mientras examinaba sus notas–. Si la construcción dura más tiempo, puede pedirse una prórroga.

–Pues cuanto antes empecemos, mucho mejor tanto para la compañía como para nosotros, ¿no? –le dijo Seth.

Al ver que Robert daba otra de sus respuestas tranquilizadoras, Justine fue incapaz de seguir escuchando la conversación y atravesó el aparcamiento hasta llegar al extremo más alejado, que tenía vistas a la ensenada. Estaba un poco nublado, y el viento tenía cierto aroma salobre que disimulaba un poco el olor del humo.

Siempre se calmaba al contemplar la ensenada, así que intentó absorber la calma que le proporcionaba el paisaje mientras luchaba por controlar los latidos acelerados de su corazón. Seth había hablado con un arquitecto sin consultarlo antes con ella. Cuando habían tenido la idea de abrir el Lighthouse por primera vez, había estado involucrada en todos los aspectos de la planificación, pero en ese momento su marido estaba excluyéndola.

El incendio y sus consecuencias eran mucho peores de lo que cabría esperar. Seth se había convertido en un desconocido, era un hombre que no le gustaba y al que no conocía. La tentación de escapar, de hacer las maletas y desaparecer, crecía día a día. Warren le había dicho que podía usar una casa de verano que tenía en el canal Hood, y seguro que era un lugar tranquilo en el que Leif podría disfrutar paseando por la playa, explorando y mojándose los pies en el agua. Podía imaginárselo buscando almejas con su pala de juguete, riendo entusiasmado. No se habían ido ni una sola vez de vacaciones desde que el niño había nacido, porque habían estado muy ocupados con el restaurante, pero desde lo del incendio había empezado a darse cuenta de que el negocio se había convertido en el eje de sus vidas.

—Justine... —Seth se acercó a ella por detrás, y posó una mano en su hombro—. Todo va a salir bien, cariño.

—Ya lo sé —el fuego y la pérdida del restaurante habían dejado de ser su preocupación principal, lo que más la inquietaba era el efecto de la situación en su marido.

—Ya sé que últimamente estoy un poco malhumorado.

Ella sonrió, y posó la mano sobre la suya. Lo de «un poco malhumorado» era quedarse muy corto.

—Todo saldrá bien en cuanto descubramos al culpable, Justine.

—¿Ah, sí? —supuso que él no la había oído, porque no contestó. Ladeó un poco la cabeza para poder apoyar la mejilla sobre su mano, y le dijo—: Ya estás pensando en reconstruir el restaurante.

—Pues claro. Quiero empezar cuanto antes, ¿tú no?

—La verdad es que no lo sé.

—¿Qué quieres decir? —soltó una carcajada, como si pensara que estaba bromeando—. Nos ganamos la vida con el restaurante. Si no lo reconstruimos, nos quedamos sin ingresos.

—Sí, pero...

—No puedo volver a la pesca, Justine —le dijo él, al cabo de unos segundos.

La vida de un pescador profesional era dura y peligrosa. Seth había decidido dejar aquella profesión de forma definitiva, y su padre le había apoyado en todo momento.

—No quiero que pesques —se volvió hacia él, y se abrazó a su cintura antes de añadir—: Pero es que ya no sé si quiero seguir en el mundo de la restauración.

Él la agarró de los hombros, y le dijo:

—No lo dirás en serio, ¿verdad? No sabes lo que estás diciendo.

—Claro que lo sé... bueno, eso creo. Abrimos el Lighthouse sin saber en lo que nos estábamos metiendo, no teníamos ni idea de lo sacrificado que es tener un restaurante.

Según las estadísticas, ocho de cada diez nuevos negocios

fracasaban, y los restaurantes encabezaban la lista. El Lighthouse había tenido éxito gracias al gran esfuerzo que ambos habían hecho... y a cierta dosis de suerte.

—Cometimos algunos errores —Seth esbozó una sonrisa, y admitió—: Vale, metimos la pata muchas veces al principio, pero aprendimos rápidamente y avanzamos mucho.

—Apenas pasábamos tiempo juntos, en familia —aquello era lo que más la angustiaba. Al ver que su marido no hacía ningún comentario, añadió—: Los dos nos pasábamos el día entero en el restaurante —sabía que no era el momento más oportuno para hablar del tema, porque él seguía bastante alterado.

—Sabes que tenía que ocuparme de que las cosas funcionaran bien, Justine.

—No estoy echándote la culpa —se apresuró a decir, al ver que sus profundos ojos azules reflejaban confusión y dolor.

—¿Estás diciéndome que no he sido un buen marido?

—¡No, claro que no! Te amo, y tú me amas a mí. Eso no lo he dudado nunca, Seth, pero es que... tengo miedo.

—¿De qué?

—No lo sé. La semana pasada tuve un ataque de pánico. Al principio no me di cuenta de lo que me pasaba, sentí que me faltaba el aire y que estaba a punto de desmayarme.

—¿Cuándo fue?, ¿por qué no me lo dijiste?

—No pude hacerlo. Estabas tan enfadado y estresado, que no quise preocuparte aún más.

Él la abrazó con fuerza, y le dijo:

—Lo siento, amor mío... lo siento tanto...

—Yo también, perdona por todo.

Él alzó la cabeza para poder mirarla a la cara, y le preguntó:

—¿Por qué te disculpas?

—Porque no creo que sea capaz de aguantar la misma situación de antes. No quiero que los dos nos pasemos el día entero trabajando, ni que Leif se pase horas y horas con niñeras. No quiero estar preocupada constantemente por el dinero y por tener que pagar a los empleados. Siempre surgía alguna preocupación, ¿verdad? Las cosas no salían tal y como las habíamos planeado al principio. En teoría, yo iba a ocuparme de la contabilidad y trabajaría en el restaurante algún día esporádico, pero al final acabé yendo a diario. Leif estaba criándose con niñeras, y tú cada vez tenías menos tiempo para nosotros.

—¿Por qué no me dijiste todo esto antes?

—Porque apenas te veía, y cuando coincidíamos, casi siempre acabábamos hablando del restaurante. Queríamos tener otro hijo, pero íbamos dejándolo para después.

—Pero...

—Apenas hemos tenido tiempo para ser una familia, Seth. No tiene sentido tener otro hijo —lo contempló durante unos segundos, y comentó—: Ya sé lo que estás pensando.

—Lo dudo.

—Estás pensando que no quieres tirar por la borda todo el trabajo que has hecho, que no te has pasado los últimos cinco años trabajando día y noche para acabar con un montón de escombros —al ver que la miraba sorprendido, añadió—: Tenemos que decidir qué es lo que importa de verdad, Seth. ¿Merece la pena trabajar trece o catorce horas al día, teniendo en cuenta el efecto que está teniendo en nuestro hijo y en nuestro matrimonio?

—Sí —le dijo él, sin dudarlo—. Estás exagerando, no todo es negativo.

—Tienes razón, pero para mí, lo negativo pesa más que lo positivo. Ya no estoy segura de que el sacrificio valga la pena. Te quiero tanto... —enmarcó su rostro entre las manos, y parpadeó para intentar contener las lágrimas—. Quiero recuperar a mi marido, al hombre con el que me casé y que me demostró que podía amar y ser amada. Quiero recuperar lo que compartíamos, y tengo miedo de que ya sea demasiado tarde.

Seth la apretó contra su cuerpo, y la abrazó con fuerza. Se estremeció ligeramente, y tardó unos segundos en hablar.

—No sabía que te sintieras así, Justine.
—Ni siquiera yo misma lo sabía hasta lo del incendio.
—¿Qué es lo que quieres?
—No estoy segura... quizá que nos lo pensemos con calma antes de decidir si queremos reconstruir el Lighthouse.

A juzgar por lo tenso que se puso, era obvio que él prefería reconstruir el restaurante sin plantearse nada más. Justine tragó con dificultad, y se preguntó si lo que acababa de decirle habría servido de algo.

—No voy a prometerte nada —le dijo él al fin.
—¿Podemos hablarlo al menos?
—De acuerdo, lo hablaremos.

CAPÍTULO 5

Cecilia releyó de nuevo la lista de casas en alquiler de la sección inmobiliaria del *Cedar Cove Chronicle*. Otras parejas de la Armada ya les habían advertido que era casi imposible alquilar una casa en un vecindario de clase media sin contar con el sueldo de ambos cónyuges, pero Ian y ella no querían gastarse casi todo lo que ganaban en un alquiler, porque tenían planeado ahorrar para poder comprar una casa en el futuro. Querían tener un hogar propio, sobre todo desde que tenían a Aaron.

—La casa está en el 204 de Rosewood Lane —le dijo a Ian, que estaba conduciendo, antes de volverse a mirar a Aaron. El niño estaba dormido en su capazo, en el asiento posterior del coche.

—No te hagas ilusiones.

—Ya me las he hecho —estaba deseando que aquello saliera bien.

Sus padres se habían divorciado cuando ella aún era muy joven, y desde entonces había vivido con su madre en pisos. Siempre había soñado con tener una casa con jardín en un vecindario de verdad. Como Ian se había criado en una casa, vivir en otra no significaba tanto para él, y estaba dispuesto a esperar hasta que pudieran permitirse comprar una.

Ella había llamado por teléfono a varias casas que tenían buena pinta, y había quedado en la de Rosewood Lane con Judy Flint, una empleada de la agencia inmobiliaria que se encargaba de aquella propiedad.

El vecindario le gustó de inmediato. La calle estaba bordeada de olmos, y había tulipanes y narcisos en los jardines delanteros de casi todas las casas. Era uno de esos vecindarios en los que los niños paseaban en bicicleta, y jugaban a la comba en las aceras. Contuvo el aliento al ver una valla blanca, y deseó con todas sus fuerzas que aquél fuera el número 204.

Al darse cuenta de que sus deseos se habían hecho realidad, exclamó:

—¡Mira, Ian! ¡Es perfecta!

De hecho, era incluso mejor de lo que había imaginado. Se trataba de una casa blanca de dos plantas, con una gran buhardilla por encima del porche delantero. El que fuera bastante antigua no le importó; de hecho, contribuyó a que le resultara incluso más atrayente. Le gustaron sobre todo el amplio porche y las columnas de ladrillo.

—Sí, está bastante bien —comentó su marido, mientras aparcaba el coche.

—A ti también te gusta —le dijo, mientras le daba una palmadita juguetona en el brazo.

—Sí, parece una buena casa familiar.

Cecilia bajó del coche de inmediato. Judy Flint, la agente inmobiliaria, estaba esperándolos en la puerta principal, y los dueños de la casa irían también en caso de que se los llamara. Parecía un poco inusual, pero habían pedido conocer a todos los posibles inquilinos.

Ian sacó el capazo del coche, y lo llevó hacia la casa.

—¡Qué preciosidad! —comentó Judy, al ver al bebé—. Llegan muy puntuales —les dijo, sonriente.

Cecilia ya estaba lista con una hora de antelación, y la espera se le había hecho interminable.

—Me parece que mi mujer está dispuesta a alquilarla sin

verla siquiera, pero a mí me gustaría echarle un vistazo —dijo Ian, en tono de broma.

—Entren, por favor —Judy abrió la puerta mosquitera para que pasaran.

Cecilia entró mientras miraba a su alrededor. A pesar de que no había muebles, la sala de estar resultaba cálida y acogedora gracias a la chimenea de ladrillo, el suelo de roble y las paredes de color crudo. No le costó imaginarse cómo quedaría todo cuando colocaran sus cosas.

Aún estaba contemplando la sala de estar cuando Ian le dijo desde la cocina:

—Esto es un poco pequeño.

—Ahora voy —estaba muy atareada contemplando la chimenea, que tenía estanterías a ambos lados. Era el lugar perfecto para una mecedora, y se imaginó allí amamantando a Aaron, leyendo y soñando despierta...

Ian entró de nuevo en la sala de estar, y le dijo:

—Recuerda que es la primera casa que hemos visto, Cecilia. Acabamos de empezar a mirar, hay muchas más opciones en nuestra lista.

—Lo tendré en cuenta —le dijo, a pesar de que ya estaba decidida. Aquélla era la casa que quería, sólo tenía que convencer a su marido. Si tardaban demasiado, se exponían a que alguien se les adelantara.

Ian volvió a salir de la sala de estar, y al cabo de unos minutos le oyó decir:

—Voy a echarle un vistazo al garaje.

Al darse cuenta de que su marido ya había recorrido toda la planta baja mientras que ella aún no había pasado de la sala de estar, echó a andar sin perderse ni un solo detalle; tal y como le había dicho Ian, la cocina era bastante pequeña, pero le pareció adecuada. Al ver que la puerta trasera tenía una entrada para mascotas, se dijo que quizás algún día podrían tener un perro. El lavadero que había a un lado de la cocina daba a un pasillo, y éste la condujo hasta dos dormitorios. El más grande tenía las paredes pintadas en un suave tono amarillo que parecía fresco y nuevo. El armario era pequeño, pero también adecuado.

—Hay dos dormitorios más en el piso de arriba, en total hay cuatro —le dijo Judy.

—Cuatro dormitorios... —le parecía una mansión.

—El sótano está sin terminar.

—¿También hay sótano?

—La propietaria lo usaba para guardar trastos.

Ian entró de nuevo en la casa, y exclamó con entusiasmo:

—¡El garaje es fantástico!, ¿quieres venir a echarle un vistazo?

—Vale —intercambió una sonrisa con Judy, que fue enumerando varias características del garaje mientras iban a verlo. Ian podría cacharrear a sus anchas con el coche, y quedaba espacio más que de sobra para guardar cosas—. Recuerda que es la primera casa que hemos visto, Ian —le dijo en tono de broma—. No te emociones demasiado.

—Es la mejor casa que tengo disponible dentro del margen de precios que me dijeron —apostilló Judy.

—¿Qué opinas, cariño? —le preguntó Ian.

—Creo que seríamos tontos si dejáramos pasar esta oportunidad.

Él la tomó de la mano, y le dio un ligero apretón.

—¿Quieren que llame a los propietarios? —les preguntó Judy.

Cuando Ian respondió asintiendo con firmeza, la agente salió mientras abría su teléfono móvil.

—Es una maravilla, Ian —comentó Cecilia en voz baja.

—Cuatro dormitorios son muchos para nosotros tres.

—Ya llegarán más bebés, podríamos llenar todos los dormitorios en un abrir y cerrar de ojos —lo miró risueña, y soltó una carcajada al verle enarcar las cejas de golpe.

Era obvio que su marido estaba tan entusiasmado como ella, pero justo cuando pensaba que él iba a besarla, Judy regresó y les dijo:

—Los propietarios están en la ciudad, llegarán en unos diez minutos.

Mientras recorrían el resto de la casa, incluyendo los dos dormitorios de arriba, llegó un coche del que salieron un hombre con sombrero de vaquero y botas y una mujer de mediana edad. La pareja enfiló por el camino de entrada, y Judy les abrió la puerta y se encargó de las presentaciones; al parecer, se llamaban Grace y Cliff Harding.

Cecilia sonrió con timidez, y cuando Aaron empezó a moverse y a protestar con impaciencia, lo sacó del capazo y lo sostuvo contra su hombro.

—Ya sé que es un poco inusual que los propietarios quieran conocer a los posibles inquilinos —comentó Grace.

—No nos importa —le dijo ella. La había reconocido de inmediato. Antes de comprarse el ordenador solía usar los de la biblioteca cuando Ian estaba en alta mar, ya que se comunicaban a través de Internet. Grace trabajaba allí, y siempre había sido muy amable y servicial.

Cliff rodeó a su esposa con un brazo, y comentó:

—Grace y su familia vivieron en esta casa durante unos treinta años, así que quiere asegurarse de que esté en buenas manos.

—Lo estará.

A Cecilia le parecía comprensible que Grace quisiera conocer a cualquier posible inquilino. Debía de resultarle bastante duro dejar que unos desconocidos vivieran en el que había sido su hogar durante tantos años, pero era obvio por qué estaba dispuesta a dejar aquel lugar. Saltaba a la vista que Cliff Harding la adoraba, el amor que aquel hombre sentía por su mujer se reflejaba en la forma en que la tocaba y la miraba.

—¿Trabaja en la Armada? —le preguntó Cliff a Ian.

—Sí.

—Podrían trasladarle, ¿verdad? —Grace miró a su marido con indecisión.

—Sí —Cecilia sabía que se le rompería el corazón en caso

de tener que marcharse de Cedar Cove, pero estaba dispuesta a ir adonde asignaran a su marido.

—La señora Harding pide que el alquiler sea de un año —comentó Judy.

—Eso podría ser un problema —dijo Ian—. Hay rumores de que van a transferir el *George Washington* a San Diego, aunque aún no se sabe nada concreto.

Cecilia estaba al corriente de aquello, porque él ya se lo había comentado, pero esperaba que se tratara de rumores sin fundamento.

—¿Aceptarían plantearse un alquiler con opción a compra? —le habría gustado haber hablado antes del tema con Ian, pero quería saber si era una opción posible.

Grace miró de nuevo a su marido, y dijo:

—Pues... no lo sé, me gustaría pensármelo.

—Por supuesto. La verdad es que ni siquiera sabemos si podríamos permitirnos comprar una casa tan grande.

—Hay tiempo para hablar de todo eso —apostilló Ian—. Les aseguramos que cuidaríamos de la casa como si fuera nuestra, pero no vamos a poder firmar un contrato de un año.

Cecilia contuvo el aliento mientras esperaba a que Grace respondiera, y su marido añadió:

—Si es una condición imprescindible, vamos a tener que buscar otro sitio.

Cliff Harding se encogió de hombros, y pareció dejar la decisión en manos de Grace.

Cecilia no sabía qué decir, así que al final preguntó:

—¿Hay espacio para plantar un jardín?

—Sí, siempre he tenido uno. Ya hay rosas y varias plantas perennes, pero queda mucho espacio para plantar más; además, es un terreno que tiene mucho sol por la tarde.

—Siempre he querido tener un jardín —Cecilia le dio unas palmaditas en la espalda al niño, que se quedó dormido al cabo de un momento.

Judy se quedó en la sala de estar mientras los cuatro recorrían la casa. Ian y Cliff entablaron una conversación, y ella charló con Grace y le hizo varias preguntas. Cuando acabaron con el recorrido, comentó:

—Nos gustaría alquilarla, aunque no podamos comprometernos a quedarnos un año.

Grace miró sonriente a su marido, y asintió antes de comentar:

—Tenía la esperanza de que esta casa acabara en manos de alguien como ustedes. Es un buen vecindario para una familia, encajarán a la perfección.

Cecilia estuvo a punto de echarse a llorar de alegría, y le dijo:

—Muchísimas gracias.

Cliff alzó las manos, y le dijo en tono de broma:

—A mí no me mire, la decisión es de Grace.

Judy Flint se les acercó, y comentó:

—Me encargaré del papeleo de inmediato, ¿pueden darme un cheque esta misma tarde?

—Por supuesto —Ian se sacó la chequera del bolsillo.

—¿Cuándo podemos mudarnos? —Cecilia intentó contener el entusiasmo que sentía.

Judy se volvió hacia Grace, que sonrió y dijo:

—Por mí, pueden hacerlo en cuanto los documentos estén firmados.

—¡Gracias, muchas gracias! —Cecilia no podía dejar de sonreír.

CAPÍTULO 6

Linnette McAfee llevaba toda la semana deseando que llegara aquella tarde, porque había quedado con Cal. Trabajaba de asistente médico en la clínica de la ciudad y tenía turnos rotatorios, pero por suerte, él trabajaba para Cliff Harding y podía ajustar su horario según le conviniera. Si no tuviera un jefe tan comprensivo, apenas podrían verse.

Su madre, Corrie, había pujado por Cal en la subasta de perros y solteros, un evento en el que se recaudaban fondos para la protectora de animales de la zona, y se había gastado una buena suma de dinero. A ella le había comprado una cita con Cal, y a su hermano Mack un pastor australiano. Los dos regalos habían sido todo un éxito, ya que Lucky se había convertido en el amigo inseparable de Mack y ella había acabado enamorándose de Cal, aunque la relación había tardado un poco en arrancar.

Al principio, lo único que sabía de Cal Washburn era que trabajaba de adiestrador de caballos, y que tartamudeaba un poco; además, por aquel entonces le había echado el ojo al doctor Chad Timmons, aunque éste no estaba interesado en ella a pesar de cuánto se había esforzado por conquistarlo.

Su madre le había dado la lata para que tuviera la cita con Cal, y cuando al final había claudicado y había salido con él, se había sorprendido al disfrutar mucho de la velada. Su sorpresa había sido aún mayor cuando él había vuelto a invitarla a salir y la había besado, porque no esperaba disfrutar de la compañía de aquel hombre, y mucho menos de sus besos.

Aquél había sido el inicio de su noviazgo... y aunque «noviazgo» pudiera parecer una palabra un poco pasada de moda, lo cierto era que a ella le quedaba como anillo al dedo, porque se consideraba una mujer bastante chapada a la antigua; de hecho, era algo que a Cal parecía gustarle. La relación avanzaba poco a poco, y a pesar de que tanta lentitud empezaba a resultarle un poco frustrante, era consciente de que era algo natural en dos personas como ellos. Cal era bastante tímido por culpa del tartamudeo, incluso con ella.

Cuando llegó al rancho de Cliff Harding en Olalla, a unos veinte minutos al sur de Cedar Cove, Cal ya estaba esperándola. Sonrió al verla llegar, y ella no pudo evitar sonreír a su vez. Estaba muy ilusionada por lo que sentían el uno por el otro, pero también un poco intimidada, porque la atracción física era muy fuerte. Tenía veintipocos años, y había estado tan centrada en sus estudios, que no había tenido ninguna relación seria hasta ese momento.

—Hola —le dijo, al bajar del coche. Cal era alto y delgado, y tenía los ojos del azul más profundo que había visto en su vida.

—Ho... hola.

No hizo falta que dijera nada más, ella supo cuánto se alegraba de verla sin necesidad de palabras. La abrazó por la cintura, y después de mirar a su alrededor para comprobar que no hubiera nadie mirando, la besó con una pasión que la dejó sin aliento.

Cuando el beso acabó, ella apoyó la frente contra su pecho, respiró hondo, y le dijo:

—Me has echado de menos, ¿verdad?

—Sí, mu... mucho.

—Cal... —seguía tan afectada por el beso, que tuvo que carraspear para aclararse la garganta antes de poder continuar—. Recibí tu mensaje, y he traído la comida. ¿Qué tienes pensado?

—Ya lo ve... verás —la agarró de la mano y la condujo hacia el establo, donde había dos caballos ensillados.

—Eh... ¿te he dicho alguna vez que nunca he montado a caballo?

—Sí. No te preocu... cupes.

—Claro que me preocupo... ah, sí que monté una vez, ahora me acuerdo. Cuando tenía cinco años, mi padre me dejó subir a un poni en una feria. Estaba tan aterrada, que tuvo que caminar a mi lado.

Cal soltó una carcajada, y le dijo:

—No te va a pasar na... nada. Sheba es una ye... yegua bastante ma... yor, y muy tran... tranquila.

—¿Me lo prometes?

Los caballos que Cal había elegido eran mucho más grandes que el poni de su niñez. Quizás estaba proyectando sus miedos, pero al ver que la yegua la miraba y soltaba un resoplido, tuvo la impresión de que estaba advirtiéndole que iba a arrepentirse en cuanto se montara encima.

—Te lo pro... prometo.

Supuso que él tenía planeada una tarde romántica, y como no quería fastidiarlo todo por culpa del nerviosismo, intentó ganar un poco de tiempo y fue al coche a por la comida a paso lento.

Cal la acompañó, y le puso una mano en la nuca antes de decirle con voz tranquilizadora:

—No te... tengas miedo.

—No tengo miedo —se sintió orgullosa de lo bien que acababa de mentir.

Cal pareció creerla... o quizá se le daba muy bien fingir.

—Entonces, Sheba es para mí, ¿no? —le preguntó, mientras él agarraba las bolsas de comida y las guardaba en las alforjas del caballo más grande.

—Sí —señaló a la yegua con la cabeza, y añadió—: Ya te he di... dicho que es mu... muy tranquila.

—Genial —se colocó delante de la yegua para que pudiera verla bien, y al verla asentir varias veces, se dijo que quizá Cal le había pedido al animal que se portara bien con ella. Alzó una mano un poco vacilante, y le acarició el morro.

Después de ayudarla a montar, Cal le ajustó los estribos y le dio las riendas. Linnette se sintió muy vulnerable al estar tan alta, porque sabía que podía hacerse mucho daño si se caía, pero no se atrevió a decirle lo asustada que estaba.

Él le preguntó si estaba cómoda, y al verla asentir, montó en Webster, su zaino. Cuando se dirigió hacia la puerta del establo, Sheba lo siguió obedientemente sin necesidad de que Linnette le hiciera ninguna indicación.

A pesar de que apenas era mediodía, el sol brillaba con fuerza y todo apuntaba a que iba a hacer muy buen día. Cal le había dado algunas instrucciones básicas, pero le costó pillar el ritmo y fue rebotando y entrechocando los dientes hasta que empezó a estar un poco más relajada. Él mantuvo un paso tranquilo, y cuando se sintió lo bastante segura como para alzar la cabeza, lo contempló embobada. Al verlo tan seguro y atractivo a lomos del caballo, recordó que Cliff había comentado en una ocasión que era un jinete nato.

—¿Y Gloria? —le preguntó él de repente.

Gloria era la hermana de Linnette, a la que había conocido recientemente. Sus padres se habían enamorado cuando estaban en la universidad, pero para cuando su madre se había dado cuenta de que estaba embarazada, la relación ya había terminado. La vergüenza y el miedo la habían impulsado a regresar a la casa de su familia, y siete meses después había dado a luz a una niña a la que había entregado en adopción. Había regresado a la universidad después del parto, y su padre, que ni siquiera sabía que la había dejado embarazada, le había pedido que volviera con él. Ella le había contado que había tenido una hija suya cuando ya estaban prometidos para casarse, y habían acordado no volver a hablar del tema. No lo habían hecho, hasta que Gloria había buscado a su familia biológica.

Había sido impactante descubrir que tenía una hermana. Se había quedado atónita, abrumada y desconcertada, pero a la vez estaba entusiasmada. Sin que ella lo supiera, la vecina de su bloque de pisos con la que había entablado una buena amistad era también la hermana que siempre había querido tener. El vínculo que las unía había ido fortaleciéndose poco a poco.

—Está genial, el lunes cenamos juntas después del trabajo. La familia entera va a reunirse el domingo de Pascua, y ella también vendrá.

Iba a ser una verdadera prueba para la familia, porque a pesar de que sus padres querían a Gloria y la habían recibido con los brazos abiertos, todos eran conscientes de que no era lo mismo. Los padres adoptivos de Gloria habían muerto en un accidente aéreo, y al quedarse prácticamente sola en el mundo, había decidido buscar a su familia biológica. Sus padres estaban intentando recuperar el tiempo perdido, rellenar los espacios en blanco contándole la historia familiar mientras a su vez ella les contaba cómo había sido su vida.

Al darse cuenta de que Cal estaba observándola con una mirada penetrante, le dijo:

—No es que no la queramos, lo que pasa es que no tenemos un pasado común. Ella tuvo otros padres que la criaron y la adoraban, y que son su familia de verdad —todos, incluso Gloria, estaban dispuestos a hacer un esfuerzo, y el domingo de Pascua iba a ser la primera festividad que iban a pasar en familia.

Cuando Cal tomó un sendero bastante estrecho al llegar al bosque, tuvo que seguirlo en fila india, y hablar así resultaba muy difícil. Mientras saboreaba el olor a mar y a abetos que impregnaba el aire matinal, se sintió aliviada por tener que interrumpir la conversación, ya que quería hablar con él de algo importante y no sabía cómo sacar el tema. Le había dado muchas vueltas a lo de su tartamudeo y quería hablarle de lo que había averiguado sobre logopedia, pero a la vez quería dejarle muy claro que le amaba tal y como era.

Al cabo de unos diez minutos, salieron del bosque y llegaron a una playa. La marea alta destellaba bajo la luz del sol.

—¡Madre mía! —la asombró lo aislado que era aquel lugar. El pico nevado del monte Rainier se alzaba en la distancia, y Puget Sound se extendía ante ella como una sábana esmeralda. La isla de Vashon parecía tan próxima, que daba la impresión de que se podía llegar nadando.

—¿Te gu... gusta?

—Me encanta.

Después de desmontar, Cal la ayudó a bajar y dejó que los caballos camparan a sus anchas mientras él extendía una manta sobre la arena y sacaba la comida de las bolsas. Se sentaron el uno junto al otro con la espalda apoyada contra un tronco caído, y empezaron a comer.

Era la cita más romántica que habían tenido hasta el momento. Cuando terminaron de comer, se quedaron sentados mientras disfrutaban de la belleza de aquel lugar. Él la había rodeado con un brazo, y de vez en cuando se besaban con dulzura.

Linnette estuvo a punto de no sacar el tema de la logopedia, porque no quería mencionar nada que pudiera empañar la perfección de aquel momento.

—Cal, ¿puedo preguntarte algo que no he mencionado hasta ahora? —le preguntó, al cabo de unos minutos.

—Cla... claro.

—¿Siempre has sido tartamudo? —al notar que se tensaba, se volvió hacia él, se puso de rodillas, y le enmarcó el rostro entre las manos—. Te lo pregunto por una buena razón. No te ofendas, por favor.

Él la miró como intentando decidir hasta qué punto podía confiar en ella, y Linnette le sostuvo la mirada sin vacilar mientras procuraba que sus ojos reflejaran lo mucho que le amaba.

—Sí, si... siempre.

Ella le salpicó el rostro de besos, y le dijo:

—¿Sabes que no tartamudeas cuando nos besamos?

—¿Ah, no?

—No, y tampoco cuando estás hablando con los animales —era algo que le había llamado mucho la atención—. ¿Has ido alguna vez a un logopeda?

—No —le dijo él, mientras apartaba la mirada.

Ella hizo que volviera a girar la cabeza para que la mirara a los ojos, y le dijo:

—Lo suponía —respiró hondo antes de añadir—: En el condado de Kitsap hay un terapeuta muy bueno —había buscado a todos los de la región, y había comprobado sus credenciales.

—¿Qui... qui... quieres que va... vaya?

—Eso es decisión tuya —se dio cuenta de que estaba tartamudeando más, era algo que parecía sucederle como reacción ante el estrés. A pesar de que la arena se le estaba hincando en las rodillas, permaneció donde estaba y le dijo—: Sólo quiero que sepas que tienes ayuda disponible si la quieres —quería dejarle claro que era él quien tenía las riendas de la situación, y que decidiera lo que decidiese, a ella le parecería bien.

Al ver que él permanecía en silencio, se sentó a su lado de nuevo. Cuando él le pasó el brazo por el hombro y la atrajo contra su costado, ella sintió una paz y una calma reconfortantes.

—¿Me aco... compañarías?

—Sí, al menos en la primera visita... si es lo que quieres, claro.

Él le dio un beso en la coronilla, y le dijo:

—Tú ha... has monta... tado en Sheba.

Estaba diciéndole que ella había montado en la yegua a pesar de sus miedos, y que él también estaba dispuesto a arriesgarse. Estaba dispuesto a ir a un logopeda, a pesar de su necesidad de proteger su privacidad.

—Le debo a mi madre una enorme deuda de gratitud —comentó ella en voz baja.
—¿Por qué?
—Pagó mucho dinero en la subasta para que pudiera conocerte, y la verdad es que creo que consiguió el chollo del siglo —lo miró sonriente, y añadió—: Bueno, la verdad es que la que lo ha conseguido he sido yo.

CAPÍTULO 7

El teléfono empezó a sonar justo cuando Rachel Pendergast estaba metiendo un montón de ropa en la secadora. Se apresuró a ir a contestar, ya que llevaba todo el día esperando a que Nate la llamara, y logró llegar justo antes del quinto tono, que era cuando saltaba el contestador automático.

—¿Diga?

—¿Rachel?

Era Jolene Peyton, la niña de nueve años con la que mantenía una buena amistad. Poco después de que Bruce Peyton llevara a su hija al salón de belleza para que le cortaran el pelo, la niña había decidido que quería que ella fuera su nueva madre. Aquello había sido cuatro años atrás, y en su momento había creado una situación bastante incómoda.

Bruce era viudo y aún lloraba la pérdida de su mujer, que había muerto en un accidente de coche cuando iba a buscar a Jolene a la guardería. Él le había dejado muy claro que no estaba interesado en empezar una relación amorosa con nadie y ella había respetado su decisión, pero habían ido haciéndose amigos durante aquellos años porque ella había seguido quedando con Jolene. A veces salían a cenar, pero en gran parte para hablar sobre la niña, ya que Bruce solía pedirle consejo. Como ella también había perdido a su madre cuando aún era relativamente joven, se sentía muy identificada con la pequeña.

En otras palabras: entre Bruce y ella no había ninguna relación sentimental. Estaba saliendo con Nate Olsen, aunque pasaban muy poco tiempo juntos, porque él se debía a su trabajo en la Armada.

—Necesito que alguien me lleve a comprar, papá me ha dicho que puedo comprarme un vestido nuevo para el domingo de Pascua —le dijo la niña, con voz vacilante.

—No te preocupes, yo te acompaño.

—Mi papá quiere hablar contigo, ¿vale? —la pequeña parecía mucho más contenta.

—Hola, Rachel. ¿No te molesta llevarla?

—Claro que no, no hay problema —lo cierto era que a ella también le iría bien comprarse algo.

—¿Cuándo te va bien?

Como sólo faltaba una semana para las fiestas, tenía que ser cuanto antes.

—¿Qué te parece hoy mismo? —por una vez, tenía el sábado libre. Lo había pedido por si Nate tenía fiesta, pero como ya era media tarde, era muy improbable que él llamara.

—Perfecto, ¿te va bien que te la lleve en una hora?

Rachel sonrió al oír de fondo los gritos de entusiasmo de la pequeña, y contestó:

—Perfecto.

Después de acordar con él el precio aproximado que podía tener el vestido, se despidió de él y colgó. Disfrutaba mucho del tiempo que pasaba con Jolene. Cuando había pasado a cuarto curso, la niña la había invitado a ir a la jornada de puertas abiertas del colegio, y ella había ido con el beneplácito de Bruce; después, la pequeña le había escrito una preciosa nota de agradecimiento que guardaba como un tesoro, al igual que el montón de dibujos y de manualidades que le había regalado a lo largo de los años. Eran las cosas que una niña solía darle a su madre, y para ella era un honor tener el puesto de madre sustituta a tiempo parcial en la vida de la pequeña.

El teléfono empezó a sonar de nuevo cuando estaba acabando de peinarse. Antes de contestar tuvo la certeza de que se trataba de Nate, y sus sospechas se confirmaron.

—¿Estás libre? —le preguntó él.

—Más tarde.

Como Nate estaba trabajando en un proyecto muy importante a bordo del portaaviones, hacía una semana que no se veían.

—¿No tenías el día libre?

—Sí —no mencionó cuántos favores había tenido que cobrarse para lograr tener un sábado libre, y comentó—: Al ver que no llamabas, supuse que tenías que trabajar todo el día.

—¿No puedes cancelar lo que pensabas hacer?

—No. Jolene tiene que comprarse un vestido, y me he comprometido a acompañarla.

Él permaneció en silencio durante unos segundos, y al final dijo a regañadientes:

—Vale. Te habría llamado antes si hubiera podido.

—Ya lo sé. ¿Quedamos más tarde?

—¿A qué hora?

—No sé... ¿qué te parece a las seis?

—Demasiado tarde. Tengo un compromiso, una despedida de soltero. Habrá cena, y... espectáculo. Lo típico.

—Entonces, nos vemos en cuanto podamos —era lo máximo que podía ofrecerle.

—Vale —le dijo él, con un suspiro de resignación.

Siguieron charlando hasta que llamaron a la puerta. Pensando que se trataba de Bruce y Jolene, se despidió de Nate y fue a abrir, así que se sorprendió al ver que se trataba de Teri Miller.

—Enciende la tele —le dijo su amiga, al entrar a toda prisa en la casa.

—¿Por qué? —le preguntó, desconcertada.

—¿Te acuerdas de cuando fuimos a casa de Maryellen la

semana pasada? —Teri agarró el mando de la tele, la encendió, y fue cambiando de canal hasta que encontró el que quería.

Rachel miró la pantalla y vio que estaban emitiendo lo que a primera vista le pareció una especie de acontecimiento deportivo, pero no tardó en darse cuenta de que no se trataba de un deporte. Un grupo formado casi en su totalidad por hombres rodeaba varios tableros de juego, y todo el mundo parecía concentrado y serio.

—Están jugando al ajedrez —se preguntó a qué se debía el interés de su amiga.

—Es uno de los torneos más importantes del mundo, y se celebra en Seattle.

—Ah, sí, ya me acuerdo. Oímos que lo anunciaban en casa de Maryellen.

—Bobby Polgar es uno de los participantes —le dijo Teri con entusiasmo, sin apartar la mirada de la tele. Señaló a un hombre que estaba encorvado sobre uno de los tableros.

—¿Quién? —el nombre le resultaba familiar, pero el ajedrez no le interesaba demasiado. Sabía lo básico, pero nada más.

—Bobby Polgar, el mejor jugador de Estados Unidos. Ahora está jugando con un tipo de Ucrania que tiene un nombre que no puedo ni pronunciar.

—¿Y todo eso te interesa?

—Sí. Bueno, la verdad es que el que me interesa es Bobby, me parece muy guapo —se encogió de hombros con teatralidad, y añadió—: Sé por qué está perdiendo la partida.

—No entiendo nada, Teri. Que yo sepa, no tienes ni idea de ajedrez.

—No tengo ni idea de jugar —le echó un vistazo al reloj, y dijo con apremio—: Pero eso es lo de menos. Me voy, tengo que pillar el transbordador. Voy a Seattle para echarle una mano a Bobby.

Rachel la miró desconcertada. ¿Teri, el alma de las fiestas, iba a echarle una mano a un jugador profesional de ajedrez al que sólo había visto por la tele? ¿Pensaba ayudar a alguien que era experto en un juego del que ella no tenía ni idea?

—¿Te encuentras bien, Teri?

—Pues claro. Es una misión piadosa. Oye, ¿me dejas veinte pavos?

—Voy a por el bolso —solían ayudarse cuando alguna iba corta de fondos. Mientras sacaba el dinero del bolso, intentó asimilar la situación. Su amiga era bastante impetuosa, pero aquello era excesivo—. Ya sé que tienes prisa, pero empieza desde el principio y cuéntamelo rápido.

Teri respiró hondo, y le dijo a toda velocidad:

—Esta mañana estaba cortándole el pelo a esa profesora de universidad tan estirada... la señora Uptight.

—Upright.

—Lo que sea. Mientras le cortaba el pelo, ella hablaba por el móvil sobre el campeonato, y le parecía increíble que Bobby Polgar fuera por detrás. Me picó la curiosidad, así que cuando terminé de cortarle el pelo, encendí la tele y le vi jugando la primera partida, la que perdió.

—¿Y qué?

—Que necesita un corte de pelo.

—¿Bobby Polgar necesita un corte de pelo?

—Exacto. No dejaba de apartárselo de los ojos, está distrayéndole. Lo tiene demasiado largo, así que he decidido que voy a echarle una mano. Voy a ir al torneo, y me ofreceré a cortárselo.

Rachel podría haber enumerado doce obstáculos por lo menos a los que iba a tener que enfrentarse su amiga antes de llegar hasta Bobby Polgar... si conseguía llegar hasta él, claro. Pero sabía que era muy difícil hacerla cambiar de opinión cuando estaba decidida.

—Voy a hacerlo por mi país —añadió, de forma un poco melodramática.

—Qué patriótica eres —Rachel sonrió de oreja a oreja mientras le daba unas palmaditas en la espalda, y añadió—: Cuéntame lo que pase, ¿vale?

–Vale –sin más, Teri salió de la casa prácticamente a la carrera y se metió en su coche.

Bruce y Jolene llegaron cuando aún estaba diciéndole adiós a su amiga con la mano. La niña corrió hacia ella y se abrazó a su cintura, mientras su padre se acercaba con paso mucho más sosegado.

–¿A qué hora quieres que venga a buscarla?

–Ya te la llevo yo a casa –la casa de Bruce le pillaba de camino, y además, no tenía planes para después.

–Tengo una idea... podríamos quedar en algún sitio, y cenar los tres juntos.

–¿Podemos, Rachel? –Jolene se puso a saltar entusiasmada–. ¿Podemos?, ¿podemos?

–Suena genial.

Tres horas después, llegó con la niña al aparcamiento del Pancake Palace, el local donde habían quedado con Bruce. Servían buena comida y raciones abundantes, y era el restaurante preferido de la niña, aunque Rachel no entendía cómo era posible que a la pequeña le gustara mojar las patatas fritas en el chocolate deshecho con nata.

Bruce estaba esperándolas en una mesa cerca de la puerta, y las saludó con un gesto en cuanto las vio entrar. Jolene echó a correr hacia él como si llevara semanas sin verlo, y Rachel llegó junto a ellos al cabo de unos segundos.

–¿Cómo os ha ido?

Bruce se movió hacia un lado para que su hija pudiera sentarse junto a él en el banco, y Rachel disimuló una sonrisa al ver que la niña se sentaba junto a ella.

–¡Nos lo hemos pasado genial, papá! ¡Me encanta comprar! Hemos comprado un vestido rosa que estaba rebajado, así que también nos ha llegado para unas medias y un bolso.

–Los hombres no suelen valorar las rebajas del cincuenta por ciento, a menos que tengan que ver con herramientas de ferretería –Rachel agarró el menú, y se decidió por una tortilla de jamón y queso.

La camarera les tomó nota de inmediato. Jolene estuvo parloteando durante unos minutos, y entonces agarró uno de los lápices de colores que había en un vaso y se puso a pintar su mantel de papel, que tenía dibujada la silueta de un conejo que había que completar uniendo los puntos.

Rachel siguió charlando con Bruce. Siempre parecían tener muchas cosas de que hablar, a pesar de que se veían muy poco. A lo largo de los años, se había creado cierta camaradería entre ellos. Se habían besado alguna que otra vez, pero ninguno de los dos tenía pretensiones amorosas. En cualquier caso, él seguía amando a su mujer, y ella estaba saliendo con Nate; de hecho, le había pedido consejo a Bruce cuando se había enterado de que el padre de Nate era congresista.

—Me ha extrañado que no tuvieras planes en un sábado por la noche, ¿no sueles aprovechar para salir con Nate? —le preguntó Bruce.

—Qué más quisiera yo. La Armada es lo primero, y lleva varias semanas trabajando en un proyecto bastante secreto que apenas le deja tiempo libre —no comentó que, a pesar de que se las ingeniaban para hablar a diario, casi siempre era bastante tarde, cuando los dos estaban exhaustos.

La cena se alargó mientras tomaban café y Jolene un segundo chocolate deshecho, y para cuando llegó a casa, ya eran más de las ocho. Había disfrutado tanto de la cena como de la tarde de tiendas... de hecho, había aprovechado para comprarse dos jerséis... y después los tres habían ido al paseo marítimo para dar una vuelta y comerse un helado.

Le había contado a Bruce lo que le había pasado con Teri, y él se había echado a reír y le había dicho:

—Seguro que ha conseguido llegar hasta Bobby Polgar a pesar de la seguridad.

—¿Eso crees?

—Pues claro. No habrá dejado que una pequeñez como los guardias de seguridad o las cámaras de televisión la detengan.

Rachel había tenido que darle la razón. Teri era más que capaz de ingeniárselas para que la dejaran hablar con el mejor jugador de ajedrez de Estados Unidos.

Justo cuando acababa de abrir la puerta de su casa, oyó que el teléfono empezaba a sonar, y dejó caer las bolsas de la compra mientras iba corriendo a contestar. Tal y como esperaba, se trataba de Nate, que estaba en la despedida de soltero. Oyó de fondo risas y gritos, pero él no parecía estar pasándoselo bien.

—¿Dónde estabas? —parecía cansado y malhumorado.

—Ya te dije que iba a salir de compras con Jolene.

—¿Hasta después de las ocho?, me dijiste que estarías de vuelta a las seis.

—Sí, pero... —pero él no le había propuesto salir después a algún sitio, porque ya tenía planes—. Acabamos a eso de las seis, y entonces fuimos a cenar con Bruce al Pancake Palace.

Él permaneció en silencio durante unos segundos, y al final dijo con sarcasmo:

—No me dijiste que pensabas cenar con él.

—Claro, porque la idea surgió más tarde. No estarás celoso, ¿verdad?

—Claro que lo estoy, hace una semana que no te veo.

—Ya lo sé, y te he echado mucho de menos. La cena no ha significado nada, ya lo sabes. Bruce quería agradecerme de alguna forma que saliera a comprar con Jolene.

—Vale —murmuró él a regañadientes.

—No ha significado nada, te lo prometo.

—Vale. Oye, mañana por la tarde tengo fiesta, ¿crees que podrás hacerme un hueco en tu apretada agenda?

—Veré lo que puedo hacer.

—Perfecto.

Quedaron en el paseo marítimo, y se despidieron después de desearse buenas noches. Después de darse una larga ducha, Rachel se puso un viejo pijama de franela y se sentó a ver la tele por si en las noticias de las diez mencionaban el torneo de ajedrez. Incluso pensó que a lo mejor informarían de un incidente inesperado, y que vería a un par de guardias armados sacando a Teri a rastras.

Cuando el informativo empezó, estaba dándole vueltas a la cena con Bruce. Tenía la impresión de que su relación con él había ido cambiando de forma sutil a lo largo de los últimos meses, aunque no sabía cómo había pasado ni lo que significaba. No había mentido en ningún momento a Nate, la cena de aquella noche no había tenido nada que ver con el romanticismo, pero aun así, algo parecía diferente... el problema era que no alcanzaba a entender de qué se trataba.

Cuando la presentadora del informativo empezó a hablar del torneo de ajedrez, mencionó sólo unos cuantos detalles, pero el más destacable fue que, después de sorprender a todo el mundo al perder la primera partida, Bobby Polgar había ganado la segunda y la tercera, por lo que había sido proclamado vencedor del campeonato.

CAPÍTULO 8

Seth Gunderson estuvo paseándose de un lado a otro por el pasillo donde estaba el despacho del sheriff, y al final se sentó en un banco cercano; al parecer, Troy Davis tenía novedades sobre el fuego. A pesar de que ya había pasado un mes, aún no había podido asimilar la pérdida. Tenía la sensación de que estaba inmerso en el caleidoscopio de juguete de Leif, era como si las piezas de su vida estuvieran dando tumbos en medio de un torbellino, como si estuvieran formando patrones aleatorios que no tenían sentido.

A pesar de que intentaba controlar su genio, había arremetido contra todos los que le rodeaban. Se avergonzaba de su comportamiento y se sentía agradecido por la paciencia de Justine, aunque aquella misma mañana habían discutido.

Se había quedado de piedra cuando ella le había dicho varias semanas atrás que no estaba segura de querer reconstruir el restaurante. Estaba convencido de que estaba aturdida y no pensaba con claridad, y no estaba dispuesto a permitir que un saboteador sin identificar determinara el transcurso de su vida. Cuanto más insistía su mujer en intentar convencerlo de que se planteara otras opciones al margen del restaurante, más se cerraba él en banda. Había una cosa que tenía muy clara: no podía seguir en casa de brazos cruzados, estaba volviéndose loco al pasar día tras día preocupado y hecho una furia. Desde que Justine le había contado sus dudas, ni siquiera disfrutaba analizando nuevos diseños para el restaurante.

La puerta del despacho se abrió, y el sheriff Davis se acercó a él con la mano extendida.

—Perdona que te haya hecho esperar.

Seth se levantó, y le estrechó la mano. Cuando entraron en el despacho, Davis se sentó detrás de la mesa, y él en la silla que había enfrente.

—Estaba hablando por teléfono con el jefe de bomberos cuando has llegado.

Seth se inclinó hacia delante, y le preguntó con impaciencia:

—¿Qué han descubierto?

Troy se reclinó en la silla, y entrelazó los dedos detrás de la cabeza antes de decir:

—Hay un detalle que a lo mejor carece de importancia, pero lo dejaremos para después. El inspector de la agencia de seguros ha confirmado lo que ya sabíamos, que el incendio fue intencionado. Se utilizó un acelerador, seguramente gasolina. Se inició cerca de la cocina, y después se propagó hasta tu despacho y se extendió con rapidez por el comedor.

—¿Hay sospechosos?

—Como ya sabes, he hablado con el personal... y con algunos antiguos empleados —Davis bajó los brazos, y agarró una carpeta que había encima de la mesa.

—¿Tony Philpott?

—Le habías echado recientemente, ¿verdad?

—Tuve que hacerlo, y a Anson Butler también, porque desapareció dinero de mi despacho y los dos habían tenido acceso y oportunidad. La verdad es que creo que fue Tony el que lo robó, pero no lo sé a ciencia cierta. No logramos recuperar el dinero, y no tengo ninguna prueba. Fue una situación muy desafortunada, y me parece que mi solución no fue demasiado acertada.

Desearía haber lidiado de otra forma con la situación. Le parecía comprensible que Anson se hubiera enfadado tanto, pero era innegable que tenía unos antecedentes bastante malos. No sabía si podía confiar en él, a pesar de que el muchacho se había esforzado por demostrar que había cambiado.

—Philpott no estaba en la ciudad cuando se incendió el restaurante, hemos verificado su coartada —le dijo Davis.

Seth soltó un profundo suspiro. No quería creer que Anson había tenido algo que ver con el incendio, pero era la explicación más lógica; al fin y al cabo, el muchacho había quemado la caseta del parque, y el restaurante se había incendiado justo después de que lo despidiera. Todas las piezas parecían encajar, aunque la forma que estaban tomando era horrible.

—¿Has visto esto?, es lo que te comentaba antes —Davis le dio la foto de una cruz de peltre bastante grande.

Seth negó con la cabeza después de contemplar la imagen durante unos segundos. Aquella cruz no le sonaba de nada, aunque eso no era demasiado significativo, porque no solía prestar demasiada atención a las joyas.

—¿Dónde la encontraste? —parecía un poco fundida, así que seguramente había estado cerca del incendio.

—Los inspectores la encontraron entre los escombros, cerca del despacho. Puede que no sea nada importante, y puede que sí. De momento no lo sabemos, te mantendré al tanto de cualquier novedad.

—Gracias, te agradezco todo lo que has hecho.

Seth le echó un vistazo al reloj al salir del despacho, y vio que aún eran las diez de la mañana. Tenía el día entero por delante, y le parecía tan vacío como una botella de cerveza desechada. Ya llevaba un mes de inactividad, era la primera vez que no tenía nada que hacer desde que había comprado y remodelado el antiguo restaurante El Galeón del Capitán.

Antes del incendio, parecía que le faltaban horas durante

el día. Siempre estaba ocupado con reuniones, planes, y nuevas ideas. Aquella inactividad estaba matándole. Podía regresar a casa, pero su relación con Justine estaba un poco tensa. Amaba a su mujer, pero ya no la comprendía. Necesitaba tomarse un respiro, ir a algún sitio donde poder pensar tranquilo.

El mar siempre le había ayudado a concentrarse, así que la opción lógica era ir al puerto. Ni siquiera podía recordar la última vez que había salido a navegar con su pequeño velero. Respiró hondo el aire fresco y limpio mientras paseaba sin prisa junto a los amarraderos, donde veleros y motoras de distintos tamaños se mecían suavemente en las aguas verdosas.

—Hola, Seth.

Se volvió al oír su nombre, y sonrió al ver a su padre. Siempre había estado muy unido a su familia; de hecho, en el pasado su padre y él habían sido socios en una empresa pesquera, y habían tenido que pasar varios meses en Alaska cada año. A pesar de que habían ganado bastante dinero, se trataba de un trabajo peligroso, y había decidido cambiar de ocupación cuando había iniciado su relación con Justine. La ayuda de su padre había sido indispensable para poder abrir el restaurante.

—¿Has ido a hablar con el sheriff?

Seth asintió. Como él no le había comentado que tenía que ir a ver a Davis, supuso que se lo había dicho Justine.

—No hay nada nuevo. Ya sabíamos que el incendio fue intencionado, y aún no han descubierto al culpable. La principal novedad es que han encontrado una cruz de peltre entre los escombros, pero no sé de quién puede ser; de hecho, ni siquiera está demostrado que fuera del incendiario.

Su padre frunció el ceño como si estuviera dándole vueltas al asunto, y fueron a sentarse a un banco del parque.

—¿Cómo te van las cosas en tu casa, hijo?

Seth supuso que Justine le había explicado el bache que

estaban atravesando, aunque no era propio de ella hablar de sus problemas de pareja con otras personas.

—¿Por qué lo preguntas? —agarró un guijarro del suelo, y lo lanzó hacia el agua.

Su padre agarró otro, y también lo lanzó antes de decir:

—No quiero entrometerme, pero me parece que necesitas desahogarte.

Seth se dio cuenta de que su padre tenía razón. Necesitaba hablar con alguien que le conociera bien pero que a la vez fuera capaz de valorar la situación con cierta objetividad, alguien que pudiera aconsejarle, y en quien pudiera confiar. Su padre era la persona ideal.

Soltó un suspiro, apoyó los codos sobre las rodillas, y le dijo:

—He discutido con Justine esta mañana. No ha sido por nada importante, los dos estamos muy tensos desde lo del incendio.

—Es una situación bastante complicada —comentó su padre, al cabo de unos segundos.

—El problema es que no sé qué hacer. Quería empezar con la reconstrucción lo antes posible, pero hace unas semanas, Justine va y me dice que no está segura de querer recuperar el restaurante. Me parece que quiere que nos olvidemos del negocio —creía que su padre iba a quedarse tan atónito y desconcertado como él, pero se sorprendió al ver que no hacía ningún comentario, y al final le preguntó—: ¿Qué opinas?

Su padre se reclinó en el respaldo del banco, cerró los ojos, y le dijo:

—¿Te ha dado alguna razón?

Lo cierto era que se había quedado tan impactado, que apenas había escuchado las explicaciones de Justine. Había creído que era la forma que ella tenía de lidiar con lo que había pasado, y que se trataba de una actitud pasajera.

—Lo que ella dice es una tontería. Necesitamos el restaurante, nos ganamos la vida gracias a él. Admito que Justine tiene razón al decir que me pasaba el día trabajando, y que es un negocio muy absorbente. El margen de beneficios no es tan grande como esperábamos, pero la verdad es que nos iba muy bien –miró a su padre, pero al ver que él permanecía callado, añadió–: No entiendo su actitud, está claro que tenemos que reconstruir el negocio.

–¿Qué piensas hacer mientras esperas a que todo vuelva a la normalidad?

Si supiera la respuesta a esa pregunta, no habría ido a deambular sin rumbo por el puerto.

–No lo sé.

Estaba convencido de que dejaría de estar tan alicaído cuando estuviera ocupado con el proyecto de reconstrucción, por eso le parecía algo tan prioritario. Sus padres le habían inculcado una férrea ética de trabajo, a los trece años había empezado a trabajar en verano y al salir de clase. No sabía qué hacer cuando estaba ocioso. Al margen de su papel de esposo y marido, su identidad, la persona que era, estaba definida por lo que hacía. Sin trabajo, carecía de objetivos.

–¿Amas a Justine, hijo?

Miró boquiabierto a su padre, y le dijo:

–Más que a mi vida.

Se había enamorado de ella en el instituto, y después se había pasado diez años sin poder olvidarla. Cuando ella se había marchado de la ciudad para ir a la universidad, estaba convencido de que se casaría con algún ricachón con carrera, pero Justine había regresado a Cedar Cove y había empezado a trabajar en el banco. Jamás se le había pasado por la cabeza que ella llegaría a amarle, había creído que era un sueño imposible.

–Entonces, deberías escucharla.

–Ya lo hago, pero es que sólo dice tonterías.

–Me parece que estás oyendo lo que dice, pero sin prestarle atención.

Seth se volvió hacia él, y le preguntó:

–¿Estás diciéndome que debería tirar por la borda el trabajo de todos estos años?

—No, lo que estoy diciéndote es que deberías escuchar de verdad a tu mujer.

—¿Qué debería hacer? —todo el mundo opinaba, pero nadie le daba una solución.

Su padre permaneció en silencio durante unos segundos, y de repente comentó:

—Estuve hablando con Larry Boone el otro día. Te acuerdas de él, ¿no?

Seth asintió. Su padre y él le habían comprado a Larry un barco de pesca, y cuando lo habían vendido, habían invertido el dinero en el restaurante.

—Larry está buscando un vendedor, y como me he pasado la vida entre barcos de pesca, me preguntó si el puesto me interesaba. También vende embarcaciones de recreo, y me ofreció una comisión fabulosa.

Seth supuso que su padre se alegraba de tener una excusa para volver a trabajar, porque acostumbrarse a estar inactivo no le había resultado tan fácil como esperaba.

—¿Vas a aceptar?

—Me lo planteé, pero tu madre se negó en redondo —su padre sonrió de oreja a oreja, y se frotó la cara—. Llevaba años esperando a que me jubilara para poder viajar, y está empeñada en comprar una caravana para recorrer el país. No está dispuesta a permitir que vuelva a trabajar a estas alturas de mi vida.

Seth soltó una carcajada, y comentó:

—Así que por eso me has dicho que tengo que escuchar a mi mujer, porque tú no has tenido más remedio que escuchar a la tuya.

—Ya conoces a tu madre. Cuando quiere algo, me lo dice sin andarse por las ramas.

Seth adoraba a su madre, y sabía que por regla general se las ingeniaba para conseguir lo que quería. Le encantaba la capacidad que tenían sus padres para hacer concesiones y llegar a acuerdos.

—Conducir uno de esos armatostes no me hace demasiada gracia, pero lo haré. Seguro que, para cuando volvamos, sabré manejarlo tan bien como un barco. He llamado a Larry esta mañana, para decirle que no aceptaba el empleo.

—¿Le ha sabido mal?

—Sí, por eso le he dado tu teléfono y le he dicho que te llame.

—¿Crees que se me daría bien vender barcos?

—¿Por qué no? Sabes de pesca tanto como yo, y puedes aprender todo lo necesario sobre embarcaciones de recreo. Ganarás un buen sueldo, y te mantendrás ocupado hasta que decidas lo que vas a hacer con el restaurante.

Seth decidió hablarlo con Justine. Le parecía una buena idea, pero quería pensárselo durante un par de días.

Regresó a casa después de charlar con su padre sobre amigos y vecinos. Justine estaba pasando la aspiradora y no le oyó llegar, así que se detuvo y la contempló en silencio. Llevaba el pelo suelto, y su cuerpo esbelto se movía con gracilidad mientras empujaba la aspiradora. Le encantaba cuánto se concentraba cuando realizaba cualquier tarea. En ese momento, se arrepintió de haber discutido con ella aquella mañana, y lamentó lo que le había dicho.

Cuando ella se volvió y lo vio, se sobresaltó y exclamó:

—¡Seth! —apagó la aspiradora, y le preguntó—: ¿Cuándo has llegado?

—Ahora mismo. ¿Dónde está Leif? —le dijo, mientras echaba a andar hacia ella.

—En la guardería, tengo que ir a buscarlo dentro de media hora —se apartó el pelo de la cara, y apartó la mirada antes de preguntarle—: ¿Qué te ha dicho el sheriff?, ¿hay alguna novedad?

—Me ha enseñado la foto de una cruz de peltre. Tú también tendrías que echarle una ojeada para ver si la reconoces, aunque no se sabe si tiene alguna relación con el incendiario. Si con lo de la cruz no averiguan nada nuevo, creo que deberíamos hablar con Roy McAfee.

En vez de hacer algún comentario sobre lo que él acababa de decir, Justine le dijo con voz suave:

—Siento lo de esta mañana.

—Yo también —se abrazaron con fuerza, y añadió—: Tenemos que hablar, Justine.

—De acuerdo.

—¿Qué te parece si vamos a buscar a Leif y comemos fuera? Me he encontrado a mi padre, y me ha sugerido algo que quiero comentarte —siguió abrazándola con fuerza. Por primera vez, se dio cuenta de que su actitud taciturna estaba haciendo peligrar su matrimonio. Amaba a Justine y a su hijo, y no estaba dispuesto a perderlos también a ellos.

CAPÍTULO 9

Olivia Lockhart Griffin se preguntó si participar en el programa de orientación profesional había sido una buena idea. La oficina de asesoramiento del instituto la había llamado varias semanas atrás, y ella había accedido en un momento de debilidad. La adolescente que estaba sentada frente a ella parecía terriblemente joven, pero sus ojos reflejaban sinceridad e interés. Ella misma había creído en el sistema judicial a aquella edad, y aunque seguía haciéndolo, los años de experiencia le habían enseñado tanto los puntos débiles como los fuertes de la ley.

–Bueno... –miró la hoja de papel en la que tenía la información sobre la chica, y leyó su nombre–. Allison, así que te gustaría ser abogada, ¿verdad? –Allison Cox... el nombre le resultaba vagamente familiar.

–Sí, me encantaría.

–¿Por alguna razón en particular?

La joven se colocó un mechón de pelo detrás de la oreja en un gesto de nerviosismo, y le dijo:

–Me gustaría aprender a usar la ley para ayudar a gente que tenga pocas opciones.

Olivia asintió. Tuvo la impresión de que la chica tenía algún motivo personal, pero no podía ahondar en el tema, porque tenía que ir a la sala de juicios.

—Voy a pasar toda la mañana atareada con varios casos. Puedes sentarte en el estrado del jurado, junto al taquígrafo. Haremos un pequeño receso a media mañana, y a la hora de la comida pararemos otra vez. He quedado a comer con mi madre, puedes venir con nosotras si te apetece. Regresaremos al juzgado a eso de la una y media —al ver que la joven asentía, sonrió y añadió—: Normalmente, suelo acabar a las cuatro. Me quedo un poco más para leer los archivos de los casos del día siguiente, pero tú podrás marcharte.

Allison tomó notas en su libreta, y le dijo:

—Gracias por darme esta oportunidad.

—De nada. ¿Quieres preguntarme algo antes de que vayamos a la sala?

—Le... le pedí a la asesora que me asignaran con usted en concreto. A lo mejor no se acuerda, pero hace tres años se encargó del juicio de divorcio de mis padres.

Por eso le sonaba el nombre de aquella chica. Se acordaba de sus padres, y de la situación en concreto.

—Mis padres habían optado por la custodia compartida, pero usted dijo que no era bueno que mi hermano Eddie y yo tuviéramos que cambiar de casa cada pocos días, así que nos dio la casa a nosotros y decretó que fueran papá y mamá los que tuvieran que ir de un lado a otro.

Olivia sonrió, y le dijo:

—Sí, ya me acuerdo, pero por ética profesional no puedo hablar de un caso si existe la posibilidad de que las partes implicadas vuelvan a juicio.

—Mis padres volvieron a casarse.

—Me alegro —después de echarle un vistazo al reloj, se puso de pie y se puso la toga mientras salía del despacho.

Al llegar a la sala, le pidió al taquígrafo que acompañara a Allison a un asiento cercano al estrado.

Seguramente, lo que la joven había leído en los periódicos o lo que había visto en la tele sobre lo que pasaba en la sala de un juzgado no podía compararse a verlo en primera persona. Los casos de custodia de menores siempre afectaban mucho a Olivia. La directiva del estado era dejar al niño con el progenitor residente principal, que casi siempre era la madre, siempre y cuando la vida del menor no corriera peligro. Muchas veces, tenía ganas de zarandear a los padres y exigirles que se plantearan lo que estaban haciéndose a sí mismos y a sus hijos, pero por desgracia, a menudo estaban aturdidos por el alcohol y las drogas y no se enterarían de nada de lo que les dijese. También se ocupaba de otros casos, por supuesto, pero aquéllos eran los que más la impactaban.

Al darse cuenta de que Allison no paraba de tomar notas, se preguntó qué estaría pensando al ver todas aquellas vidas destrozadas, y no pudo evitar sonreír al ver a su madre, que había llegado poco después de que empezaran los juicios y se había puesto a hacer punto en uno de los bancos del fondo.

Charlotte Jefferson Rhodes era una mujer excepcional en todos los sentidos, y la admiración que sentía por ella crecía día a día; de hecho, la nueva clínica de la ciudad se había abierto gracias a sus amigos y a ella. Había hecho falta que un grupo de ancianos se manifestaran en la calle y acabaran siendo arrestados para que el ayuntamiento acabara claudicando. La noticia del arresto de su madre se había extendido como la pólvora por toda la ciudad, y poco después, el consistorio había hecho importantes concesiones que habían permitido que se creara un centro de salud.

Lo más irónico era que la clínica había salvado la vida de Jack, el marido de Olivia. El año anterior había sufrido un ataque al corazón, y los paramédicos habían dicho que habría muerto si hubieran tenido que llevarlo al hospital de Bremerton.

Ella se había sentido un poco avergonzada cuando su madre había organizado la manifestación y había sido arrestada; sin embargo, después de lo de Jack, estaría eternamente agradecida por el hecho de que hubieran construido aquella clínica en Cedar Cove, y sabía que había sido posible gracias a su madre, al segundo marido de ésta, Ben, y a sus amigos.

Estaba acostumbrada a verla en el juzgado, aunque ya no iba tanto como antes. Desde que Ben Rhodes había entrado en su vida, tenía mejores cosas que hacer que pasarse el día viendo trabajar a su hija.

Cuando hicieron una pausa al mediodía para comer, tanto su madre como Allison fueron a verla al despacho, y se encargó de presentarlas.

—¿Te vienes a comer con nosotras, Allison? —tal y como esperaba, la joven declinó la oferta, así que quedaron en verse de nuevo a la una y media.

—Es una joven encantadora —comentó su madre, cuando Allison se fue.

—Sí, es verdad. ¿Dónde te apetece comer? —el Lighthouse siempre había sido su restaurante preferido, y lo echaba de menos más de lo que esperaba.

—¿Qué te parece el Wok and Roll? Grace me comentó que a Maryellen le encantan los fideos con pollo que preparan, y tengo ganas de probarlos.

—De acuerdo —se sintió aliviada al ver que su madre no sugería el Taco Shack. Era el restaurante preferido de Jack, y estaba un poco harta de tacos y enchiladas.

—Hablando de Grace, ¿la has visto últimamente? —le preguntó su madre, mientras iban hacia el aparcamiento del juzgado.

—Está tan atareada, que no hemos hablado en toda la semana. De momento, ni siquiera tiene tiempo de ir a la clase de aeróbic de los miércoles.

—Cielos, las dos lleváis años yendo a esa clase. ¿Qué pasa?, ¿Cliff está acaparándola por completo?

—No —Olivia le abrió la puerta del coche para que entrara, y comentó—: Es que está ayudando todo lo que puede a Jon y a Maryellen; además, Kelly también está embarazada —se metió en el coche, y añadió—: Grace ha alquilado la casa de Rosewood Lane, y ni te imaginas a quién... ¡a los Randall! ¿Te acuerdas de ellos? —al ver que su madre no reconocía el nombre, le dijo—: Estabas en el juzgado cuando les denegué el divorcio, una pareja joven de la Armada; al parecer, tienen un hijo, y estaban buscando una casa de alquiler. Grace se acordaba del caso, y cuando mi nombre salió a colación mientras hablaba con la señora Randall, supo que se trataba de la misma pareja. El mundo es un pañuelo, ¿verdad? Grace me llamó para contarme lo bien que les iba todo.

—Me alegro por ellos. ¿Cómo está Maryellen? —Charlotte estaba muy preocupada por la hija mayor de Grace.

—Bastante bien, sobre todo desde que los padres de Jon están aquí. Llegaron la semana pasada, y según Grace, están ayudando muchísimo.

—¿Dónde han estado hasta ahora? En fin, es igual, lo importante es que ya están aquí. Para Jon y Maryellen debe de ser todo un alivio contar con su ayuda. A algunos niños les cuesta un poco llegar a este mundo, por eso Dios creó a los abuelos.

Olivia sonrió mientras salían del aparcamiento y enfilaban por Harbor Street hacia el restaurante chino.

—¿Qué tal está Jack? Espero que no esté trabajando demasiado otra vez —le dijo su madre.

—Está tan gruñón como siempre, y vuelve a trabajar a jornada completa.

—Creía que no se lo permitirías.

—Mi marido es muy cabezota. Tiene un editor adjunto, así que ahora siempre llega a casa a eso de las cinco. Ha perdido trece kilos y pico, pero ha habido que ir quitándole gramo a gramo.

—Apuesto a que se ha saltado la dieta de vez en cuando.

Aquello era quedarse muy corto. Jack se saltaba la dieta, pero menos que antes; afortunadamente, el ataque al corazón le había dado un buen susto, y había decidido no volver a probar ni una hamburguesa doble en toda su vida. De vez en cuando se comía algún helado o unas cuantas galletas, pero en general, su autocontrol la tenía impresionada.

—¿Qué me dices de ti?, ¿qué tal te va con Ben? —le preguntó a su madre, justo cuando entraban en el aparcamiento del Wok and Roll.

—Tengo novedades sobre su hijo David. Te acuerdas de él, ¿no? —le dijo, mientras salían del coche.

Claro que se acordaba de él. David Rhodes, el hijo menor de Ben, había ido a verla para pedirle que le quitara una multa que le habían puesto en Cedar Cove, y cuando ella se había negado a hacerlo, no se lo había tomado demasiado bien.

La conversación quedó interrumpida mientras entraban en el restaurante, pero la retomaron mientras tomaban té a la espera de que les sirvieran los fideos con pollo y salsa picante que habían pedido.

—¿Qué ibas a decirme sobre David Rhodes, mamá?

—Ah, sí —Charlotte se sacó un pañuelo de lino del bolso, y se limpió las comisuras de la boca antes de decir—: Es una pena, pero Ben se avergüenza muchísimo de su hijo. Se sintió mortificado cuando se enteró de que David había venido a verte por lo de la multa.

Olivia consideraba que aquélla era la falta más leve que había cometido David, jamás le perdonaría que hubiera intentado estafarle a su madre miles de dólares. De no ser por la rápida intervención de Justine, aquel tipo se habría salido con la suya, porque había quedado a comer con su madre en el Lighthouse y la había convencido de que le firmara un cheque después de contarle una sarta de mentiras; afortunadamente, Justine había permanecido alerta, y le había arrebatado el cheque de las manos. Él se había puesto furioso, y aquella tarde le habían puesto la multa por conducción temeraria. Olivia estaba segura de que además habría dado positivo si le hubieran hecho un control de alcoholemia.

—David tiene problemas, pero creo que está esforzándose de verdad. Ben le hizo un préstamo hace años, y esta semana ha recibido un cheque suyo de mil dólares.

Aquello parecía prometedor. Era posible que David Rhodes hubiera aprendido la lección, aunque Olivia lo dudaba.

—Ben no me ha dicho gran cosa, pero es obvio que se ha alegrado. No me gusta que tenga una mala relación con su hijo. Sé que es algo que le duele, aunque no quiera hablar del tema.

—Mamá, David es un hombre adulto y no va a cambiar. Es quien es, y así seguirá... a menos que suceda algo drástico.

Su madre tomó un trago de té, y comentó con naturalidad:

—Tu hermano también es un adulto, y es poco probable que cambie.

Olivia sintió que la recorría un escalofrío al darse cuenta de que su madre estaba enterada de la situación de su hermano. Will vivía en la zona de Atlanta con su mujer. No tenían hijos, y aunque de cara al exterior parecían un matrimonio estable, lo cierto era que tenían problemas.

Ella estaba convencida de que a la pareja le iba mal debido a las infidelidades de su hermano. No había comentado con su madre lo que había averiguado recientemente sobre él, había sido incapaz, pero al parecer, Charlotte Jefferson era consciente de las debilidades de su hijo.

Personalmente, se había llevado una gran decepción con su hermano. Poco después de que Grace se enterara de que Dan, su primer marido, se había suicidado, Will había contactado con ella, y al poco tiempo habían empezado a mantener una relación a través de Internet. Will había engañado a su amiga, ya que le había dicho que iba a divorciarse en breve, y a pesar de que Grace también tenía parte de culpa en lo que había sucedido, en aquella época estaba muy vulnerable y se había dejado engatusar. Había confiado en Will, y había estado a punto de perder a Cliff.

—Por mucho que me duela admitirlo, la verdad es que Will no es un buen marido —le dijo su madre—. Georgia me mandó una carta para decirme que estaba harta, que él estaba liado con alguien del trabajo y estaba decidida a pedir el divorcio.

A Olivia no le extrañó enterarse de que su hermano tenía una aventura, y comentó:

—Es una lástima.

—Llamé a Will, y estuve hablando con él. Georgia se ha ido de casa, pero está convencido de que cambiará de idea; al parecer, no es la primera vez que pasa algo así.

La camarera llegó en ese momento con dos platos humeantes de fideos con brócoli y pollo en salsa de chile. Olía de maravilla, pero Olivia había perdido el apetito.

—Esta vez, Georgia no va a cambiar de opinión —le dijo su madre con calma—. Hablé con ella, y me di cuenta de que su decisión era firme. Se ha acabado, y no la culpo.

Olivia pensó que era una lástima que su hermano hubiera destrozado su matrimonio. Aún no le había perdonado por lo que le había hecho a Grace; al parecer, él había pensado que ella no se enteraría de cómo le había tomado el pelo a su amiga, pero en cuanto había descubierto lo que había pasado, le había llamado indignada. Él no le había hecho ni caso, e incluso le había dicho que estaba entrometiéndose en algo que no era asunto suyo; sin embargo, ella no estaba dispuesta a olvidar lo que le había hecho a su mejor amiga.

Después de hablar de David y Will, empezaron a hacer planes para el domingo de Pascua. Ella había invitado a cenar a toda la familia, y su madre iba a organizar un desayuno tardío en su casa después de misa. Iba a preparar sus deliciosas galletas de canela, las preferidas de Jack y de Ben.

Mientras acababan de comer, charlaron también sobre las amigas con las que su madre solía reunirse para hacer punto, y finalmente regresaron al juzgado, donde cada una se fue por su lado. Encontró a Allison Cox esperándola en la puerta del despacho, y se tomó un minuto para comprobar si tenía algún mensaje en el teléfono. El primero la hizo sonreír. Era de Grace, que le decía que se verían aquella tarde en clase de aeróbic.

CAPÍTULO 10

Allison estaba convencida de dos cosas: Anson regresaría antes de la graduación, y se pondría en contacto con ella antes del domingo de Pascua. Cuanto más pensaba en ello, más segura estaba. Sabía que él iba a llamarla, lo intuía, vivía aferrada a aquella esperanza.

El día que había pasado junto a la juez Lockhart había sido más que revelador. La gente hacía cosas realmente estúpidas, y después parecía asombrarse cuando tenía que rendir cuentas en un juzgado.

Anson no era como las personas a las que había visto en aquellos juicios. Él se había puesto a trabajar duro para pagar por lo que había hecho, pero todo había acabado estallándole en la cara y nadie creía en su inocencia. Sí, era cierto que se había sentido enfadado y desilusionado con los Gunderson... lo cual era comprensible, teniendo en cuenta que le habían despedido del restaurante... pero aquello no implicaba que hubiera provocado el incendio.

El teléfono empezó a sonar cuando estaba sentada en la cama, repasando las notas que había tomado en el juzgado, pero dejó que Eddie se encargara de contestar; al parecer, su hermano consideraba que era su deber controlar todas las llamadas que se recibían en casa. No estaba mal como hermano, pero a veces era un verdadero pesado.

—¡Allison, es para ti! —le gritó, como si estuviera sorda.
—¿Quién es?
—Un chico, no me ha dicho cómo se llama.

Alargó la mano hacia el teléfono que tenía en su cuarto sin demasiado interés, pero vaciló por un instante y le dijo a su hermano:

—¡Cuelga, Eddie! —cuando oyó que lo hacía, dijo al teléfono—: ¿Diga?

—Allison.

Se le detuvo el corazón cuando se dio cuenta de que era Anson. Aferró el teléfono con ambas manos, y le preguntó:

—¿Dónde estás?

—No puedo decírtelo.

—¿Estás bien?

—Más o menos. Tenía que oír tu voz. Sé lo que pasó en el Lighthouse. Todo el mundo cree que fui yo, ¿verdad?

—Sí —fue incapaz de mentirle.

Él tardó un momento en contestar.

—Allison, te juro que no fui yo.

—Te creo —tenía un nudo en la garganta, y le costaba hablar. Sentía una felicidad inmensa al poder hablar con él—. ¿Cómo te las has ingeniado para que Eddie no te reconociera? —era una pregunta absurda, teniendo en cuenta que había otras mucho más importantes.

—Le he pedido a un amigo que llamara, estoy usando un móvil de usar y tirar para que nadie pueda rastrearlo. No quiero meterte en problemas.

—¿Necesitas algo?

—No... sólo el sonido de tu voz. Sabía que me sentiría mucho mejor sólo con oírte.

—Lo mismo digo —le habría gustado decirle cuánto le había echado de menos, y lo difícil que le resultaba ir al instituto a diario y tener que defenderlo, pero sabía que él tenía problemas mucho más apremiantes.

—¿Has tenido algún problema?, ¿fue a hablar contigo el sheriff?

—Sí. Le conté que viniste a verme aquella noche, Anson.
—No te preocupes, tenías que decir la verdad.
—Olías a humo, al principio estaba muy nerviosa y no me di cuenta. No se lo dije al sheriff.

En vez de darle una explicación, él le preguntó:

—¿Tengo una orden de arresto?

—No —bajó la voz por si Eddie estaba escuchándola, y añadió—: Pero el sheriff me dijo que eres una... persona de interés.

—Da igual lo que te digan los demás, te juro que no lo hice.

—Ya lo sé —cerró los ojos y contuvo el aliento, como si así pudiera sentirlo más cerca. Entonces se preguntó si la habría llamado por alguna razón en concreto, si necesitaba algo—. ¿Necesitas que te envíe dinero?

—No, estoy bien.

El corazón empezó a martillearle en el pecho con tanta fuerza, que le retumbó en los oídos. Había oído cómo el sheriff le mencionaba a su padre que la noche del incendio habían robado la caja con dinero que había en el despacho del restaurante.

Anson no había podido ahorrar, porque todo lo que había ganado trabajando de friegaplatos y de pinche de cocina lo había usado para pagar los desperfectos que había causado al incendiar la caseta del parque. Si se había marchado de Cedar Cove con dinero, no lo había obtenido trabajando. Quiso preguntarle de qué vivía, pero tenía miedo de la posible respuesta, de la verdad.

—Vuelve, por favor. Mi padre te ayudará.

—Esta vez no puede hacer nada por mí, Allison. Le agradezco todo lo que hizo, pero esto es más gordo. Ya he cumplido los dieciocho, no puedo arriesgarme a que me juzguen como adulto.

—Por favor, Anson. No soporto no saber dónde estás, ni lo que pasa.

—Es demasiado tarde. Lo siento... lo siento más de lo que te imaginas.

—No es demasiado tarde, no puede ser —tenía la impresión de que él no entendía que jamás podrían estar juntos si no demostraba que era inocente.

—Donde estoy...

—¿Qué? —insistió, al ver que se interrumpía.

—No hay vuelta atrás, Allison. No tendría que haberte llamado.

—¡No digas eso!, me alegro de que lo hayas hecho.

—Tengo que irme.

Sintió ganas de llorar al oír su tono de voz renuente. Quería discutir con él, rogarle que hablara con ella un poco más, pero se dio cuenta de forma instintiva de que era inútil que insistiera, así que se limitó a preguntarle:

—¿Volverás a llamarme?

—No lo sé.

—Por favor —intentó reflejar en aquellas palabras todo el amor que sentía por él.

—Lo intentaré. Cree en mí, Allison. Eres la única cosa buena que me ha pasado en la vida.

—Claro que creo en ti. Con todo mi corazón... creo en nosotros.

Él colgó sin añadir nada más, y ella se quedó durante largo rato sentada en la cama con el teléfono en la mano. Tenía los ojos inundados de lágrimas, pero luchó por contenerlas.

Al cabo de un rato, oyó que la puerta del garaje se cerraba, y se dio cuenta de que su madre acababa de llegar a casa. Trabajaba de profesora en uno de los colegios de primaria de la ciudad. Al cabo de unos minutos, su madre llamó a la puerta de su habitación y le preguntó:

—Allison, ¿puedes pelar cinco patatas para la cena?

—Claro —intentó aparentar normalidad, pero al parecer no lo consiguió, porque su madre abrió la puerta y la miró con preocupación.

—¿Va todo bien?

—Claro, ¿por qué lo preguntas?

Su madre se sentó junto a ella en la cama, y esbozó una sonrisa al decir:

—Cuando tenías tres años, decidiste que eras capaz de echarte los cereales en el tazón tú sola. Recuerdo que era un domingo por la mañana, estabas sentada en el suelo de la cocina, y vaciaste una caja entera en un solo tazón. Cuando entré, me miraste con la misma expresión de «cómo ha podido pasarme esto» que ahora.

Allison había oído la historia de los cereales infinidad de veces.

—No he hecho nada, mamá.

—¿Tiene algo que ver con Anson?

Quería decirle que no, descargar el miedo y la frustración que la abrumaban enfadándose con ella. Varios años atrás, habría reaccionado poniéndose a la defensiva, pero sabía que ese truco no iba a funcionarle.

—Me ha llamado por teléfono —admitió con voz queda.

Tal y como esperaba, su madre se tensó de inmediato.

—¿Cuándo?, ¿ahora? —al verla asentir con la cabeza gacha, dijo con firmeza—: Sabes que tenemos que contárselo al sheriff, ¿verdad?

—¡No, mamá! Anson me ha jurado que es inocente. Me ha dicho que no provocó el incendio, y yo le creo.

Su madre le pasó un brazo por el hombro, y le dijo:

—En ese caso, no tenemos de qué preocuparnos. Queremos que el sheriff Davis resuelva el caso para que Anson pueda regresar a casa, ¿verdad?

Eso era algo que Allison anhelaba con todas sus fuerzas.

Su madre llamó al sheriff, que llegó minutos antes que su padre. Se sentaron todos alrededor de la mesa de la cocina, y Davis le hizo un montón de preguntas sobre la conversación que había mantenido con Anson.

Cuando el móvil del sheriff empezó a sonar, éste se disculpó y fue a contestar a la sala de estar. Regresó a la cocina al cabo de unos minutos, y les dijo:

—El teléfono de Anson no se puede rastrear, no sabemos dónde está.

Allison sintió un alivio enorme.

—¿Crees que volverá a llamarte? —le preguntó Davis.

—No... no lo sé.

—¿Sabes dónde está viviendo?

—No.

—¿Tiene dinero?

—Me ha dicho que no necesita.

Al ver que sus padres intercambiaban una mirada, se dio cuenta de que sabían que se había ofrecido a darle todos sus ahorros. En un intento de aligerar un poco la tensión, comentó:

—Le he pedido que vuelva, pero me ha dicho que no puede.

—A lo mejor se ha negado por una razón de peso, Allison —le dijo el sheriff Davis—. Si vuelve a llamarte, dile de mi parte que un hombre inocente no tiene por qué esconderse.

Allison lo miró los ojos, y asintió antes de contestar:

—Se lo diré.

CAPÍTULO 11

El sábado previo al domingo de Pascua siempre era muy ajetreado en el Get Nailed. Muchas de las clientas iban a misa, y se esmeraban por ir bien arregladas. Teri era consciente de que era un día festivo importante desde un punto de vista religioso, pero ella había recibido una educación más bien laica. Su madre era una mujer soltera con tres hijos que había tenido que luchar por salir adelante. Su prioridad había sido poder alimentarlos y vestirlos, no había tenido tiempo de inculcarles la costumbre de ir a misa.

Ella era la hija mayor, y había dejado el instituto a los dieciséis para estudiar estética y peluquería. A los dieciocho había conseguido su diploma, pero a pesar de que era buena en su trabajo, no era la ocupación que realmente quería. Le habría encantado pasarse el día rodeada de libros... ser bibliotecaria, o trabajar en una librería. Siempre estaba leyendo, tenía la casa llena de libros. Leía novelas románticas, de misterio, biografías... cualquier cosa que le llamara la atención. Carecía de vida social al margen del salón de belleza, y los libros le hacían compañía.

En cualquier caso, le gustaba trabajar de peluquera, y ganaba suficiente para pagar las facturas; afortunadamente, se le daba bien, se mantenía al tanto de las últimas tendencias, y sus clientas solían ser muy agradables. La primera de aquella mañana era Justine Gunderson, que quería que le cortara el pelo.

—Me enteré de lo que hiciste —comentó Justine, sonriente.

La ciudad entera lo sabía. A la gente le encantaba cotillear, y todo el mundo quería saber cómo había sido su encuentro con Bobby Polgar.

Justine tenía el pelo fuerte y liso. Su larga melena era sana y brillante, de las que salían en los anuncios de champú. Teri se había hecho permanentes, se había cortado el pelo y se lo había teñido infinidad de veces, así que apenas recordaba su color natural... supuso que rubio descolorido. En ese momento lo llevaba castaño con reflejos rojizos, muy corto, y peinado en púas con gomina. Estaba pensando en teñírselo de negro la semana siguiente, ya que no tenía la agenda demasiado llena. Podía pedirle a Jane que lo hiciera.

—Estoy impresionada, Teri. Le cortaste el pelo a Bobby Polgar —comentó Justine.

La gente seguía hablando del tema. Había irrumpido en la partida de ajedrez televisada y se había abierto paso para ver a uno de los jugadores de ajedrez más famosos del mundo. Por una cuestión de orgullo, había fingido que le resultaba fácil, pero lo cierto era que la hazaña había requerido un gran esfuerzo.

Su llegada había causado una escenita bastante desagradable con los de seguridad, que la habían tratado como si fuera una lunática peligrosa al descubrir que llevaba unas tijeras. Había creado tal escandalera, que al final el propio Bobby había ido a preguntarle qué era lo que quería, y cuando ella le había dicho que había ido a cortarle el pelo y por qué, él había accedido.

Varios guardaespaldas la habían escoltado hasta la suite de Bobby, que era un hervidero de gente que revoloteaba alrededor del jugador, dándole consejos y sugerencias sobre la siguiente partida con el ucraniano. Él había alzado una mano al verla llegar, y todo el mundo se había callado de inmediato. Se había quedado mirándola durante unos segundos, y ella le había devuelto la mirada sin amilanarse antes de decirle que se sentara. Entonces le había cubierto los hombros con una toalla y le había exigido a uno de los de seguridad que le devolviera las tijeras.

—Como te he comentado, el pelo está distrayéndote. No te hace falta que nadie te aconseje, sabes lo que tienes que hacer mejor que nadie.

La verdad era que había sido bastante osada al decirle aquello. Ni siquiera sabía por qué se interesaba por aquel hombre y su absurda partida de ajedrez, sólo era consciente de que había sentido el impulso irrefrenable de ir a cortarle el pelo; en cualquier caso, la cosa había funcionado, aunque fuera incapaz de explicar por qué.

Casi todo el mundo quería saber de qué habían hablado, y ésa era la parte más desconcertante. Al cabo de unos minutos, Bobby le había pedido a todo el mundo que se fuera. Cuando se había quedado a solas con él, había deseado poder contarle alguna historia ocurrente, pero no se le había ocurrido nada. Se había limitado a cortarle el pelo, y después se había ido sin más; de hecho, él le había dicho una docena de palabras como mucho.

Al llegar a Cedar Cove, se había enterado de que él había ganado las dos partidas siguientes.

—¿Has vuelto a saber algo de él? —le preguntó Justine.

Teri le colocó una capa de plástico sobre los hombros, y se la abrochó antes de decir:

—Claro que no, ni siquiera me preguntó cómo me llamaba.

—¿No habló contigo?

—Apenas me dijo unas palabras, no hubo conversación.

De hecho, Bobby Polgar ni siquiera se había molestado en pagarle. Era una lástima, porque había tenido que pedir prestados veinte pavos para ir a Seattle, pero la verdad era que ella no le había pedido nada a cambio del corte de pelo.

—¿Cómo es?

Teri empezó a peinarla mientras le daba vueltas al asunto. La gente llevaba toda la semana preguntándole lo mismo, y nunca sabía cómo contestar.

—Es difícil de decir, teniendo en cuenta que apenas me dirigió la palabra. Es intenso, y... —estuvo a punto de decir «peculiar», pero la palabra no acababa de encajar—. Extraño, es bastante extraño.

—Dicen que es uno de los mejores jugadores de nuestros tiempos.

—Es el mejor —era algo que le había dejado claro el mismo Bobby, por no hablar de sus representantes.

—¿Eres una seguidora?

—No soy seguidora de Bobby... ni del ajedrez, en la escuela de estética no te enseñan juegos de mesa.

—Entonces, ¿por qué te interesaste por él? —le preguntó Justine, mientras iban hacia el lavacabezas.

—La verdad es que no lo sé. Lo vi en la tele una mañana, y me pareció un tipo interesante. Al verle perder una partida, me di cuenta de cuál era el problema, y decidí echarle una mano. Suelo hacer ese tipo de cosas... si alguien necesita algo, hago lo que puedo por ayudar. Soy igualita a mi madre en ese sentido.

También había heredado la tendencia de su madre de enamorarse de tipos inadecuados, pero al menos no se casaba con ellos. Había tenido tres o cuatro relaciones, y ninguna había durado más de seis meses. Después de cada ruptura, había tenido ganas de darse cabezazos contra la pared por haber sido tan tonta. Se consideraba una mujer lista y con sentido común, pero la vida solía demostrarle lo equivocada que estaba en ese sentido.

Hizo que Justine bajara la cabeza para poder lavarle el pelo, y cuando sus ojos se encontraron, sonrió y abrió el grifo.

—Gracias, Teri.

—¿Por qué?

—Por no preguntarme por lo del incendio, todo el mundo habla de eso. En las últimas semanas sólo he salido de casa cuando era absolutamente necesario, porque la gente no deja de bombardearme con preguntas.

Lo cierto era que a Teri se le había olvidado lo del incendio. Su pequeño mundo se había centrado en su breve momento de notoriedad, y la destrucción del Lighthouse se le había ido de la cabeza.

—¿Estás bien? —sólo con mirarla se dio cuenta de que no lo estaba.

Justine ni siquiera pareció oírla, y cerró los ojos. Teri se había dado cuenta de que sus clientas solían relajarse mientras las peinaba, y solían hacer confidencias que quizás se habrían callado en otras circunstancias. Bajaban las defensas, y hablaban de sus vidas y sus problemas con una sinceridad sorprendente. Ella estaba convencida de que se debía a que la admitían en su espacio personal, a que mientras las peinaba estaba completamente centrada en ellas, y a que en el centro de belleza el ambiente era muy relajado. A veces, bromeaba diciendo que tendría que poner carteles ofreciendo asesoramiento gratis con cada corte de pelo. Era innegable que tenía suficiente experiencia para saber lo que no había que hacer en lo referente a relaciones malsanas.

—Seth y yo tenemos algunos problemas —le dijo Justine, con voz casi inaudible. Parecía triste y desorientada—. Todo saldrá bien, pero es que... la situación es bastante difícil.

—Es normal, después de algo tan fuerte.

—Hace semanas que no hacemos el amor, desde el incendio. Seth está tan enfadado... no sabe cómo lidiar con todo esto.

Al verla cerrar los ojos de nuevo, Teri le dio un pequeño apretón en el hombro y le dijo:

—No te preocupes. Todo se arreglará, ya lo verás.

No lo dijo por tranquilizarla, sino con sinceridad. Había visto casos parecidos una y otra vez. Una familia sufría un duro contratiempo, y el matrimonio se resentía bajo el peso de la tensión; sin embargo, si la relación era sólida, marido y mujer podían superar juntos el bache.

—¿Cuánto hace que te corto el pelo?

—No lo sé... seis o siete años, por lo menos.

—Me acuerdo de cuando salías con Warren Saget. Nunca entendí lo que veías en ese vejestorio, pero tus relaciones eran asunto tuyo. Entonces llegó Seth, y... madre mía, te quedaste encandilada. Un sábado os vi en el paseo marítimo, y vi cómo os mirabais. Estabais locos el uno por el otro.

Justine mantuvo los ojos cerrados mientras Teri le lavaba el pelo, pero sonrió y comentó:

—Sí, yo también me acuerdo de aquella época. No podíamos quitarnos las manos de encima.

—Fingías que Seth no te importaba, y por poco me arrancas la cabeza cuando un día cometí el error de mencionarle.

—¡Eso no es verdad!

—Claro que sí. Apuesto a que Seth sigue mirándote igual que antes. Está claro que los dos seguís igual de enamorados, así que ahora tienes que tener paciencia y seguro que todo se arregla.

Justine abrió los ojos, y le dijo:

—Espero que tengas razón.

Denise, que a veces hacía de recepcionista, se acercó y dijo:

—Teri, hay alguien que pregunta por ti.

—¿Te ha dicho quién es? —le preguntó, mientras envolvía el pelo de Justine en una toalla.

—No, parece un hombre bastante reservado.

—¿Un hombre? —Joan, Jane y las demás dejaron lo que estaban haciendo y la miraron asombradas.

—¡Ve a ver quién es! —le dijo Rachel, que estaba sentada haciéndole la manicura a la esposa del alcalde.

Teri condujo a Justine a una silla, se secó las manos, y le dijo:

—Enseguida vuelvo.

Había un hombre alto y muy delgado junto a la puerta. Estaba mirando a su alrededor con nerviosismo, como si tuviera miedo de que alguna de las peluqueras estuviera a punto de atarlo a una silla y teñirle el pelo de rosa.

—Hola, soy Teri Miller —le dijo, con una mano en la cadera. No iba a comprar nada, y no tenía tiempo para ponerse a charlar sobre naderías.

—A Bobby Polgar le gustaría hablar con usted. Está fuera, en un coche —era obvio que esperaba que ella dejara todo lo que estaba haciendo en ese momento.

—Ah —Teri lo miró atónita.

—Al señor Polgar no le gusta esperar, señorita Miller.

—¿Ah, no? —lo miró ceñuda. Recordó haberlo visto en el torneo junto a Bobby, había supuesto que era un amigo o un empleado—. Pues resulta que estoy ocupada, y no voy a tener ni un momento libre en todo el día. Dígale al señor Polgar que, si quiere verme, lo que tiene que hacer es pedir hora, como todo el mundo.

—¡No seas idiota, Teri! Seguro que quiere darte las gracias —le dijo Rachel con exasperación.

—Es lo que debería hacer.

Le había hecho un favor a aquel hombre, y lo único que había conseguido era que la sacaran escoltada de la competición. Bobby Polgar no le había pagado, y por si fuera poco, ni siquiera se había molestado en darle las gracias.

—¿Señorita?

El salón entero parecía estar mirándola, esperando a que se decidiera.

Por un segundo, estuvo tentada de salir al coche y escuchar amablemente mientras el gran Bobby Polgar se dignaba a concederle una audiencia, pero lo cierto era que no estaba tan desesperada; además, no quería darle a aquel ajedrecista la impresión de que la tenía a su entera disposición.

—Por favor, dele al señor Polgar las gracias de mi parte por venir, pero dígale que hoy tengo mucho trabajo y que no estoy libre hasta las seis —se volvió sin más, y vio que sus amigas y las clientas estaban mirándola.

—Me parece que al señor Polgar no va a hacerle ninguna gracia —le dijo el hombre.

Teri sacudió la cabeza; al parecer, Bobby Polgar tenía demasiada gente pendiente de todos sus caprichos, así que ya era hora de que alguien le parara los pies.

Mientras iba hacia Justine, se dio cuenta de que había un silencio total, y dijo con exasperación:

—¿Qué pasa?

Suspiró aliviada al ver que cada cual retomaba lo que estaba haciendo, pero Denise regresó al cabo de unos minutos y le dijo:

—El tipo delgaducho me ha pedido que te dé esto.

Teri agarró el billete de cien dólares sin hacer ningún comentario, y se lo metió en el bolsillo; al parecer, con el ajedrez se ganaba más dinero del que pensaba. Cien dólares era cuatro veces lo que solía cobrar por un corte de pelo, Bobby Polgar había resultado ser un tipo generoso.

Cuando terminó con el corte de pelo de Justine, se puso a hacerle la permanente a Grace Harding, que casi siempre pedía hora en sábado porque entre semana trabajaba en la biblioteca; de hecho, además de la de Grace, tenía dos permanentes más programadas para aquel día.

A las seis de la tarde, le dolían los pies y ni siquiera había tenido tiempo de comer. Estaba hambrienta, cansada, y se sentía irritada por culpa de cierto jugador de ajedrez que estaba demasiado acostumbrado a salirse con la suya, pero le resultaba gratificante que Bobby Polgar hubiera hecho el esfuerzo de buscarla hasta descubrir quién era y dónde trabajaba.

De hecho, era toda una hazaña, porque en el torneo no le había dicho a nadie cómo se llamaba... de pronto, recordó que los de seguridad habían comprobado su identificación.

Fue la última en marcharse del salón de belleza. Después

de meter una última tanda de toallas en la secadora, apagó las luces y cerró el local antes de salir del centro comercial. Le dolían los pies, y estaba deseando darse un buen baño, hacerse una pizza en el microondas, y ponerse a leer un buen libro.

La limusina que estaba en el aparcamiento le llamó la atención de inmediato, y se detuvo en seco al ver que se ponía en marcha y se dirigía hacia ella. El vehículo se detuvo delante de ella, y la puerta se abrió; al parecer, se suponía que debía entrar sin hacer preguntas.

Se inclinó hacia delante, y miró hacia dentro; tal y como esperaba, Bobby Polgar estaba allí. En aquel coche cabían diez personas delgaduchas, o unas ocho si eran como ella, pero el único ocupante era el jugador de ajedrez.

—¿Por qué no has querido verme? —le preguntó él.

—Le he dicho a tu conductor que tenía mucho trabajo, y era la pura verdad.

—¿Estás libre ahora? —le indicó con un gesto que se sentara a su lado.

Teri lo observó con atención. Tenía una estatura media, y llevaba unas gafas de montura oscura. La verdad era que tenía aspecto de intelectual. No tenía pinta de interesarse demasiado por la moda... ni por nada que no tuviera que ver con el ajedrez.

—¿Por qué?

Su pregunta pareció sorprenderle, y le dijo:

—Porque me gustaría hablar contigo.

—¿De qué?

—¿Siempre eres tan peleona?

—No, pero no he parado en todo el día, y estoy cansada.

Él frunció el ceño, como si sus palabras le hubieran desconcertado, y le preguntó:

—¿El sábado pasado no trabajaste?

—Sí, pero tenía la agenda menos llena. Cambié de día dos citas de la tarde para poder ir a Seattle —no mencionó el dinero que había pedido prestado.

—Acertaste con el diagnóstico, gané la partida —se inclinó hacia delante, y alargó la mano hacia ella.

Teri claudicó y entró a regañadientes en la limusina, que era la más grande que había visto en su vida. Pasó la mano por la tapicería, y alzó la mirada. En el techo había luces que cambiaban de color cada pocos segundos, y que bañaban el interior del vehículo con suaves tonos pastel.

—¿Te apetece beber algo?

—¿Qué tienes?

—¿Qué quieres?

—Una cerveza.

—¿Una cerveza? —a juzgar por su expresión, cualquiera diría que no había oído la palabra en su vida.

—Fría, si puede ser.

Bobby apretó un botón, y dijo por el interfono:

—Una cerveza fría para la señorita, James.

Teri contuvo las ganas de echarse a reír, y le preguntó:

—¿Tu chófer se llama James?

—¿Te hace gracia? —la miró con la misma perplejidad de antes.

—Es que es tan... tópico.

—¿Ah, sí? —era obvio que seguía desconcertado.

Al ver que la limusina se ponía en marcha, Teri sintió una punzada de inquietud y se apresuró a decir:

—Oye, un momento... ¿adónde vamos?

—A por tu cerveza fría. No te preocupes, James es de fiar.

—Me fío de él, eres tú el que me preocupa.

Bobby Polgar estuvo a punto de sonreír, y comentó:

—Me gustas. Eres tirando a gordita, pero...

—Y tú eres tirando a maleducado. Llévame a mi coche ahora mismo.

—En un momento —no parecía tener ninguna prisa.

Teri se cruzó de brazos. Jamás habría soñado siquiera que llegaría a montar en un coche como aquél.

—Creía que a estas horas ya te habrías marchado de la zona —comentó.

—¿No te alegras de verme?
—No especialmente.
Al verlo fruncir el ceño, supuso que el gran Bobby Polgar no estaba acostumbrado a encontrarse a alguien que no estuviera dispuesto a alimentar aún más su enorme ego.
—El sábado pasado no me pagaste. No pasa nada, aunque mis clientes suelen pagarme al momento. No pensaba cobrarte nada, pero habría sido un detalle que al menos me hubieras ofrecido algo.
—¿Te han dado el dinero?
—Sí, gracias. Has sido muy generoso.
—Te lo mereces.
—Tampoco te molestaste en darme las gracias.
—Tienes razón. La verdad es que apenas pienso en otra cosa que no sea el ajedrez.
No hacía falta que lo dijera, ella ya lo había notado.
La limusina se detuvo, y al cabo de unos tres minutos, la puerta se abrió y James, el hombre delgaducho que había ido al salón de belleza, le ofreció una cerveza.
—Gracias, James —le dijo, mientras intentaba contener una carcajada.
—James, yo también quiero otra cerveza —dijo Bobby.
El chófer, que ya estaba a punto de cerrar la puerta, se detuvo en seco y lo miró desconcertado, como si estuviera preguntándose si había oído bien.
—¿Una cerveza, señor?
—Sí.
—Ahora mismo.
Cuando la puerta se cerró de nuevo, Teri comentó:
—Te gusta que la gente obedezca en todo, ¿verdad?
Bobby la miró en silencio durante unos segundos, y de nuevo pareció a punto de sonreír.
—Cuando uno es tan rico y famoso como yo, casi nadie le lleva la contraria.
Ella abrió la lata, y tomó un largo trago antes de decir:
—Yo sí.

—Ya me he dado cuenta.

Cuando la puerta se abrió y el chófer le dio una lata de cerveza, Bobby la agarró y la observó con atención durante unos segundos. Intentó abrirla, pero no pudo meter el dedo por debajo de la anilla.

—Oh, por el amor de Dios... —Teri agarró la lata mientras sujetaba la suya entre las rodillas, y comentó—: Eres un poco inútil.

Bobby la miró a los ojos, y sonrió antes de decir:

—Eres la primera persona en darse cuenta, Teri Miller. Tienes razón, la verdad es que soy un poco inútil.

CAPÍTULO 12

—¡Cal ya está aquí! —exclamó Linnette, al mirar por la ventana el domingo de Pascua.

Llevaba toda la tarde ayudando a su madre a preparar la cena, y ya había empezado a poner la mesa. Dejó caer la cortina y se apresuró a ir a la puerta principal, pero decidió que antes tenía que recordarle algo a su familia.

—Por favor, no le incomodéis.

Su padre, que estaba leyendo el periódico de Seattle, alzó la mirada y le preguntó:

—¿A qué te refieres?

—Ha empezado a ir a un logopeda de Silverdale, y está un poco cohibido. Si duda entre palabra y palabra, vosotros haced como si nada, ¿vale?

—No te preocupes —su padre se centró de nuevo en el periódico, que leía cada domingo de principio a fin.

—No te preocupes, cariño —le dijo su madre, desde la puerta de la cocina.

Linnette abrió de inmediato al oír el timbre de la puerta, y al ver a Cal, pensó que no podría estar más guapo ni intentándolo. Llevaba una chaqueta de cuero, unas botas pulidas, y unos vaqueros sin una sola arruga. Cuando sus ojos azules la miraron con nerviosismo, sonrió para intentar tranquilizarlo. Lo agarró de la mano, y le instó a que entrara en la casa.

—Hola, Cal —le dijo su padre.

—Bienvenido, Cal —dijo su madre, desde la cocina.

—Huele bien.

Linnette lo miró henchida de orgullo al ver que no había tartamudeado ni una sola vez, y le dijo:

—Es el jamón. Mamá lo baña en azúcar moreno y sirope de arce, y lo sazona con clavo. Nunca he probado uno mejor. Está buenísimo, así que no te olvides de felicitarla.

—Vale.

—Hay mucho, puedes llevarte un poco de lo que sobre.

—Oye, no me dejes sin mi jamón —le dijo su padre, en tono de broma.

Al ver que Cal miraba a su alrededor, Linnette adivinó de inmediato lo que estaba pensando y se adelantó a su pregunta.

—Mack viene de camino. Ha llamado, se ve que hay mucho tráfico en el puente.

—¿Y Gloria?

—Llegará a eso de las cuatro.

—Está trabajando —apostilló su padre.

Su hermana era agente de policía en Bremerton. Antes de mudarse a Cedar Cove, su padre trabajaba en el departamento de policía de Seattle, así que a Linnette le parecía interesante y muy apropiado que Gloria hubiera elegido la misma profesión.

Al principio, su hermana había contactado con sus padres biológicos enviándoles notas anónimas, centros florales, y otros mensajes inofensivos pero desconcertantes; al final, su padre había resuelto el misterio y Gloria había sido incluida en la familia, pero aún estaban acostumbrándose a la nueva situación, y todos iban con pies de plomo mientras se establecía una nueva dinámica. Aquella tarde iba a ser una prueba de fuego.

—Gloria me dijo que empezáramos sin ella, pero le dije que ni hablar —comentó.

—Llamará si va a retrasarse —dijo su padre, que solía pasar bastante tiempo con su nueva hija.

Al principio, Linnette temía que le resultara difícil compartir a su padre, porque siempre había estado muy unida a él, pero no la había afectado lo más mínimo. Seguramente, se debía a que tenía a Cal, aunque como a menudo les costaba bastante compaginar sus horarios de trabajo, no se veían tanto como les habría gustado; si fuera por ella, quedarían a diario, pero tenía que contentarse con llamadas telefónicas y con verlo dos veces a la semana como mucho.

Debido a las visitas al logopeda, Cal iba más a menudo a la ciudad últimamente, y solía pasar a verla antes o después de ir a la consulta. Los progresos que había conseguido en tan poco tiempo eran impresionantes.

—Estaba acabando de poner la mesa, ¿me echas una mano?

—Cal es nuestro invitado, Linnette. No creo que sea adecuado pedirle que ponga la mesa —le dijo su padre.

—Tienes razón, papá —le dijo, mientras miraba sonriente a Cal.

Él le devolvió la sonrisa, se sentó en el sofá, y aceptó sin decir palabra las hojas de periódico que le dio el padre de Linnette.

Ella regresó a la cocina, y le dijo a su madre:

—Papá podría esforzarse un poco, y hablar con él.

—Ya conoces a tu padre.

—Lo más probable es que Cal sea el hombre con el que acabe casándome —esperaba de corazón que fuera así. Él no había mencionado aún el tema del matrimonio, pero estaba casi segura de que iban encaminados en aquella dirección.

El timbre de la puerta volvió a sonar, y antes de que alguien tuviera tiempo de ir a abrir, Mack entró en la casa con una azucena con tres flores. Se había cortado un poco el pelo, y tenía un aspecto pasable... bueno, casi. Seguramente, estaba intentando apaciguar a su padre. Se había puesto unos vaqueros, sandalias, y una camisa floreada bastante horrible. Necesitaba que una mujer le ayudara a vestir mejor, pero Linnette no estaba dispuesta a presentarse voluntaria. Lucky, su perro, entró tras él y se tumbó junto a la chimenea.

—Felices Pascuas a todos, ¿cuándo vamos a buscar los huevos de chocolate?

—Eres demasiado mayor para esas cosas —le dijo su madre, sonriente, al salir de la cocina. Después de darle un beso a su hijo, comentó lo bonita que era la azucena, y la colocó en el centro de la mesa.

Al ver que Cal se levantaba y le estrechaba la mano a su hermano, Linnette empezó a preocuparse. No le había contado a Mack que Cal estaba yendo a un logopeda, y le daba miedo que pudiera hacer algún comentario que le incomodara.

—¿Qué hay para cenar?, estoy hambriento —Mack se frotó las manos, como si estuviera dispuesto a empezar a comer de inmediato.

—Perfecto, comeremos en cuanto llegue Gloria —le dijo su madre.

—¿No has hecho aquellos rollitos de queso? —le preguntó, decepcionado.

—Sí, ¿dónde están los aperitivos? Podríamos ir picando —dijo su padre, mientras dejaba a un lado el periódico.

—Ahora los traigo. Roy, encárgate de las bebidas.

—A Mack le encantan los rollitos de queso que prepara mi madre —le dijo Linnette a Cal—. Pruébalos, pero no te comas demasiados o te quedarás sin hambre para la cena.

—No te preocupes.

—Mi hermano quiere que mamá haga esos rollitos en todas las fiestas... en Pascua, en Acción de Gracias, en Navidad...

—En el Día de la Marmota —apostilló Mack, mientras su padre se levantaba para ofrecerles las bebidas.

—Deben de estar muy buenos —comentó Cal.

—Yo quiero una cerveza, papá.

—Yo también, señor McAfee —dijo Cal.

Mack se volvió hacia él, y empezó a decir:

—Oye, Cal... —se detuvo en seco cuando Linnette le dio una patada en el tobillo, y exclamó—: ¡Ay! ¿A qué viene eso?

—Perdona, ¿te he dado?

—Sí, y me has hecho daño —le dijo él, mientras se frotaba el tobillo con la mano.

—Mack, ven a echarme una mano en la cocina —Linnette le lanzó a su hermano una mirada elocuente, y se lo llevó medio a rastras. Cuando nadie podía oírlos, susurró con fiereza—: ¡No avergüences a Cal! Está yendo a un logopeda por lo del tartamudeo, y se siente incómodo cuando alguien hace algún comentario sobre ese tema.

—Eres tú quien está avergonzándolo, dale un respiro —le contestó Mack en voz baja.

—¿Qué quieres decir?

—Estás agobiándolo. Si sigues así, acabarás perdiéndolo.

Linnette estaba a punto de decirle que aquello era una ridiculez, pero el timbre de la puerta sonó por tercera vez. Era Gloria, que aún llevaba puesto su uniforme de policía.

—No he tenido tiempo de cambiarme, espero que no os importe.

—¿Dónde está Chad? —Linnette sabía que Chad Timmons, un médico con el que trabajaba en la clínica, estaba interesado en su hermana.

—No le he invitado a venir —Gloria se quitó la chaqueta, y su padre la colgó en el ropero del vestíbulo.

A Linnette le supo mal por Chad, ya que sabía que él había tenido la esperanza de recibir una invitación.

—¿Podemos comer ya? —dijo Mack con impaciencia.

—¿Me he retrasado mucho? —les preguntó Gloria.

—Claro que no —le dijo su madre, antes de volverse hacia Mack—. ¿No querías aperitivos?

—Ah, sí.

—Pues están de camino.

Se sentaron en la sala de estar. Linnette estaba junto a Cal, y entrelazó una mano con la suya. Su madre regresó al cabo de un momento con un plato de rollitos de queso, además de una bandeja con varias salsas y abrebocas vegetarianos. Su padre sirvió las bebidas... cerveza para los hombres, y vino blanco para las mujeres.

—Prueba esta salsa, Cal. Te va a encantar —Linnette mojó un palito de zanahoria en una salsa muy cremosa, y se la dio.

—Vine a la ciudad a principios de semana —comentó Mack, mientras empezaba a llenar su plato. Los rollitos de queso aún estaban calientes, y se quemó el dedo—. ¡Ay!

—No te pasaste por aquí —comentó su madre.

—Para cuanto acabé, sólo quería llegar a casa y darme una ducha.

—¿Qué fue lo que acabaste? —le preguntó Linnette.

Mack se irguió un poco, y los miró antes de decir:

—Me presenté a las pruebas para entrar en el cuerpo de bomberos de la ciudad.

—¿Qué clase de pruebas hiciste? —le preguntó Gloria.

—Tuve que completar un examen físico. No me refiero a que un médico me auscultara el corazón, sino a subir escaleras corriendo y cosas así.

—¿Cómo te fue? —le preguntó su padre.

Al ver cómo le brillaban los ojos a su hermano, Linnette supo que había aprobado.

—Me parece que bastante bien, ahora tengo que hacer el examen escrito.

—Eres bombero voluntario, así que supongo que es un trabajo que te gusta. Al menos sabes lo que te espera —le dijo su padre. No siempre se habían llevado bien, pero era obvio que los dos estaban haciendo un esfuerzo. No añadió que prefería que su hijo fuera bombero a que siguiera siendo cartero, aunque no era un secreto para nadie.

—Sí, espero que me contraten... y la verdad, no me importaría estar más cerca de todos los de esta orilla. Si consigo el trabajo, tendré que hacer un curso de preparación de diez semanas, hay una academia en North Bend.

—Nos encantaría tenerte más cerca —le dijo su madre, radiante de felicidad—. Diez semanas pasarán en un abrir y cerrar de ojos.

—Puede que yo también pase una temporada fuera —apostilló Cal.

—¿*Qué*? —Linnette lo miró boquiabierta. Él no le había dicho nada, y no le gustaba que hubiera decidido sacar el tema en una reunión familiar—. ¿Adónde vas, y por qué? Espero que no sea por mucho tiempo.

—Mu... mustangs —le dijo él, tartamudeando por primera vez.

—¿Qué pasa con los mustangs? —cuando estuvieran a solas le preguntaría más cosas, pero de momento todo aquello no le hacía ninguna gracia.

—El Depa... partamento de Gestión de la Tierra está atrapando mustangs sa... salvajes, ca... ballos en li... libertad, para venderlos. Cliff y yo...

—¿Cliff va a mandarte a algún sitio?, ¿cuándo?

Cal hizo caso omiso a sus preguntas, y siguió diciendo:

—Algunos de estos caballos salvajes están siendo aniquilados. El Depa... partamento de Gestión de la Tierra facilita su adopción, y varias organizaciones de rescate...

—¿Cliff quiere añadir mustangs a su manada? Puede enviar a cualquier otro, no tienes por qué ser tú.

—Linnette, deja que se explique —le dijo su madre con voz suave.

—Voy a ir de volunta... tario, para ayudar a atrapar a los caballos y llevarlos a los centros de adopción —siguió hablando sin pararse apenas a respirar—. Quiero asegurarme de que estén prote... tegidos. Muchos de ellos los venden en subastas, y algunos acaban siendo sacrificados. Espero poder trabajar con uno de los grupos de rescate.

—¿Cuánto tiempo estarás fuera?

—Un mes, puede que más.

—¿Un mes? —le pareció una barbaridad.

Se preguntó cómo era posible que dejara su trabajo durante tanto tiempo; además, iba a ser muy duro para ellos como pareja. No era razonable que un hombre tomara una decisión así sin hablarlo antes con la mujer con la que tenía una relación seria. No entendía por qué no le había comentado antes que estaba interesado en irse de voluntario, y le parecía muy mal que lo hubiera dicho delante de su familia sin contárselo primero a ella.

Se dijo que a lo mejor estaba exagerando, pero a Cal le iba muy bien con la terapia, y la relación que mantenían lo era todo para ella. No podía soportar la idea de que se marchara, aunque fuera por un breve periodo de tiempo.

—Creo que es una iniciativa fantástica —comentó su madre.

Linnette la miró con irritación.

—Lo mismo digo —comentó Mack—. He leído lo que está pasando con esos caballos, y es una vergüenza.

Linnette estaba de acuerdo en que había que ayudar a aquellos animales, pero en ese momento sólo podía pensar en sí misma. No quería que Cal se marchara de Cedar Cove, pero daba la impresión de que él estaba deseando hacerlo.

CAPÍTULO 13

Maryellen despertó de muy buen humor el lunes de Pascua, a pesar de haber pasado otra noche más en el sofá. Echaba de menos dormir con su marido, la intimidad que compartían. Se prometió que, cuando el bebé naciera, no volvería a dormir nunca más en un sofá.

El domingo de Pascua había sido maravilloso. Después de misa, Joseph y Ellen habían llevado a Katie a una caza popular de huevos de Pascua, y la niña había recogido un cesto lleno de huevos de plástico coloreados. Se los había enseñado con orgullo a ella y más tarde a Jon, que había desaparecido en cuanto los Bowman habían regresado con la niña.

Katie había tardado una semana más o menos en acostumbrarse a los padres de Jon, pero a esas alturas ya se había dado cuenta de que tenía a aquellas dos personas a su merced. Joseph y Ellen la colmaban de amor y de atenciones. La niña estaba encantada, y ella les estaría eternamente agradecida por su ayuda.

La llegada de los Bowman había sido un alivio para ella durante aquel difícil embarazo. Su madre y Cliff la ayudaban en todo lo que podían, e incluso habían decidido aplazar el banquete de boda hasta después del nacimiento del bebé. Su madre la visitaba tres veces por semana como mínimo, y le llevaba libros de la biblioteca para que se entretuviera.

Charlotte y varias señoras del centro de ancianos también habían ido a verla. Charlotte la había enseñado a tejer, y había aprendido con tanta rapidez, que había empezado a hacer una manta para el niño; sin embargo, ninguna de aquellas distracciones podía quitarle de la cabeza las dificultades económicas provocadas por el hecho de que no podía trabajar. Jon no podía trabajar y al mismo tiempo cuidar de Katie y de ella, pero gracias a la presencia de sus padres, podía pasarse el día tomando fotos. Había vendido unas cuantas al *Chronicle* y a otros periódicos, y había llevado varias a las galerías de arte que exponían sus obras. Incluso se había apuntado a unas cuantas ofertas de trabajo, pero de momento no había obtenido respuesta.

La presencia de Joseph y Ellen había propiciado un cambio radical. Jon no podía negar que la generosidad de sus padres lo había cambiado todo, pero aun así, evitaba cualquier contacto con ellos. Salía temprano por la mañana y llamaba cada tarde antes de llegar a casa, para avisar que sus padres debían marcharse.

A Maryellen no le gustaba que fuera tan frío con su familia; de hecho, era algo que la inquietaba. Si él podía apartarse por completo de ellos, quizá sería capaz de hacer lo mismo con Katie y con ella. Era consciente de que él sólo había permitido que sus padres volvieran a entrar en su vida por ellas dos.

Jon se negaba a reconocer la ayuda de sus padres, y no mostraba ningún agradecimiento. Ellos respetaban sus deseos, y se marchaban en cuanto él avisaba que iba camino de casa. Ni siquiera mencionaba el hecho de que al llegar siempre tenía la cena preparada. Ignoraba en todo lo posible la existencia de sus padres, y ella se sentía fatal por ellos.

Sonrió al oírle bajar de puntillas la escalera. El tiempo que habían pasado juntos el día anterior había sido muy especial, y no quería empañar la nueva jornada con más tensiones.

—¿Estás despierta? —le preguntó él, en voz baja.

Cuando ella asintió y alargó los brazos, fue a tumbarse junto a ella y posó las manos en su vientre. Los dos soltaron una risita, y se acurrucaron el uno junto al otro.

—Cuando nazca el niño, no pienso volver a dormir sin ti —recorrió su cuello con los labios antes de besarla en la boca con pasión, y al final apartó los labios con un gemido y los hundió en el hueco de su cuello; al cabo de un momento, susurró—: Echo de menos dormir contigo.

—Yo también —su cuerpo le resultaba tan familiar, lo amaba tanto... en otras circunstancias, habrían hecho el amor en ese momento. Se dijo que ya le faltaba poco para dar a luz, era algo que tenía que recordarse con frecuencia día y noche.

—Katie aún está dormida.

—Ayer tuvo un día muy ajetreado, no sabes lo buena que es Ellen con ella —al notar que se ponía tenso, como siempre que ella mencionaba a sus padres, le frotó la espalda y le dijo—: ¿Has visto la enorme cesta de Pascua que le compraron? Tiene un conejito de peluche, y...

—No quiero que la consientan demasiado.

—Cariño, eso es lo que hacen los abuelos —vaciló por un instante, y añadió con voz suave—: Adoran a la niña, Jon.

Él se levantó del sofá, fue a la cocina, y se puso a preparar café; al cabo de unos minutos, comentó desde la puerta:

—Sabía que pasaría esto.

—¿El qué? —le preguntó, mientras se incorporaba hasta sentarse—. ¿Te da miedo que mencione a tus padres cuando estamos hablando?, eso es una ridiculez.

—En cuanto llegaron, te pusiste de su parte. No va a funcionar, Maryellen. Te lo dije antes, y te lo repito ahora. Nada ha cambiado entre ellos y yo, nada.

—Pero, Jon... —no le gustaba verlo tan inflexible.

—No quiero seguir hablando del tema. Dejé que vinieran por ti, nada más.

—Están ayudándonos muchísimo, ¿cómo puedes negar

todo lo que están haciendo por nosotros? Dejaron su casa y están viviendo en un hotel, porque quieren estar junto a nosotros en esta época tan difícil. Lo mínimo que podemos hacer es mostrarles algo de agradecimiento.

—A mí no me ayudaron —le espetó él, con furia apenas contenida—. Mintieron en el juicio... tuvieron suerte de que no los acusara de perjurio, entonces habrían sido ellos los que habrían acabado en la cárcel.

Maryellen luchó por mantener la calma, y le dijo:

—Sí, mintieron y tú pasaste por un infierno, pero pagaron un precio muy alto por lo que hicieron.

—¡No! Fui yo el que pagó, el que estuvo entre rejas. ¿Sabes cómo aguanté aquellos años?, ¿quieres saberlo? Pues odiándolos. Me juré que no volvería a tener nada que ver con ellos nunca más.

A Maryellen le dolió que hablara con tanta amargura. Era un hombre muy pasional que tenía sentimientos muy profundos, era algo que saltaba a la vista sólo con ver sus fotos. Era capaz de hacer que una sencilla imagen de una motora en el amarradero resultara poderosamente evocativa. Un crítico había dicho que aquella motora abandonada era un objeto con integridad propia, pero que a la vez simbolizaba los sueños perdidos. A ella le había encantado aquel comentario, así que lo había recortado y lo tenía guardado en una carpeta. Estaba de acuerdo con cada una de las palabras. Se había enamorado del arte de Jon años atrás, incluso antes de conocerlo en persona.

De modo que no era de extrañar que las emociones de su marido, tanto las positivas como las negativas, fueran tan potentes. Odiaba a sus padres de forma implacable, y amaba con la misma intensidad. Ella jamás dudaría del amor incondicional que sentía por Katie, por el nuevo bebé, y por ella. Lo había sacrificado todo por ella, incluso había estado dispuesto a renunciar a las tierras y a la casa que había construido con sus propias manos.

El silencio que se creó entre los dos pareció palpitar

como una herida abierta, sólo lo rompía el gorgoteo de la cafetera. Él entró de nuevo en la cocina, y se sirvió un café mientras calentaba agua en el microondas para prepararle un té.

—Gracias —le dijo ella, cuando se lo dio.

—No quiero discutir, Maryellen —le dijo, mientras se sentaba delante de ella.

—Yo tampoco —le contestó, con una sonrisa triste.

—Te amo, y no voy a permitir que mis padres se interpongan entre nosotros. Me quitaron todo lo demás, no dejaré que también me arrebaten a Katie y a ti.

Maryellen tomó un trago de té mientras intentaba ver la situación desde el punto de vista de su marido, y al final comentó:

—Estaba pensando en lo inusual que es todo esto. Parece al revés de lo que suele pasar; normalmente, es la esposa la que no se lleva bien con sus suegros.

—Mis suegros me caen bien, pero no aguanto a mi familia —después de echarle un vistazo a su reloj, se puso de pie y comentó—: Tengo que prepararme para una entrevista de trabajo.

Lo miró sorprendida, porque él no le había comentado nada sobre otro trabajo. Sus fotos se vendían en galerías de arte, y ella esperaba poder empezar a manejar su carrera a finales de año, para poder publicitarle más. Había estado leyendo sobre el tema en Internet, gracias a un portátil que Cliff le había prestado.

—No me habías dicho que tenías una entrevista.

—No es nada del otro mundo —le dijo él, mientras se dirigía hacia la escalera.

—Pero... siempre que tienes una, me lo dices antes.

Se le habían presentado varias oportunidades de trabajo, pero ninguna había cuajado. Antes de cada entrevista, habían hablado largo y tendido. Una había sido para un puesto en la construcción, en la empresa de Warren Saget, pero Jon se había enterado de que Saget usaba materiales de mala calidad y que utilizaba artimañas para ahorrar tiempo y dinero; de hecho, se rumoreaba que habían surgido muchos problemas en el bloque de pisos que estaba construyendo en ese momento.

Jon tenía conocimientos de carpintería y habría aceptado encantado un empleo en la construcción, pero los dos habían estado de acuerdo en que no podía trabajar para Saget por motivos éticos. Seth Gunderson quería que volviera a trabajar en el nuevo Lighthouse, pero como aún estaba por construir y no podían esperar tanto, Jon había entregado su currículum en otros restaurantes.

—Estoy seguro de que te lo comenté, Maryellen.

Y ella estaba segura de que no lo había hecho. Tenía la desagradable sensación de que su marido estaba ocultándole algo, pero no sabía por qué. Para cuando él bajó vestido y recién afeitado, ella ya había ido a paso lento a la cocina y estaba sentada a la mesa.

—Háblame de la entrevista —le dijo.

Él acababa de meter una rebanada de pan en la tostadora y un cuenco con avena en el microondas, y en ese momento estaba cortándole un plátano a rodajas.

—No es nada del otro mundo, Maryellen.

—¿Es para trabajar en un restaurante?

—No.

—Me parece que no quieres decirme de qué se trata... nunca me habías ocultado un secreto, Jon. Por favor, no empieces a hacerlo ahora —lo dijo con voz suave, para intentar disimular lo dolida que estaba.

Él soltó un profundo suspiro, y le dijo:

—Vale, de acuerdo. Es para un estudio fotográfico en Tacoma.

—¡Es genial! —comentó, a pesar de que sabía que con un trabajo así iba a desperdiciar su talento.

—Voy a fotografiar a escolares, y...

Maryellen tragó con fuerza mientras intentaba disimular su consternación. Un empleo así estaba muy por debajo de las aptitudes de su marido, reprimiría su creatividad y acabaría con su pasión por la fotografía. No le extrañaba que hubiera sido tan reacio a contárselo.

Se le escapó un sollozo, y se cubrió la cara con las manos.

—Maryellen, por favor... —se arrodilló ante ella, y la miró suplicante—. Cariño, es el único trabajo disponible. Servirá para pagar las facturas, aunque no nos aporte beneficios —la rodeó con los brazos en un gesto lleno de ternura.

—Te sentirás fatal —estaba dispuesto a malgastar su talento en un trabajo tan banal, y todo por ella.

Él le dio un beso en la coronilla, y le dijo:

—He tenido trabajos peores. No será por mucho tiempo, te lo prometo. No pasaré demasiado tiempo en casa, pero...

—Es lo que quieres, ¿no? Quieres estar fuera de casa porque no aguantas que tus padres estén aquí, y eso también es culpa mía. A veces, creo que este bebé va a acabar con nosotros.

—No digas eso, cariño. Este niño es un regalo —le dijo él con voz suave.

—No puedo permitir que lo hagas. Por favor, Jon... no puedo soportarlo.

—No te preocupes, cariño —enmarcó su rostro entre las manos, y la besó una y otra vez—. Te amo, estoy haciendo esto por nosotros. Todo cambiará cuando nazca el bebé, te lo prometo.

—Jon...

—No pasa nada, todo saldrá bien.

Maryellen deseaba creerle. Esbozó una sonrisa cuando él sirvió el desayuno, pero apenas pudo probar bocado. Cuando su marido se marchó y llegaron sus suegros, intentó disimular lo alterada que estaba. Ellen subió a vestir a Katie mientras Joseph lavaba los platos y recogía los libros que había diseminados por la sala de estar.

A media mañana, cuando su suegro sacó a la niña a pasear, su suegra le llevó una taza de té y comentó:

–He pensado en preparar pollo asado para la cena, era uno de los platos preferidos de Jon.

–Seguro que te lo agradecerá –le dijo, a pesar de que sabía que lo más probable era que su marido no se diera ni cuenta.

CAPÍTULO 14

Justine se alegró mucho de ver a su madre. El miércoles por la tarde quedaron a tomar el té en el dieciséis de Lighthouse Road, la casa donde se había criado y donde Olivia seguía viviendo; en cierto modo, para Justine siempre sería un hogar. Había dejado a Leif en casa de uno de sus amiguitos de la guardería, y le apetecía pasar un rato a solas con ella.

—Jack ha ido a hacerle una entrevista al reverendo Flemming sobre la ayuda de la iglesia a los damnificados por los huracanes —le dijo Olivia, mientras dejaba sobre la mesa una bandeja con el té y unas galletas.

Era obvio que estaba diciéndole que la había invitado a ir en ese momento de forma intencionada, para que pudieran estar a solas. Años atrás, jamás se habría planteado contarle sus problemas a su madre, ya que casi nunca hablaban de temas importantes, pero las cosas habían cambiado y en ese momento le parecía algo natural.

—¿De qué quieres hablar? —si su madre quería hablar con ella sin interrupciones, debía de tener algún motivo concreto.

—Me parece que no he sido demasiado sutil, ¿verdad? —comentó, mientras servía el té.

—No te preocupes. Soy tu hija, no te hace falta ser sutil conmigo.

—Antes de nada, cuéntame qué tal te va todo —su madre dejó la tetera en el centro de la mesa, y se sentó.

Justine agarró su taza, echó una cucharada de azúcar, y empezó a remover sin prisa antes de decir:

—He decidido que voy a trabajar a tiempo parcial en el First National Bank —lo dijo con naturalidad, como si no fuera nada del otro mundo—. Estaré fuera de casa casi todo el día —permaneció en silencio durante unos segundos, planteándose si debía mencionar la razón que la había impulsado a tomar aquella decisión—. Estar alejada de Seth me ayuda a lidiar con el estrés.

Necesitaba pasar unas horas al día lejos de su marido, mientras Leif estaba en la guardería, para no volverse loca. Se había sentido aliviada cuando Seth había hablado con Larry Boone sobre el trabajo de vendedor de barcos, pero aún no habían llegado a un acuerdo. No sabía quién de los dos no lo tenía claro, su marido o Larry, pero Seth estaba tan volátil, que no le había preguntado nada por miedo a causar problemas.

Durante las últimas semanas, se había sentido atrapada viviendo con él. Estaba completamente centrado en descubrir quién había incendiado el restaurante, seguía igual de obsesionado a pesar del breve intento que habían hecho de aliviar la tensión que había entre ellos. El fuego no sólo había consumido el restaurante, también estaba consumiéndolo a él. Se había vuelto malhumorado e irracional, y no se parecía en nada al hombre con el que se había casado; de hecho, sentía que ya ni siquiera le conocía.

—¿Qué opina Seth?

Justine siguió removiendo el té, a pesar de que el azúcar ya se había disuelto.

—Aún no se lo he dicho, pero creo que le dará igual —de hecho, estaba convencida de que él ni siquiera se daría cuenta de su ausencia.

—Justine... —su madre alargó el brazo por encima de la mesa, y le cubrió la mano con la suya.

—Lo más gracioso es que el otro día se me olvidó comprar las pastillas anticonceptivas, y entonces pensé que daba igual; al fin y al cabo, Seth ni siquiera me ha tocado desde lo del incendio.

—Está disgustado.

Estaba más que disgustado, y hacer el amor no podía competir con la necesidad que tenía de estar enfadado. Su ternura parecía haberse desvanecido, estaba lleno de rabia y de indignación.

—Eso es quedarse muy corto, mamá. Está impaciente y malhumorado, y sólo piensa en descubrir quién provocó el incendio. Se ha convertido en una obsesión. Quiere que yo también esté enfadada, y no entiende por qué no lo estoy.

Su madre tomó un trago de té, se reclinó en su asiento, y comentó:

—Pero sí que estás enfadada, ¿verdad?

—Claro que sí, pero quiero superar todo esto. Estoy intentando comportarme como lo haría con cualquier otro acontecimiento traumático, tenemos que mirar hacia delante.

—¿Y Seth no está preparado para hacerlo?

—No, y el hecho de que no esté tan obsesionada como él empeora aún más las cosas —había dejado de intentar razonar con él, ya que se ponía aún más furioso cuando intentaba convencerle de que tenían que dejar el pasado atrás y mirar hacia el futuro.

—Habló con Jack hace poco.

Aquello era una novedad para Justine, aunque lo cierto era que últimamente apenas sabía lo que hacía su marido.

—Quería que Jack publicara en el periódico una foto de la cruz de peltre que encontraron entre los escombros, parece ser que fue idea de Roy. Creen que alguien podría reconocerla y dar alguna pista, la investigación está en punto muerto.

—¿Jack accedió?

Su madre agarró una galleta, y comentó:

—Le dijo que antes hablaría con el sheriff, para ver si publicar la foto sería positivo o negativo para la investigación.

Como había sido Seth el que había hablado con Jack, era de suponer que el sheriff Davis era reacio a divulgar aquella información; seguramente, Seth había tomado la iniciativa a espaldas de Davis para intentar reactivar la investigación.

—Tienes que decirle a Seth que vas a empezar a trabajar de nuevo.

—Ya lo sé —no tenía ninguna prisa en hacerlo, porque apenas hablaba con él. Por el bien de Leif, los dos se esforzaban por aparentar normalidad, pero lo cierto era que parecían un par de desconocidos que compartían una casa.

—¿Por eso saliste a comer con Warren Saget?

Justine la miró atónita. Warren la había invitado a comer la semana anterior, pero habían ido a un pequeño restaurante en Gig Harbor para que nadie pudiera verlos. Había sido una cosa puntual, pero se había sentido culpable desde entonces. No alcanzaba a entender cómo era posible que su madre se hubiera enterado, pero eso explicaba que la hubiera invitado a tomar el té para poder hablar a solas con ella.

—Así que te has enterado, ¿no? —le dijo con naturalidad, para intentar quitarle importancia al asunto.

—Sí, y seguro que lo sabe más gente. No sabía que Warren volvía a estar en tu vida.

No lo estaba, pero como sabía que admitirlo daría pie a preguntas que no quería contestar, se limitó a decir:

—Es un amigo.

—¿Estás segura de eso, Justine? —su madre la miró directamente a los ojos.

Se dio cuenta de que iba a tener que darle una explicación, así que le dijo:

—Seth y yo tuvimos una discusión poco después del incendio, y me fui a pasear al paseo marítimo. Allí me encontré a Warren por casualidad, y de repente tuve un ataque de pánico. Era la primera vez que me pasaba algo así, y él fue muy amable conmigo.

—¡Debió de ser horrible!

—Sí, lo pasé muy mal. Al principio no sabía lo que estaba pasándome, pero Warren me tranquilizó hasta que se me pasó. La semana pasada me invitó a comer, y como parecía tan ilusionado, no pude decirle que no —soltó un profundo suspiro, y añadió—: No tendría que haber ido, la verdad es que me arrepiento.

—¿Has pensado en lo que diría Seth si se enterara?

Había sido tan tonta de creer que no iba a enterarse nadie, ni siquiera su marido, pero estaba claro que se había equivocado. Si su madre lo sabía, era posible que alguien acabara comentándoselo a Seth tarde o temprano.

—¿Quién te lo dijo?

—Sharon, una abogada amiga mía. No vino a verme con el cuento a propósito, pero apenas te conoce, y me comentó que te había visto en Gig Harbor con tu padre. Supe de inmediato que no podía ser Stan, y deduje que se trataba de Warren.

—No volverá a pasar, mamá.

—No es asunto mío. Es tu vida, pero no me gustaría que cometieras una estupidez que pudiera dañar tu matrimonio.

Su madre tenía razón. Tenía que hablar con Seth, y decirle lo dañina que estaba siendo su actitud obsesiva. No le gustaban las confrontaciones, pero tenían que arreglar la situación antes de que fuera demasiado tarde.

Se fue a casa poco después. No tenía que recoger a Leif hasta la hora de la cena y quería aprovechar para hablar con su marido, así que se llevó una desilusión al ver que no estaba. Justo cuando estaba a punto de marcharse, la puerta se abrió y Penny, su perrita, corrió a recibirlo.

Los dos se quedaron inmóviles, como si fuera la primera

vez que se veían. Permanecieron así durante una eternidad, sin moverse ni hablar, y Justine sintió que se le formaba un nudo en la garganta mientras los ojos se le inundaban de lágrimas. No podía seguir viviendo así, no podía seguir fingiendo que todo iba bien. Amaba a su marido con toda su alma y no podía soportar la idea de perderle, pero sabía que acabarían perdiéndose el uno al otro si no hacía algo para evitarlo.

El miedo y el anhelo la impulsaron a dar un paso hacia él, y su marido dio uno hacia ella. Antes de que pudiera darse cuenta, estaba entre sus brazos y él la besaba como si acabaran de reencontrarse después de una larga separación. Cuando él hundió los dedos en su pelo y le cubrió la boca con la suya, ella sollozó mientras las lágrimas le bajaban por las mejillas y le devolvió el beso con pasión mientras empezaba a sacarle la camisa del pantalón. Necesitaba a su marido, lo deseaba con todas sus fuerzas.

Ni siquiera se dio cuenta de cómo llegaron al dormitorio. Estaban tan enloquecidos de pasión, que no llegaron a desnudarse del todo antes de caer sobre la cama entre gemidos y jadeos.

Cuando acabaron de hacer el amor, Seth tenía medio cuerpo fuera de la cama y los pies en el suelo, y ella estaba tumbada debajo de él en el borde del colchón. Los dos sonrieron de oreja a oreja.

—Seth, te he echado tanto de menos...

Él se incorporó y se tumbaron de costado en la cama, el uno frente al otro. Empezó a besarla en la barbilla, y trazó sus pómulos con la punta de los dedos antes de decir:

—He sido un idiota. La pérdida del restaurante fue una tragedia, pero os tengo a Leif y a ti, que sois lo más importante de mi vida.

Justine sintió que los ojos se le inundaban de lágrimas, y se esforzó por sonreír.

—Esta tarde he ido a ver a Larry Boone —le dijo él, sin dejar de acariciarle el rostro —al ver que se mordía el labio, añadió con voz suave–: He aceptado el empleo, Justine. Voy a vender barcos.

Ella gritó entusiasmada, se abrazó a su cuello con todas sus fuerzas, y dio rienda suelta a las lágrimas.

–¡Es fantástico! Todo va a arreglarse, ya lo verás.

Entonces le contó que había salido a comer con Warren; a juzgar por cómo se tensó, era obvio que no le había hecho ninguna gracia, pero ella sintió que se quitaba un enorme peso de encima después de contarle toda la verdad.

–No volveré a verle –le dijo, antes de darle un beso largo y profundo.

–¿Me lo prometes?

–Sí.

Le contó que el lunes iba a empezar a trabajar en el banco, y él la miró atónito y le preguntó:

–¿Cuándo lo decidiste?

–La semana pasada.

–¿Quieres volver a trabajar?

Sí, quería hacerlo, y por muchas razones. Necesitaba escapar a otro mundo, mantenerse ocupada. La inactividad la había afectado tanto como a él. Cuando tenían el restaurante, solía trabajar casi a diario, y desde el incendio se había creado un vacío en su vida; además, el dinero les iría muy bien.

–Sólo serán unas horas al día, ¿te parece mal? –si él no estaba de acuerdo, llamaría al banco para decir que rechazaba el puesto.

–No, es decisión tuya.

A pesar de que no quería sacar el tema del restaurante, sabía que tenía que hacerlo.

–¿Qué pasará con el Lighthouse?

–No lo sé, no tengo ni idea –sin dejar de mirarla a los ojos, trazó el contorno de sus labios con el dedo. Era un gesto dulce, y lleno de ternura–. No hace falta que tomemos una decisión ahora mismo, iremos día a día.

—Vale —Justine suspiró, y le frotó la pierna con el pie—. Tenía mucho miedo de perderte.

—No me perderás jamás, no lo permitiría.

Justine se sintió reconfortada, pero estaba convencida de que habían estado a un paso de la ruptura.

CAPÍTULO 15

Allison Cox comprobó la dirección por segunda vez para asegurarse de que no se había equivocado. Anson no le había dicho en qué caravana vivía con su madre, y cuando le había preguntado a la gerente, la mujer había señalado hacia el fondo y le había dicho:

—Cherry está al final, en el número quince. Cuando la veas, dile que está atrasándose con el pago del alquiler.

—Eh...

—Déjalo, ya se lo diré yo.

Allison fue hasta el número quince hecha un manojo de nervios, y se le partió el corazón sólo con imaginarse a Anson viviendo en un lugar así. Tras vacilar por un instante, llamó a la puerta.

—¿Quién es? —gritó una mujer desde el interior.

—Allison Cox.

La fina puerta se abrió poco a poco, y la madre de Anson la miró desde el otro lado de la mosquitera. Llevaba puesta una bata, y estaba fumando. Tenía el pelo sucio, y a juzgar por su aspecto, daba la impresión de que llevaba bastante tiempo sin salir de la caravana.

—¿Quién eres y qué quieres? —tenía un brazo alrededor de la cintura, y movió la mano que sujetaba el cigarro para tirar la ceniza al suelo.

—Soy una amiga de Anson —bajó un poco la voz por si alguien estaba escuchando—. Me llamó hace poco, y he pensado que le gustaría saber qué tal le va.

La mujer se echó a reír como si sus palabras le hubieran hecho mucha gracia, y al final abrió la puerta mosquitera y le dijo:

—Vale, entra y dime lo que sepas de ese cabroncete.

Allison tuvo ganas de contestarle de malos modos, pero se mordió la lengua y entró. El interior de la caravana parecía un estercolero. El fregadero estaba lleno de platos sucios, y la encimera cubierta de porquería. Era obvio que la sala de estar llevaba meses sin limpiarse, y el aire estaba muy viciado. Olía a humo, a alcohol... whisky, a juzgar por la botella que había tirada por el suelo... y a suciedad.

—Perdona el desorden, la criada tiene el día libre —le dijo Cherry.

Allison supuso que era un chiste, así que intentó sonreír un poco. La mujer apartó un montón de revistas que había sobre una silla y le indicó que se sentara, pero antes de que pudiera hacerlo, le preguntó:

—¿En qué está metido Anson?

—Eh... no me lo dijo.

—¿Le dijiste que el sheriff está buscándolo?

—No, me parece que él ya lo sabía.

—Esta vez van a enchironarle.

—Él no provocó el incendio, señora Anson.

La mujer soltó un bufido burlón, y le dijo:

—En primer lugar, nunca he sido una señora, y en segundo lugar, las dos sabemos que Anson lo hizo. No hace falta que finjas por mí, nenita. A mi hijo le gusta el fuego, a los seis años estuvo a punto de quemar la casa mientras jugaba con cerillas. A los diez, sus amigos y él prendieron fuego a unos matorrales, y me metieron en un buen problema. Los de Servicios Sociales vinieron a darme la lata, como si el fuego lo hubiera encendido yo —después de tomar una profunda calada, apagó el cigarrillo en un cenicero lleno de colillas–. El año pasado se metió en un problema muy gordo al quemar la caseta del parque, así que está claro que cada vez va a más. Empezó de niño, y no ha parado –se acercó a la nevera, y le preguntó–: ¿Quieres una cerveza?

–No, gracias.

La madre de Anson sacó una cerveza, la abrió, y tomó un buen trago antes de decirle sin mirarla siquiera:

–El problema es que nunca se me dio bien ser madre.

Allison no hizo ningún comentario al respecto, aunque en eso estaba de acuerdo con ella.

–Has dicho que te llamó, ¿no?

–Sí.

–¿Qué quería?

–Nada, me dijo que necesitaba oír mi voz... y que él no provocó el incendio.

–¿Y tú le creíste?

–Sí.

–¿Avisaste al sheriff?

–No –técnicamente, había sido su madre la que había avisado al sheriff Davis.

–Bien hecho. Si Anson vuelve a llamarte, no se lo digas a nadie.

Como no podía prometérselo, optó por permanecer callada.

–Me mandó una carta –comentó la mujer, mientras sacaba otro cigarro del paquete.

–¿Tiene la dirección del remitente?

–Ojalá, ese cabrón me debe dinero.

–¿Puedo ver la carta?

–Sí, debe de estar por aquí –se acercó a la tostadora, y rebuscó entre un montón de facturas y de propaganda hasta que encontró lo que buscaba. Le ofreció el sobre, pero cuando Allison se levantó e hizo ademán de agarrarlo, echó el brazo hacia atrás para ponerlo fuera de su alcance y le dijo–: No se lo dirás a la poli, ¿verdad?

–No –cuando la mujer le dio el sobre, se sentó de nuevo en la silla y sacó la hoja de papel que había dentro.

Querida mamá,
Le he pedido a un amigo que te envíe esta carta. No intentes rastrearla, porque no estoy donde se envió.

Allison miró el sobre, y vio que tenía un sello de Louisiana. Se sintió desesperanzada al imaginárselo tan lejos, y se preguntó si él estaba siendo sincero al decir que no estaba allí.

Ya sé que estarás enfadada porque me llevé el dinero que guardabas en la nevera. Lo conté, y había cerca de quinientos dólares. Te pagaré hasta el último penique, ya sé que estabas ahorrando para arreglar la transmisión del coche. No tuve más remedio que llevármelo.
Por si ya se te ha pasado el enfado, quiero que sepas que yo no provoqué el incendio.

Aquella línea estaba subrayada varias veces.

He hecho muchas tonterías en mi vida, pero no incendié el restaurante. Puedes creerme o no, es cosa tuya.
No sé si podré enviarte otra carta, así que considera esto como un pagaré de lo que te debo: 497,36 dólares.
Cuídate, te recomiendo que cortes de una vez con ese tipo que te recuerda a Tobey Maguire. Es una mala imitación.
Anson.

Allison volvió a meter la carta en el sobre, y dijo con voz suave:
–¿Anson se llevó prestados casi quinientos dólares suyos? –aquello explicaba por qué no necesitaba dinero, pero hacía semanas que se había marchado y aquella suma no iba a darle para mucho más.

—No se lo llevó prestado, me lo robó —Cherry le dio una calada al cigarrillo que acababa de encender—. No voy a volver a ver ese dinero. Se ha esfumado, igual que Donald —se sacó un pañuelo de papel usado del bolsillo, y se sonó la nariz antes de añadir—: Y sí que se parecía a Tobey Maguire.

Parecía más afectada por lo de Donald que por lo de su propio hijo.

—Anson no ha dejado de darme problemas desde que nació —añadió con enfado—. Habría sido mucho mejor que fuera una niña. En cuanto la enfermera me dijo que era un niño, supe que la cosa no iba a funcionar, pero decidí quedármelo cuando lo vi —se encogió de hombros, y dio otra calada—. Le habría ido mucho mejor si lo hubiera dado en adopción. La mujer de Asuntos Sociales me dijo que ya había una familia esperando, pero yo no le hice caso. Creí que aquel niño me querría, porque había salido de mí.

—Anson la quiere.

—Sí, claro. Por eso hizo lo mismo que todos los hombres a los que he querido, se largó llevándose algo que me pertenecía. En su caso fueron los quinientos pavos... se podría haber llevado también el coche, no va a servirme de nada con la transmisión estropeada —apagó el cigarrillo a medio fumar, y añadió—: Aunque con quinientos pavos no me habría llegado para arreglarla.

—A pesar de lo que hizo, Anson es una persona maravillosa y muy inteligente. Los idiomas y las ciencias se le dan muy bien, podría haber sacado muy buenas notas.

Cherry parpadeó como si aquello la hubiera tomado por sorpresa, pero negó con la cabeza y dijo:

—El problema es que es un hombre, y nunca me duran. Su propio padre se largó en cuanto me quedé embarazada, y después me enteré de que estaba casado.

—Lo siento.

—Da igual. No fue mi primer error, y tampoco el último —tomó un trago de cerveza, y esbozó una pequeña sonrisa

al decirle–: Puedes creer a Anson si quieres, necesita que alguien lo haga. Yo ya no creo ni en mí misma.
—Estoy enamorada de él.
Cuando Cherry apartó la mirada por un momento, Allison creyó ver lágrimas en sus ojos. La mujer se volvió de nuevo hacia ella, y le dijo:
—Es hora de que te marches.
—De acuerdo —sacó una libreta de su bolso, arrancó una hoja, y anotó su número de teléfono—. ¿Me llamará si vuelve a saber algo de Anson? —al ver que no contestaba, añadió—: Si él me llama, la avisaré.
Cuando la mujer le dio la espalda, Allison dejó la hoja de papel encima de la mesa y se marchó.

CAPÍTULO 16

Al salir de una reunión del Club de Jardinería, Charlotte fue a ver a su amiga Helen, que vivía en Poppy Lane. Ben estaba jugando al *bridge* con unos amigos, así que había quedado en encontrarse con él en el Potbelly Deli, uno de sus restaurantes preferidos. Preparaban unas sopas caseras deliciosas.

Le había prometido a Helen Shelton que iría a verla antes de la comida. Su amiga estaba haciéndole un jersey a su única nieta con un estampado de la isla de Fair, y como ella había hecho casi de todo en el mundo de la costura, quería que le echara un vistazo. Aquel jersey era todo un reto para su amiga, y su tenacidad resultaba admirable. Había tenido que volver a empezar más de una vez antes de dar con la tensión correcta, pero no se había rendido.

Las dos eran viudas. Al principio eran meras conocidas, pero habían llegado a entablar una buena amistad gracias al centro de ancianos, y la consideraba una de sus mejores amigas. Sabía que Helen había estado en Francia durante la Segunda Guerra Mundial, y recientemente se había enterado de que había formado parte de la resistencia francesa. Había descubierto aquella información de forma accidental, cuando había visto un viejo póster en casa de su amiga un día que había ido a visitarla.

Le había preguntado al respecto, y Helen le había explicado con cierta renuencia que, durante su época de universitaria, se había quedado atrapada en Francia después de la invasión alemana; al parecer, se había unido a la resistencia francesa para apoyar a las tropas aliadas, y había ayudado a pilotos ingleses y americanos a llegar a Inglaterra.

Había intentado hacerle varias preguntas, pero al ver que su amiga no respondía de forma abierta, se había dado cuenta de que no quería hablar del tema. Sólo se lo había comentado a Ben, y la amistad que las unía se había reforzado aún más.

Helen la hizo entrar de inmediato en su dúplex. Estaba lloviznando, pero en el noroeste del Pacífico nadie usaba paraguas... al menos, los residentes de aquella zona. Cuando alguien llevaba un paraguas, seguro que era un turista.

Se sentaron en la sala de estar, y Helen sirvió el té antes de enseñarle el jersey; al parecer, había seguido su consejo de tejer en redondo, y estaba yéndole bastante bien.

—Lo principal es la tensión —observó con atención los puntos, y asintió con aprobación—. Está muy bien, Helen. A Ruth va a encantarle.

—Eso espero, no sabes la cantidad de vueltas que he tenido que deshacer.

—Vas muy bien.

Helen dejó su taza de té sobre la mesa, y comentó:

—¿Te he dicho ya que está prometida?, estoy pensando en tejerle algo para la boda.

Como su amiga ya estaba muy atareada con aquel jersey tan complicado, no supo si sugerirle que hiciera la capa típica que la novia se ponía encima del traje de boda después de la ceremonia. Había encontrado un diseño para una de los años setenta que le encantaba, a lo mejor era cuestión de encontrar una buena excusa para tejerla ella misma.

—Le echaré un vistazo a mis patrones, a ver si encuentro alguna buena idea.

—Gracias, Charlotte. Cualquier sugerencia será bienvenida.

Cuando acabaron de tomar el té, se despidió de su amiga y le prometió que volvería a verla pronto. Después de ponerse el chubasquero, agarró su bolso y salió a la calle. Era un lluvioso día de mayo, pero la gasolina estaba tan cara, que había decidido ir andando; afortunadamente, el Club de Jardinería, el dúplex de Helen, y el restaurante estaban a escasas calles de distancia.

Para cuando llegó al Potbelly Deli, Ben ya estaba leyendo el menú en una mesa, pero se levantó en cuanto la vio entrar y la besó en la mejilla antes de ayudarla a quitarse el chubasquero. Sus modales impecables la habían encandilado desde el principio. Aquel tipo de cortesías no eran nada frecuentes en aquellos tiempos, así que le parecían una señal de respeto. Le encantaba que Ben tuviera detalles cariñosos y protectores como abrirle la puerta, ayudarla a entrar en un coche, o caminar por el lado de la acera que daba a la carretera. Los dos creían que era importante tratarse mutuamente con respeto y consideración. Con Clyde, su primer marido, también había tenido un matrimonio lleno de aquellas pequeñas muestras de amor.

—¿Cómo ha ido la reunión? —le dijo él, cuando estuvieron sentados.

—Han vuelto a elegirme presidenta —suspiró con resignación, y añadió—: Todo el mundo está tan ocupado, que nadie quería el puesto —el Club de Jardinería no requería demasiado tiempo, pero era una obligación mensual que la mantenía apartada de su marido durante unas horas. Al ver que no contestaba, le preguntó—: ¿Estás molesto conmigo, querido?

Él bajó su menú, y la miró sorprendido.

—Claro que no. Si perteneciera a ese club, también querría que fueras la presidenta. Eres la opción perfecta... organizada, práctica, responsable... la mujer más increíble que he conocido en toda mi vida.

Aquel hombre le decía unas cosas que la llenaban de felicidad.

—Te amo, Ben.

Él dejó a un lado el menú, y le dijo sonriente:

—Ya lo sé, por eso me considero el hombre más afortunado del mundo.

Los dos pidieron la sopa de arroz con pollo, que se servía acompañada de grandes rebanadas de pan de levadura natural recién horneado. El dueño del restaurante le había comentado una vez que la masa madre procedía de Alaska y tenía más de cien años, y al margen de que la historia fuera cierta o no, el pan tenía un sabor inigualable.

—He pasado por casa antes de venir —le dijo Ben, cuando acabaron de cenar y se prepararon para marcharse—. Justine ha llamado para preguntar si podíamos ir al banco antes de la una.

Hacía un par de días que Charlotte se había enterado de que su nieta volvía a trabajar en el First National, aunque sólo a tiempo parcial. Justine había sido la gerente hasta poco después de casarse con Seth. Esperaba que la joven pareja no estuviera atravesando por un bache financiero; le parecía improbable, porque Olivia le había comentado que estaban recibiendo pagos a cuenta del seguro. Estaba convencida de que su nieta había regresado al banco para poder ocupar su tiempo con algo productivo, porque era una muchacha a la que nunca le había gustado estar de brazos cruzados.

Después de pagar la cuenta, Ben la ayudó a ponerse el chubasquero y se marcharon. A pesar de que había disfrutado de la comida, ella echaba de menos el Lighthouse. Se había convertido en un restaurante muy popular, y se sentía muy orgullosa por lo bien que lo habían gestionado Justine y Seth. Servían unos platos exquisitos, y le resultaba imposible entender cómo era posible que alguien lo hubiera incendiado a propósito. Intentaba convencerse de que había sido un acto de violencia al azar, no quería ni plantearse que alguien pudiera querer hacerles daño a su nieta y a Seth.

No había demasiada gente en el banco, quizá porque era lunes. Justine estaba en una mesa al fondo de la sala, y se levantó de inmediato al verlos entrar.

—Hola —les dijo, sonriente. La besó en la mejilla, y los condujo hacia su mesa—. Sentaos, por favor.

Que Charlotte recordara, era la primera vez que Justine los llamaba para que fueran a verla al banco. Al ver que esquivaba su mirada como si estuviera incómoda por algo, se preguntó si se había equivocado al pensar que su nieta no tenía problemas financieros.

—¿Qué pasa, cariño? —colocó su bolso sobre el regazo, y se inclinó hacia delante.

Su nieta miró a Ben, y le dijo:

—Hace poco, ingresaste un cheque de mil dólares.

—Sí, se lo envió su hijo David —apostilló Charlotte, antes de que su marido pudiera articular palabra.

Aunque él no había hecho ningún comentario al respecto, sabía que se alegraba de que David hubiera hecho el esfuerzo de empezar a pagarle el dinero que le debía. La relación entre padre e hijo era casi inexistente, y ella había intentado mediar un poco. Ben no se había opuesto, pero era obvio que creía que era una pérdida de tiempo; de hecho, era innegable que David era una persona muy problemática.

—Nos han devuelto el cheque, no había fondos suficientes —les dijo Justine en voz baja—. Lo siento mucho. En cuanto vi el nombre que aparecía en el cheque, me aseguré de encargarme yo misma del asunto.

—La verdad es que no me sorprende. ¿Podrías dármelo, por favor? —Ben permanecía estoico, y cuando Justine le dio el cheque, lo rompió por la mitad.

—¡Ben! Seguro que todo esto tiene una explicación —se apresuró a decirle Charlotte.

—Es un papel carente de valor, tendría que haberlo sabido desde el principio —le dijo él, con una voz carente de emoción—. David ha tenido problemas de dinero desde siempre. Nunca me ha devuelto ni un centavo, por eso me niego a dejarle más dinero.

—Cielos... —aquella situación la entristecía profundamente.

—Es incapaz de gestionar con cabeza sus finanzas, por eso te pidió dinero. Mi hijo ha hecho muchas cosas a lo largo de su vida, pero ninguna me había enfurecido tanto como el hecho de que intentara estafarte.

—No puedes permitir que el dinero se interponga entre tu hijo y tú —le dijo ella.

—No me malinterpretes... quiero de todo corazón a mis dos hijos, pero David no ha madurado ni ha aprendido a aceptar la responsabilidad de sus propios actos —la voz de Ben reflejaba una profunda tristeza—. Siempre le echa las culpas a alguien, siempre dice que sus problemas son algo temporal, que las cosas van a mejorar. En vez de enfrentarse a la verdad, busca una salida fácil o una solución momentánea. Su inmadurez le ha costado muy cara, y con sus excusas sólo ha logrado endeudarse aún más.

Charlotte posó una mano sobre la suya, y le dijo:

—Tú no tienes la culpa.

—Llamé a David Rhodes —apostilló Justine. Cuando se volvieron a mirarla, añadió con cierta incomodidad—: Me pidió si podía aplazar el cheque hasta primeros de mes, y accedí.

—Y cuando volviste a mandarlo, pasó lo mismo. Te lo devolvieron porque no había fondos suficientes, ¿verdad? —le dijo Ben.

—Exacto. Lo siento, pero no podía seguir alargando el plazo.

—Por supuesto —le dijo él.

Charlotte estuvo a punto de creerse su aparente calma, pero lo conocía muy bien y sabía que estaba avergonzado e indignado.

—Si en el futuro vuelve a suceder algo parecido con mi hijo, no accedas a hacerle ningún favor.

—Lo siento mucho, Ben —le dijo Justine.

—No, el que lo siente soy yo —le contestó él, mientras se ponía de pie.

—Gracias por avisarnos, Justine —dijo Charlotte, mientras su marido la tomaba del brazo. Cuando salieron del banco, comentó—: Deberíamos llamar a tu hijo.

Seguía creyendo que tenía que haber alguna explicación. Tenía que creerlo, porque si no, no iba a tener más remedio que seguir el ejemplo de Ben y dar por perdido a David, y eso era algo que quería evitar. Para ella era importante mantener una buena relación con los hijos de su marido.

Cuando llegaron a casa, él se disculpó y fue al dormitorio. Tuvo que contener las ganas de seguirlo, y se le formó un nudo en el estómago. Sabía lo mal que debía de sentirse y deseó poder aliviar su dolor, pero sabía que él necesitaba estar a solas.

Al entrar en la cocina, vio que la luz del contestador automático estaba parpadeando. Pulsó el botón para oír los mensajes, y oyó la voz de David Rhodes.

—Papá, llámame cuando llegues a casa.

Al ver que Ben entraba a los pocos segundos de que sonara el mensaje, le preguntó:

—¿Lo has oído? —como él se limitó a asentir, insistió—: ¿Vas a llamarle?

—¿Para qué?, ya sé lo que quiere.

Charlotte se dijo que David debía de haber llamado para disculparse, era imposible que fuera tan necio como para pedir otro préstamo. La situación tenía que resultarle igual de bochornosa que a su padre.

El teléfono empezó a sonar, y al ver que su marido se quedaba mirándolo ceñudo, le preguntó:

—¿Quieres que conteste yo?

—No, es David —pareció darse cuenta de que acababa de hablarle con mucha sequedad, porque la abrazó y le dijo—: Mi hijo va a decirme algo que ya he oído cientos de veces. Sé que lo siente, pero eso nunca cambia las cosas.

—Oh, Ben...

Ella le entendía a la perfección, porque lo que su marido acababa de decir también era aplicable a Will, su propio hijo. David había sido descuidado con el dinero, y Will con los sentimientos ajenos... en concreto, los sentimientos de las mujeres. A pesar de que sabía cuáles eran los defectos de su hijo, prefería hacer la vista gorda, como tantas otras madres. No sabía qué hacer, sobre todo desde que se había enterado de que el matrimonio de su hijo se había roto, porque no quería entrometerse en los asuntos de una pareja; sin embargo, era consciente de que Will no sólo le había sido infiel a su mujer, sino que además se había aprovechado de Grace, a la que ella consideraba como una hija. Sí, Grace era responsable en parte de lo que había pasado, pero su hijo tenía mucha más parte de culpa.

Nadie le había contado lo que había sucedido entre ellos, no hacía falta. Había deducido que Will era el hombre con el que Grace había mantenido una relación a través de Internet. Su hijo casado había engañado a una buena mujer con promesas que no pensaba cumplir, y Grace había caído en la trampa. El matrimonio de Will se había roto, pero él le echaba la culpa a Georgia, la mujer que había permanecido a su lado durante todos aquellos años.

Sí, Charlotte entendía mucho mejor de lo que Ben creía la decepción que uno podía llevarse con los hijos.

CAPÍTULO 17

Ya habían pasado dos semanas desde Pascua, y Linnette apenas había hablado con Cal desde entonces. Él había ido a cenar a casa de su familia, había charlado con naturalidad, y había mencionado como si nada que iba a marcharse a Wyoming para atrapar caballos salvajes.

Ni siquiera parecía haberse dado cuenta de cuánto la había afectado la noticia; de hecho, en su momento se había quedado tan impactada, que apenas había alcanzado a soltar una pequeña protesta, pero desde entonces había tenido tiempo de sobra para pensar largo y tendido en la situación. Había tardado dos semanas en hacer acopio del valor suficiente para ir a hablar con él y decirle lo que pensaba. Si él se tomaba su relación en serio, lo menos que podía hacer era hablar del tema con ella.

Últimamente, se pasaba muchas horas en la clínica, porque tenía que sustituir a algunos compañeros que estaban de vacaciones. Le había dejado dos mensajes en el contestador automático, pero él no le había contestado. Sabía que era un hombre muy ocupado, pero ella también estaba atareada. Sí, varias yeguas estaban preñadas y estaba adiestrando a varios potros, pero ella también tenía compromisos profesionales; en cualquier caso, aunque no sabía casi nada sobre un rancho de caballos, recordaba haber oído que Cliff criaba cuartos de milla, así que no entendía el súbito interés que Cal y él tenían por los mustangs. Tenía que hablar con Cal cara a cara, para dejarle clara su opinión y pedirle que se olvidara de aquella idea tan descabellada.

Mientras conducía hacia Olalla, sonrió al recordar que Gloria había bromeado con ella sobre lo atractivo que le parecía Cal. Le había explicado la situación, y su hermana estaba de acuerdo en que tenía que hablar con él, pero le había aconsejado que se mantuviera calmada y centrada. Eso la había ofendido un poco, porque se consideraba una persona muy tranquila y de ideas claras, pero lo cierto era que apreciaba los ánimos que le había dado su hermana.

Le preocupaba que Cal fuera solo a Wyoming, sobre todo teniendo en cuenta lo bien que le iba con el logopeda. No había llamado al rancho para avisar que iba, porque no quería darle tiempo de inventarse excusas ni argumentos absurdos.

Él tendría que haberle contado lo que planeaba hacer, porque así podrían haber hablado del tema antes de que la decisión estuviera tomada. Le dolía que Cal no hubiera tenido en cuenta sus sentimientos, y al final se había dado cuenta de que todo aquello la molestaba tanto porque él la había mantenido completamente al margen.

Miró a su alrededor cuando llegó al rancho, pero no lo vio por ninguna parte. Había varios caballos pastando en el prado vallado que había a su derecha, y se preguntó cuántos tendría Cliff en total... por lo que había visto, varias docenas. Había aprendido los nombres de varios de ellos en anteriores visitas. El semental de Cliff se llamaba Midnight, y el potrillo marrón y blanco que correteaba por el prado era Funny Face. También conocía a Sheba, por supuesto, la yegua en la que había montado varias semanas antes.

Bajó del coche justo cuando Cliff salía del establo. Era un hombre atractivo que debía de ser un poco mayor que sus padres, y tenía una presencia que irradiaba vitalidad. Estaba mejor que nunca, y como era una romántica, supuso que la diferencia se debía a que se había casado.

—Hola, Linnette —le dijo al acercarse. Llevaba de las riendas a un corpulento caballo marrón oscuro que no dejaba de resoplar y de piafar, y que ya estaba ensillado—. Cal no me ha dicho que ibas a venir.

—No lo sabe —se volvió hacia el corral, y vio que Cal estaba dentro con una cuerda en las manos. El animal que estaba con él pareció adivinar sus intenciones, porque giró con rapidez para intentar esquivarle.

Observó fascinada cómo él hacía girar el lazo mientras iba acercándose poco a poco al caballo. Lanzó al fin la cuerda con un movimiento fluido y certero, y le echó el lazo al caballo con una naturalidad pasmosa.

Ella soltó una exclamación ahogada y se tapó los ojos al ver que el semental se encabritaba. Cliff le puso una mano en el hombro para intentar tranquilizarla, pero se asustó aún más al ver que el caballo ensillado alargaba el cuello hacia ella, y tuvo que contener las ganas de retroceder con aprensión.

—No te preocupes, Cal está trabajando con un nuevo semental que he comprado. Nunca haría nada que pudiera hacerle daño al animal, ni se arriesgaría a resultar herido.

Cuando tuvo el valor de volver a mirar, Cal seguía en el corral. El caballo estaba retrocediendo para intentar librarse de la cuerda, y volvió a encabritarse.

Soltó una exclamación y echó a correr hacia el cercado, pero se detuvo horrorizada cuando Cal se cayó al suelo. Al ver que Cliff permanecía donde estaba, se preguntó por qué no parecía más preocupado al ver a Cal arrodillado y encorvado como si le doliera algo.

—Está bien, no le ha pasado nada —le dijo él.

Cal se levantó sin soltar la cuerda, y ella sintió que le daba un vuelco el corazón al verle acercarse al semental mientras iba diciéndole algo con voz susurrante. Se quedó atónita cuando él llegó junto al animal y empezó a acariciarle el cuello sudoroso al cabo de un momento. Le parecía imposible que hubiera conseguido tal hazaña... o que el caballo se lo hubiera permitido.

No entendía lo que acababa de pasar, sólo sabía que tenía que acercarse a Cal, hablar con él, asegurarse de que estaba bien. A pesar de todo, le había parecido impresionante la rapidez con la que había conseguido tranquilizar al semental.

Subió a la valla y pasó una pierna por encima, pero Cliff la detuvo y le dijo:

—Espera aquí, Cal vendrá en unos minutos.

Después de ponerle un ronzal al semental y de meterlo en el establo, Cal se acercó a ellos y la miró un poco ceñudo.

—¿Qué haces aquí?

Linnette se dio cuenta de que no la había saludado, y que ni siquiera parecía alegrarse de verla.

—He venido a hablar contigo —aún tenía el corazón acelerado, y se recordó que el mundo de Cal era muy distinto al suyo. Estaba plagado de riesgos y peligros que para él eran normales, pero que eran completamente ajenos a ella. Al ver que no contestaba, no pudo evitar preguntarle—: ¿Estás bien?

—Sí —lo dijo con cierta brusquedad, pero suavizó un poco el tono al añadir—: Estoy perfectamente bien.

—Pero... ¡podrías haberte hecho mucho daño! Ese caballo podría haberte dado una coz, o un pisotón, o...

—Pero no lo ha hecho, ¿verdad?

Linnette se dio cuenta de que él estaba hablando sin tartamudear ni vacilar.

—¿Por qué te arriesgas tanto? —no parecía darse cuenta de lo aterrada que se había sentido al verle en peligro, la rodillas le flaqueaban.

—Anda, vamos a hablar. Para eso has venido, ¿no? —le pasó un brazo por la cintura, y la alejó un poco de Cliff.

—No quiero que te vayas —le soltó de repente—. Sé que crees que vas a hacer algo noble y positivo, pero... ¿crees que hace falta? Además, no me parece el momento más adecuado —estaba convencida de que él no se había planteado las consecuencias que podía acarrear su marcha—. Te va muy bien con el logopeda, y... y tú mismo me dijiste que hay varias yeguas a punto de parir, así que seguro que Cliff te necesita —miró desesperada hacia el hombre en cuestión, pero se dio cuenta de que ya se había marchado a lomos del caballo marrón para darles algo de privacidad—. Además, ¿qué pasa conmigo?

—Cliff me ha animado a que me vaya, y a mi terapeuta le parece una buena idea. Tengo que hacerlo, Linnette —le dijo él con paciencia.

—Pero...

—Ésta es mi vida, to... tomo mis propias decisiones —por primera vez, tartamudeó un poco.

—Por supuesto —la intensidad de sus palabras la había dejado atónita, y la había asustado un poco.

—A lo me... mejor te... tendría que habértelo dicho antes; de hecho, hace algún ti... tiempo que la idea está e... en marcha.

—¿Por qué no me dijiste nada?

Él se quitó el sombrero y se secó el sudor de la frente con el antebrazo antes de contestar.

—Porque sabía que no iba a pare... certe bien, así que fui espe... perando más y más. Ti... tienes razón, tendría que habértelo di... dicho antes, pero estoy haciéndolo ahora. Como ya te he di... dicho, esto es importante para mí, y voy a irme con tu aprobación o sin ella.

—De acuerdo —Linnette se rindió con resignación, porque sabía que a aquellas alturas nada de lo que ella dijera iba a hacerle cambiar de opinión.

—Perfecto, entonces ya ha quedado claro —su voz era totalmente inexpresiva.

—¿Podrías explicarme por qué es tan importante para ti?

Caminaron juntos pero sin tocarse hasta la cerca. Cal se apoyó en ella, y posó un pie en el travesaño inferior.

—El Departamento de Gestión de la Tierra se encarga de recoger a los mustangs, pero por culpa de un tecnicismo de la ley, muchos de ellos acaban siendo sacrificados.

Linnette recordó que él había mencionado algo así cuando había ido a comer a casa de sus padres, pero no había prestado demasiada atención.

—¿Por qué?

—La ley permite que los mustangs de más de diez años se vendan «sin limitaciones».

—En otras palabras, los atrapan y los venden, y el que los compra puede hacer lo que quiera con ellos.

—Exacto.

—Pero eso no implica que estén siendo sacrificados.

—Ojalá. Por desgracia, esos magníficos animales están siendo utilizados para fabricar pienso para perros, o para el consumo humano en Europa.

Linnette lo miró boquiabierta. No podía ser verdad, era imposible. Sabía muy poco de caballos, pero le costaba aceptar que el gobierno estuviera permitiendo aquella carnicería sin sentido.

Al cabo de un largo momento, Cal se volvió a mirarla y le dijo:

—¿Entiendes por qué es tan importante para mí?

Sí, claro que lo entendía, lo que no le entraba en la cabeza era por qué tenía que ir precisamente él. Una sola persona no podría hacer gran cosa. Alargó la mano, y posó un dedo sobre sus labios. Las lágrimas le inundaron los ojos y le nublaron la vista.

—¿Cuánto tiempo? —tenía un nudo tan grande en la garganta, que apenas podía hablar—. ¿Cuánto tiempo estarás fuera?

Quería que la abrazara, que la consolara, pero no lo hizo.

—Un mes, seis semanas como mucho.

—¿Qué piensas hacer con los mustangs? —le preguntó, mientras se secaba las lágrimas con la manga del jersey.

—Hay varias asociaciones que los adoptan. Como ya le conté a tu familia la noche de la cena, haré de voluntario para el Departamento de Gestión de la Tierra y trabajaré con una de las asociaciones. Cuando se captura un caballo, se le hace una revisión médica y queda disponible para ser adoptado o subastado. Voy a comprar unos cuantos para Cliff y para mí, y ayudaré al grupo de rescate de caballos salvajes en todo lo que necesiten —esbozó una sonrisa, y añadió—: Haré todo lo que pueda para evitar que los vendan para ser sacrificados.

Linnette decidió no esperar a que él diera el primer paso, así que se abrazó a su cuello y apoyó la cabeza en su hombro antes de decir:

—¿Y qué pasa con nosotros? —oyó el sonido de una furgoneta que se acercaba.

Cal le acarició el pelo, pero a pesar de la ternura de aquel gesto, ella sintió una profunda inquietud que se negaba a desaparecer. Algo había cambiado entre los dos, pero no sabía qué era, ni por qué.

En ese momento, la furgoneta se detuvo a cierta distancia, y Cal la soltó y retrocedió varios pasos.

—¿Quién es? —le preguntó ella.

—La veterinaria.

Vicki Newman bajó de la furgoneta, y fue hacia ellos con un paso digno de un vaquero de película. Ella no la conocía en persona, pero su nombre había aparecido en alguna que otra conversación. Tenía entendido que solía ir a menudo al rancho... al parecer, los caballos necesitaban una atención médica constante, se dijo con cinismo.

Cal posó una mano en su hombro, y se encargó de presentarlas. Vicki Newman asintió a modo de saludo, y la observó sin apartar la mirada.

Linnette pensó que no era atractiva; de hecho, ni siquiera le pareció demasiado femenina. La veterinaria llevaba el pelo largo y sujeto con una coleta de aspecto severo que enfatizaba sus facciones, y vestía unos vaqueros y una camisa descolorida.

—Encantada de conocerte, Linnette.

—Lo mismo digo —después de unos segundos un poco incómodos, se dio cuenta de que sobraba. Era obvio que Cal y la veterinaria tenían que tratar algún asunto, y que ella estaba de más–. Eh... en fin, será mejor que vuelva a casa.

Cal la acompañó al coche, y la besó en la mejilla. Mientras se alejaba de allí, Linnette miró hacia atrás, y la ansiedad que la atenazaba se intensificó al verlos hablando con las cabezas muy juntas.

CAPÍTULO 18

—¡Vamos, Olivia! —le gritó Jack por encima del hombro.
Habían salido a correr, y en ese momento iban por Lighthouse Road. Había poco tráfico, teniendo en cuenta que era un sábado por la tarde.
—¡Baja el ritmo, Jack! —le dijo ella, jadeante, mientras intentaba alcanzarle.
Jamás habría creído que llegaría el día en que le costaría seguirle el ritmo a Jack Griffin, pero se había convertido en un asiduo del deporte desde que había perdido más de trece kilos y hacía ejercicio de forma regular. El ataque al corazón había sido la motivación y la advertencia que necesitaba.
Aceleró el paso hasta que logró alcanzarlo, y le preguntó con dificultad:
—¿Vamos a seguir mucho más?
—Al doblar la esquina habremos hecho más de cuatro kilómetros y medio.
Olivia se detuvo en cuanto doblaron la esquina, y se apoyó exhausta en una señal de límite de velocidad. Se inclinó hacia delante mientras intentaba recobrar el aliento, y comentó:
—Ya no puedo seguirte el ritmo.
Jack estaba haciendo como si corriera pero sin moverse del sitio, y parecía muy orgulloso de sí mismo.

—A lo mejor pierdes unos kilos.

—¡Jack! —se incorporó de golpe, y se llevó las manos a las caderas mientras lo fulminaba con la mirada.

—Estaba bromeando —le dijo él, con una carcajada.

—De eso nada.

Lo cierto era que le iría bien perder un poco de peso, pero a su edad ya no era tan fácil como antes. A pesar de que trabajaba duro, los insistentes kilos de más se negaban a desaparecer; de hecho, recientemente le había comentado a Grace que le resultaría más fácil derretirlos con un soplete.

Su amiga y ella habían empezado a verse semanalmente en clase de aeróbic otra vez, y después iban a tomar café y pastel al Pancake Palace. Ella llevaba un par de semanas renunciando al postre, pero a juzgar por lo poco que se le notaba, podría haber seguido dándose el gusto de comerse una buena ración de espuma de coco.

—Se me ha ocurrido que podríamos darnos una larga ducha cuando lleguemos a casa —Jack enarcó las cejas de forma sugestiva mientras corría en círculos a su alrededor.

—Jack Griffin, eres incorregible.

—Sí, pero te encanta.

Tenía razón, le encantaba todo lo relacionado con aquel hombre. Después de estar sin pareja durante veinte años, le había costado bastante acostumbrarse de nuevo a la vida de casada. Jack llevaba divorciado más o menos el mismo tiempo que ella, y también había tenido que ceder en algunas cosas.

El ataque al corazón que había sufrido su marido le había demostrado... o más bien recordado... lo que realmente importaba en un matrimonio. Amaba a su marido, eso era inmutable; todo lo demás era negociable.

Esperaba que el matrimonio de su hija fuera igual de sólido, igual de capaz de superar una crisis.

Emprendieron el regreso, pero a un ritmo mucho más pausado, y al cabo de un momento Jack comentó:

—Conozco esa mirada, Olivia. Anda, dime en qué estás pensando.

Ella soltó un suspiro, y decidió que era mejor no andarse con rodeos.

—Justine me comentó que Warren Saget va mucho al banco.

—No me extraña —Jack compartía su desagrado por aquel hombre.

A Olivia nunca le había gustado que su hija tuviera una relación con Warren, y su desaprobación las había distanciado. Aquel hombre tenía la misma edad que ella, era lo bastante mayor como para ser el padre de Justine; de hecho, le había preocupado que la joven estuviera buscando en él una figura paterna. Stan había sido un buen esposo y padre hasta la muerte de su hijo, y después parecía haber dejado a un lado por completo aquellos roles. Con el tiempo, ella había llegado a entender que había sido su forma de lidiar con la muerte de Jordan. Su ex marido había vuelto a casarse casi de inmediato después del divorcio, y a pesar de que había seguido dándole una pensión por Justine y James, apenas había tenido una relación emocional con ellos.

—¿Te dijo lo que quiere ese tipo? —le preguntó Jack, ceñudo.

—No, sólo comentó que él hace muchas visitas innecesarias al banco. Creo que no se lo ha dicho a Seth.

—Pues me parece que debería hacerlo, para evitar malentendidos.

Olivia estaba de acuerdo con él, pero la decisión estaba en manos de Justine.

—Warren sabe que no está interesada en él, ¿verdad?

—Justine adora a su marido y a su familia —su hija le había asegurado que le había dejado las cosas muy claras a Warren.

—No me fío ni un pelo de ese tipo, debería mantenerse alejada de él —comentó Jack, mientras aceleraba un poco el paso.

—Tienes toda la razón.

—¿Crees que está intentando congraciarse con ella?, a lo

mejor quiere conseguir el contrato de reconstrucción del restaurante.

—Es posible —le dijo, a pesar de que lo dudaba.

La empresa de Warren era muy productiva, a pesar de las quejas y las demandas que había recibido a lo largo de los años. Ella jamás había entendido cómo era posible que el negocio siguiera funcionando, pero Warren había perdido algunas demandas, había ganado otras, y seguía prosperando.

Lo que más la inquietaba era que siguiera apareciendo en la vida de su hija. Sabía que para él debía de haber sido un duro golpe en su orgullo que Justine le dejara y se casara con Seth, pero ya habían pasado cinco años; a aquellas alturas, ya tendría que haberse olvidado de ella.

—¿Te has enterado de lo de Sandy Davis? —le preguntó Jack.

Olivia negó con la cabeza. Sandy era la esposa del sheriff, llevaban casi treinta años casados. Le habían diagnosticado esclerosis múltiple, y llevaba dos años en una clínica especializada.

—Murió ayer.

—Cuánto lo siento... —siempre había admirado lo mucho que Davis amaba y cuidaba a su mujer. Casi nunca hablaba de ella ni de su enfermedad, no solía confiarle sus problemas a nadie.

—El funeral va a ser algo muy íntimo, eso fue lo que me dijeron Troy y su hija cuando me trajeron la necrológica. El reverendo Flemming oficiará la ceremonia.

—Pobre Troy —deseó poder ayudarle de alguna manera—. Iremos al funeral, Jack.

—Avisaré a tu madre, está organizando el velatorio junto a sus amigas del centro de ancianos. La mayoría conocían a Sandy.

Olivia esbozó una sonrisa, y comentó:

—Mi madre dice que en los velatorios encuentra las mejores recetas, ese tipo de reuniones acaban convirtiéndose en una ocasión para intercambiar recetas.

Esperaba que a su marido le hiciera tanta gracia como a ella, pero al mirarlo se dio cuenta de que no estaba sonriendo.

—Es su forma de enfrentarse a la pérdida de un amigo —le dijo él—. Así puede centrarse en otra cosa que no sea el hecho de que ha perdido otro amigo más, y no se siente tan mal.

Su perspicacia no la sorprendió, porque sabía que era un experto a la hora de averiguar las motivaciones escondidas de la gente.

—¿Desde cuándo eres tan listo?

—Desde que me casé contigo —le dijo él, con una carcajada.

—¿Sigues interesado en que nos demos una ducha? —le preguntó con voz seductora, mientras se acercaban a la casa.

—Pues claro —su pregunta pareció animarlo aún más.

—¿Quieres hacer una carrera?

—Prefiero conservar fuerzas... para luego.

—Buena idea, no quiero dejarte agotado.

—Pues yo estoy deseando que lo hagas —le dijo él, mientras le lanzaba una mirada traviesa.

Olivia no pudo evitar echarse a reír como una colegiala. Uno de los grandes beneficios de su matrimonio era la risa. Jack solía ver la parte humorística en cualquier situación, incluso en las serias, y se le daba muy bien hacer mímica.

—No sé cómo podía vivir antes sin ti, Jack Griffin.

—Lo mismo digo. No tenemos nada planeado para esta noche, ¿verdad?

—Pues... la verdad es que sí.

—¿Lo dices en serio? —le preguntó él, con voz lastimera.

—Grace y Cliff nos invitaron a la cena de despedida de Cal, ya sabes que se va a Wyoming.

—¿Para qué nos necesitan a nosotros?

—Le dije a Grace que iríamos —ella también prefería quedarse en casa, pero se lo había prometido a su amiga.

Su marido soltó un profundo suspiro de resignación, y le preguntó:

—¿Qué habrá para cenar?

—No lo he preguntado.

—Voy a necesitar un montón de incentivos... las costillas asadas y el puré de patatas que prepara Grace están buenísimos.

Al llegar a la casa, Olivia empezó a subir los escalones del porche, pero al ver que su marido la adelantaba, exclamó:

—¡Jack! —como él entró a toda prisa sin esperarla, lo siguió y le preguntó—: ¿Adónde vas?

Él la miró por encima del hombro, y enarcó las cejas antes de decir:

—Pues a abrir el grifo de la ducha, por supuesto.

—Por supuesto. Allá voy.

CAPÍTULO 19

Desde que Anson la había llamado, Allison había estado esperando a que contactara con ella de nuevo, pero ya habían pasado casi tres semanas y empezaba a perder la esperanza. Conforme iba acercándose la graduación, rezaba para que los investigadores descubrieran algo, cualquier cosa, que demostrara su inocencia.

—¡A cenar!

Al oír la voz de su madre, salió sin ganas del dormitorio. Cuando habían vuelto a casarse, sus padres habían decretado que había que cenar en familia cada día; a veces, como en aquella ocasión, le parecía un fastidio, pero en el fondo era una costumbre que le gustaba. Por tonto que pareciera, comer juntos había vuelto a unirlos. Todos estaban siempre tan ocupados, que la costumbre había ido perdiéndose, y ni siquiera se había dado cuenta de que era algo que echaba de menos. Si sentarse cada día a cenar con su familia iba a contribuir a que el matrimonio de sus padres permaneciera intacto, estaba dispuesta a hacer un esfuerzo.

Su madre había preparado la comida preferida de Eddie, espaguetis con albóndigas. Seguro que estaba entusiasmado, porque la comida, los videojuegos y el baloncesto eran sus tres pasiones. Su hermano siempre le había caído muy bien a Anson, incluso había jugado un par de veces con él al baloncesto.

Sin necesidad de que nadie se lo dijera, puso la ensalada en la mesa y sacó dos botes de salsa de la nevera. Su madre se lo agradeció con una sonrisa mientras su padre cortaba unas cuantas rebanadas de pan. Eddie se limitó a esperar sentado, como si todos tuvieran que servirle.

Fueron pasándose las fuentes de comida después de bendecir la mesa, y se sirvió un poco de ensalada y la ración suficiente de espaguetis para asegurarse de que nadie hiciera preguntas o comentarios. No tenía demasiado apetito desde la desaparición de Anson, y había perdido peso. No podía dejar de pensar en la conversación telefónica que habían mantenido, pero él apenas le había dicho nada por miedo a cometer algún error. Ella sabía que era mejor que supiera lo mínimo posible, pero no podía evitar preocuparse.

—¿Qué tal ha ido el cole? —dijo su madre.

Eddie se encogió de hombros y empezó a comer con entusiasmo. Ya era más alto que Allison, y aún no había parado de crecer.

—Ha sido un aburrimiento.

—¿Qué tal te ha ido a ti, Allison?

—Bien, supongo. Me han aceptado en la Universidad de Washington —la carta había llegado aquella misma tarde.

Su padre dejó a un lado el tenedor, y la miró atónito.

—¿Por qué no nos lo has dicho antes?

—Sabía que entraría, papá.

—Está muy segura de sí misma —le dijo su madre a su padre, sonriente.

—Felicidades, Allison —su padre alzó su vaso, y los demás se unieron al brindis.

Allison creía que no era para tanto. Sus padres habían ido a aquella universidad, y se daba por hecho que ella seguiría sus pasos. Había animado a Anson a que pidiera una beca allí, y estaba segura de que se la habrían concedido si hubiera seguido en el instituto y se hubiera esforzado en sacar buenas notas.

Nadie parecía darse cuenta de lo inteligente que era Anson. Tenía facilidad para los idiomas, y solía ayudarla en clase de química. Sin él, habría aprobado aquella asignatura por los pelos, pero él asimilaba con rapidez ese tipo de cosas.

—¿Qué tal te ha ido a ti, cariño? —le preguntó su madre a su padre.

—Esta tarde he ido a una reunión, y Seth Gunderson estaba sentado a mi lado.

Allison aguzó el oído de inmediato. Tenía una carpeta en la que guardaba toda la información que encontraba sobre los Gunderson, el restaurante, y el incendio. No tenía ni los recursos ni la experiencia de las autoridades, por supuesto, pero recopilaba todos los datos que podía.

—¿Qué tal le va? —dijo su madre.

—Parece que bastante bien, ahora se dedica a vender barcos.

—¿Ah, sí? Vaya cambio, ¿verdad? —dijo Eddie, que tenía la barbilla manchada de tomate.

—Fue marinero antes de entrar en el negocio de la restauración —le explicó su padre.

—Ah —Eddie pareció perder el interés en la conversación, y se centró de nuevo en la comida.

—Me ha comentado que los investigadores encontraron una cruz entre los escombros, en el periódico de ayer publicaron una foto por si alguien puede identificarla.

Allison se quedó helada. No había leído el periódico.

—Qué interesante —dijo su madre, mientras se volvía a mirarla.

Ella no se atrevió a apartar la mirada, pero tenía el corazón encogido. Se volvió hacia su padre, y le preguntó:

—¿Han averiguado algo? —sabía que Anson tenía una cruz de peltre, pero se dijo que aquello no demostraba nada—. Es posible que el que la llevara puesta no provocara el incendio... podría pertenecer a cualquiera, ¿no?

Tanto sus padres como su hermano la miraron con asombro, y su padre le preguntó:

—¿Por qué lo preguntas?

Ella agachó la cabeza, y tragó con dificultad antes de decir con voz queda:

—Por nada —decidió que, cuando nadie la viera, buscaría el periódico y le echaría un vistazo.

Nadie había hablado de aquel artículo en el instituto, y ella sabía por qué. Tenían miedo de que se pusiera a la defensiva y se enfadara, como siempre que alguien sugería que Anson podría estar relacionado con el incendio.

Se apresuró a regresar a su cuarto cuando acabaron de cenar, pero su madre tenía una habilidad increíble para adivinar su estado de ánimo, y fue a verla poco después con el periódico en la mano.

—¿Quieres ver la foto? —le preguntó, mientras se sentaba junto a ella en la cama.

Allison se planteó mentir y fingir que le daba igual, pero al final dijo sin inflexión alguna en la voz:

—Vale.

—Anson llevaba una cruz bastante grande, ¿verdad?

—No es la suya —dijo, antes de mirar la foto—. Y aunque lo fuera, no significaría nada.

Su madre tardó unos segundos en contestar.

—Puede que no, pero también puede que sí.

—Anson sería incapaz de hacer algo así, mamá —aunque su madre no le llevó la contraria, se preguntó a quién estaba intentando convencer... a ella, o a sí misma.

Cuando agarró el periódico y vio la foto, cerró los ojos de inmediato. Sintió una angustia tan intensa, que fue incapaz de leer el pie de foto.

—¿Anson llevaba una cruz como ésta? —al ver que se mordía el labio y asentía, su madre le dijo con voz suave—: Cariño, tienes que decirle al sheriff que la has reconocido.

Consiguió contener un sollozo, y alcanzó a decir:

—De acuerdo.

—Lo siento —susurró su madre, mientras le pasaba un brazo por los hombros.

Allison asintió, y por un momento fue incapaz de articular ni una sola palabra; finalmente, le dijo:

—No fue Anson, no fue —él sería incapaz de mentirle. Le había dicho que no había provocado el incendio, y le creía.

Cuando su madre salió del dormitorio al cabo de un momento, permaneció sentada en el borde de la cama. Tenía que pensar, que averiguar la verdad, pero no pudo evitar recordar la conversación que había mantenido con Cherry Butler; al parecer, Anson había estado a punto de incendiar la casa cuando aún era un niño, más tarde le había prendido fuego a unos arbustos, y por último había incendiado la caseta del parque. Aquella mujer estaba convencida de que a su hijo le fascinaba el fuego, y que cada vez iba provocándolos más grandes.

La propia madre de Anson creía que él era el responsable de lo que había pasado con el Lighthouse. Ella era la única persona que seguía creyendo en él, pero todas las pruebas que había ido descubriendo indicaban que era culpable.

Por primera vez, la fe que tenía en Anson se tambaleó un poco. Quería creer en él, rogaba para que fuera inocente, pero le resultaba muy difícil seguir teniendo fe en él teniendo en cuenta lo que sabía hasta el momento.

Al oír el teléfono, se apresuró a contestar antes que Eddie.

—¿Diga?

—Hola, Allison, soy Kaci. ¿Te han admitido en la UW?

—Sí.

—Yo también, ¿te apetece salir a celebrarlo?

—La verdad es que no.

—¿Qué te pasa?, pareces bastante desanimada.

—Es Anson —admitió en voz baja. Kaci era su mejor amiga.

—Venga, Allie, tienes que olvidarlo de una vez. Recuerda que fue él el que te dejó tirada.

Allison no contestó, fue incapaz de hacerlo.

—Perdona, he metido la pata —se apresuró a decirle su amiga.

—No te preocupes —de repente, se sintió abrumada por la situación, y se echó a llorar—. Kaci, me parece que a lo mejor lo hizo.

—¿En serio? Tranquila, ahora mismo voy —colgó antes de que Allison tuviera tiempo de reaccionar.

El timbre de la puerta sonó al cabo de diez minutos, pero Allison no bajó a abrir. Si sus padres la veían llorar, le harían un montón de preguntas, y en ese momento no tenía fuerzas de pasar por un interrogatorio.

Kaci entró en su habitación, y de inmediato se sentó en la cama y le dijo:

—Venga, desembucha.

En vez de hablar, le dio el periódico; a esas alturas, ya había leído el breve artículo dos o tres veces. Habían encontrado la cruz en el pasillo que había al salir del despacho del restaurante, y cerca de la cocina; al parecer, había caído en una rendija del suelo de madera, y se había salvado en gran parte del incendio.

Después de leer el artículo, Kaci dejó a un lado el periódico y le dijo:

—¿Es la de Anson?, llevaba una idéntica.

—Ya te conté que vino a verme la noche del incendio —lo dijo en voz tan baja, que su amiga tuvo que acercarse un poco más para poder oírla mejor—. Lo que no te dije es que olía a humo.

Kaci se tapó la boca con la mano, como si estuviera horrorizada. Hasta ese momento sólo se lo había contado a Cecilia, ya que confiaba plenamente en que le guardara el secreto.

—Nunca le había visto así, Kaci. Le pregunté qué había hecho, porque estaba segura de que había pasado algo, y él me dijo que... —se interrumpió hasta que logró recuperar la compostura, y añadió—: Me dijo que era mejor que yo no lo supiera.

—Fue él, ¿verdad? —le preguntó su amiga con resignación.

—No... no lo sé. Se lo pregunté directamente, y me juró que no. Me pidió que creyera en él... claro que creo en él, sí, claro que sí —se le empezó a formar otro nudo en la garganta—. Me dijo que era la única persona que había tenido fe en él.

—¿Le ayudarías si te lo pidiera?

Allison bajó la cabeza, y fue incapaz de contestar. Lo que tenía con Anson era más valioso que la relación que pudiera tener con cualquier otra persona, al margen de su familia. Le amaba, pero tenía que dejar de engañarse a sí misma. No podía seguir creyendo en él sólo porque quisiera, era hora de aceptar la posibilidad de que Anson fuera culpable.

CAPÍTULO 20

—Ven aquí, preciosidad de la abuela —le dijo Ellen Bowman a Katie, a la que estaba persiguiendo por la cocina. A lo largo de las semanas, las formalidades habían quedado atrás, así que Joseph se había convertido en el abuelo Joe y Ellen era la abuela.

La niña gritó entusiasmada mientras corría por la cocina. La madrastra de Jon tenía una paciencia infinita con ella, y Maryellen se sentía agradecida y conmovida al ver la adoración que sentían sus suegros por la pequeña.

A pesar de todo, Jon seguía manteniendo las distancias, y como lo que ella dijera o hiciera parecía inútil, la situación seguía igual.

—Es la hora de tu siesta, jovencita —le dijo a su hija.

La niña no tenía ningún interés en dormir si sus abuelos estaban disponibles... y siempre lo estaban, al menos entre semana. Katie estaba muy unida a ellos. Joe estaba tan encandilado con la pequeña como Ellen y pasaban multitud de horas entreteniéndola, como si se hubiera convertido en el centro de sus vidas.

—Ya la subo yo —dijo Joe.

—No, quiero hacerlo yo —protestó su mujer.

Él soltó una carcajada, y dijo:

—¿Qué te parece si la subimos los dos?

Al ver que los tres subían la escalera, Maryellen supuso que la niña tardaría una hora en dormirse por lo menos, porque seguro que insistía en que sus abuelos le leyeran y le cantaran antes.

Saboreó la paz y la calma que se respiraba en la casa. Desde la llegada de sus suegros, el embarazo apenas le había dado problemas. Su estrés se había desvanecido gracias a ellos, aunque echaba de menos a Jon, que seguía fotografiando a los alumnos de las escuelas de Tacoma. Aunque él no se había quejado ni una sola vez, sabía que detestaba aquel trabajo, y le dolía que tuviera que conformarse con algo así.

Al menos la búsqueda que ella había hecho por Internet había dado buenos resultados. Uno de los agentes de licencias más importantes del sector había accedido a revisar el trabajo de Jon. Aquello era todo un éxito, porque todo cambiaría si aceptaba a Jon como cliente. Su trabajo podría usarse en portadas de libros, calendarios, anuncios... en multitud de sitios. El hecho de que Jon no pudiera controlar dónde o cuándo iban a aparecer sus fotos era un poco decepcionante, pero el dinero por las ventas directas y por los derechos de autor compensaba con creces ese problema. Estaba entusiasmada ante la posibilidad de ir por la calle y ver una obra de su marido en algún anuncio enorme.

Aún no se lo había dicho, porque no quería que se hiciera falsas esperanzas; de momento, era un secreto que guardaba con celo, pero había algo que tenía muy claro: si le aceptaban y su trabajo lograba la popularidad, los problemas de dinero que tenían se desvanecerían.

Ella gozaba de mejor salud, y el doctor le había dicho que el embarazo avanzaba sin contratiempos; a juzgar por la actividad fetal, el bebé se sentía tan bien como ella.

Mientras se acariciaba el abdomen, se sintió muy afortunada por haber conseguido que el embarazo no se malograra. En tres semanas... aunque en la última visita, el doctor DeGroot le había dicho que probablemente sólo serían dos... conocería por fin a su hijo. Al igual que con Katie, Jon y ella habían decidido no saber si era niño o niña.

El teléfono empezó a sonar, y contestó tan rápido como pudo. Desde que trabajaba en el estudio de fotografía, Jon la llamaba de vez en cuando para ver cómo estaba. No lo hacía demasiado a menudo, seguro que para no arriesgarse a tener que hablar con sus padres.

—¿Diga?

—Hola, soy Rachel. ¿Cómo estás?

—¡Hola! Pues la verdad es que estoy... embarazada.

Rachel se echó a reír, y le dijo:

—Cliff ha pasado a preguntarme si te hace falta otro tratamiento de belleza.

Su padrastro era amable y generoso, y tanto su madre como él la habían ayudado en todo lo que habían podido. Grace bromeaba diciendo que en verano iban a tener que celebrar a la vez un banquete de boda y dos bautismos. Su hermana, Kelly, salía de cuentas varias semanas después que ella, así que la familia tenía mucho que celebrar.

—La verdad es que no, aún tengo bien el pelo —de hecho, pensaba volver a dejárselo largo—. Llamaré a Cliff para darle las gracias.

—¿Qué tal tienes las uñas?

Maryellen se miró las manos, y soltó un suspiro más que elocuente antes de admitir:

—Eso sí que es otra historia, amiga mía.

—Lo suponía, voy a darte hora.

—Me sabe mal que tengas que venir hasta tan lejos —le dijo, a pesar de que estaba deseando verla.

—No te preocupes por eso. Iré el miércoles, a la una.

—Gracias. Por cierto, prepárate para contarme todos los cotilleos.

—De acuerdo —Rachel bajó la voz al decir—: ¿Te has enterado de lo de Teri con el jugador de ajedrez?

—¿Te refieres a que fue a Seattle a cortarle el pelo a Bobby Polgar?

—Hay más, mucho más.

—Cuéntamelo, no quiero esperar hasta el miércoles.

Rachel soltó una carcajada, y le dijo:

—Bobby vino a Cedar Cove poco después del torneo... que por cierto, ganó.

—¿Bobby Polgar estuvo en Cedar Cove?

—No una vez, sino dos.

—¿Dos veces? —aquello era incluso mejor de lo que imaginaba—. Venga, cuéntame más.

—Es del este... Teri me dijo de dónde exactamente, pero no me acuerdo.

—De Nueva York.

No era una seguidora del ajedrez, pero varios años atrás había leído un extenso artículo en la revista *Smithsonian* sobre Bobby Polgar, y se acordaba de bastantes detalles; al parecer, Bobby jugaba al ajedrez desde muy pequeño, y a los tres años ya ganaba partidas a hombres adultos en clubes de ajedrez. Empezó a ganar fama en muy poco tiempo, recordaba en especial una foto en la que aparecía de pequeño, con el bracito extendido por encima de un tablero de ajedrez para estrecharle la mano al jugador al que acababa de vencer.

—En fin, vino a Cedar Cove la primera vez para pagar a Teri, porque en Seattle no le había dado nada.

—Espero que ella aceptara el dinero.

—Sí, y por si eso fuera poco, se tomaron una cerveza juntos.

A Maryellen le costó imaginarse al gran Bobby Polgar tomando una cerveza con Teri Miller.

—¿Qué pasó la segunda vez?

—Vino de nuevo al cabo de una semana. Supongo que salieron a cenar, pero no estoy segura, porque Teri ha estado bastante callada desde entonces.

—¿Teri ha estado callada?

Tuvo que esforzarse por oír a su amiga cuando ésta le dijo en voz aún más baja:

—La verdad es que me parece que está enamorándose de él.

Aquello no le hizo ninguna gracia, porque Bobby Polgar no encajaba ni con cola con una mujer irreverente y divertida como Teri, que tenía un gran sentido del humor y un corazón de oro. Le parecía imposible que una relación entre Teri y uno de los mayores genios intelectuales del mundo pudiera llegar a funcionar.

—Hablando de enamoramientos, ¿qué tal te va con Nate?

—Bien, ya te lo contaré todo el miércoles.

—Voy a morirme de impaciencia.

Durante años, había visto cómo las chicas del Get Nailed se quejaban de que sus vidas carecían de romanticismo, pero en cuestión de un año más o menos, todas ellas estaban encontrando pareja en los lugares más insospechados.

Rachel se había sentido atraída por Nate Olsen después de la primera cita, pero como él le había dicho que estaba saliendo con una chica de su ciudad natal, había intentado olvidarle y seguir con su vida; sin embargo, cuando Nate había regresado, había caído rendida a sus pies.

La conversación se le pasó en un abrir y cerrar de ojos. Ellen bajó a Katie después de la siesta, y se puso a preparar un bizcocho de chocolate con la ayuda de la niña mientras Joseph estaba atareado en el jardín.

—Es el preferido de Jon —comentó su suegra, mientras cortaba el bizcocho y lo colocaba en un plato que había encima de la encimera.

Joseph y ella recogieron sus cosas y se marcharon a las cinco, y Jon llegó a casa media hora después.

Como el sol aún brillaba con fuerza y el jardín olía a lilas, Maryellen había salido con cuidado y se había sentado fuera. Quería respirar aire fresco, disfrutar de los olores de la primavera, y allí Katie tenía espacio para jugar y podía tenerla vigilada.

—¡Hola!, ¿cómo están mis chicas? —les dijo Jon con alegría, mientras alzaba en brazos a Katie.

Maryellen sonrió mientras la niña se abrazaba al cuello de su padre y le daba un beso. Empezó a parlotear sin cesar, y él fingió que lo entendía todo.

—Tiene una sorpresa para ti en la cocina.

Después de abrazarla y de frotarle con ternura el vientre, su marido entró en la casa con la niña, y al cabo de unos segundos le oyó gritar:

—¡Es mi bizcocho de chocolate preferido! —salió con un plato, y dijo—: ¿Me lo han preparado mis dos chicas?

Katie estaba tan orgullosa al ver que a su padre le gustaba lo que había hecho... con la ayuda de su abuela, claro... que Maryellen no le dijo a su marido que ella ni siquiera había entrado en la cocina. Él cortó un trozo y lo compartió con la niña, que le pidió más de inmediato.

—Eres una niña bastante golosa, ¿verdad?

Maryellen se echó a reír, y le dijo:

—Oye, que tú te has llenado el plato.

—Vale, tienes razón —admitió él, con una carcajada. Se sentó en una silla de madera, y se relajó mientras veía el paisaje. La isla de Vashon se veía en la distancia, al igual que la silueta del monte Rainier.

Cuando él alargó las piernas y le pasó un brazo por los hombros, Maryellen saboreó la calidez y la ternura de su abrazo.

—Sé que el embarazo ha sido muy duro para ti, me alegro de que estés a punto de salir de cuentas.

—Ha sido duro en algunos aspectos, pero en otros ha sido maravilloso.

—¿Lo dices en serio? —le preguntó, sorprendido.

—Sí. Por ejemplo, nos ha unido aún más.

—Eso es verdad.

—No sé si habría tenido el valor de dejar la galería de arte. Todo el mundo dependía de mí, así que lo más fácil era ir aplazando mi renuncia, pero de pronto no tuve otra opción.

—Me gustaría que te quedaras en casa cuidando de nuestros hijos.

—Aquí es donde quiero estar, con los niños... y contigo —el amor que sentía por su marido era tangible y sólido.

Él agarró otro trozo de bizcocho, mientras la niña permanecía sentada a sus pies.

—Una vez, cuando estaba en el instituto, me comí un bizcocho entero.

—Ya lo sé, Ellen me lo ha contado —mencionó a su suegra sin darse cuenta, y notó que él se tensaba de inmediato.

—No habrá sido ella la que ha cocinado esto, ¿verdad? —le preguntó con suspicacia. Al verla asentir, tiró el trozo que tenía en la mano al plato y le dijo—: No me gusta que hagas esto.

—¿El qué?

—Prepararme estas encerronas. Seguro que Ellen y tú os habéis pasado la tarde planeando formas de acabar con mis defensas; al fin y al cabo, dicen que a un hombre se le conquista por el estómago, ¿no?

—No digas tonterías, lo del bizcocho no estaba planeado —le espetó con indignación. Al ver que no contestaba, supo que no la creía.

—Voy a subir a cambiarme —masculló él al fin, antes de marcharse con el plato.

Maryellen se sintió desesperanzada. Él se negaba a ceder, no quería perdonar a sus padres ni aceptar sus disculpas.

Él regresó al cabo de unos minutos vestido con unos vaqueros y una camiseta, y le dijo como si nada:

—Voy a cortar el césped.

—Buena idea —le contestó ella con voz cortante. Esperaba que el ejercicio físico suavizara un poco el mal humor de su marido.

Al oír que Katie gritaba desde la cocina, Jon entró a la carrera y ella le siguió tan rápido como pudo. Al ver a la niña sacando los trozos de bizcocho de la basura, supuso que su marido los había tirado.

—No pasa nada, cariño –dijo él.

—¡Abuela! ¡Te odio, quiero a mi abuela! –gritó la niña, mientras pataleaba en el suelo.

Cuando él la miró como pidiéndole ayuda, Maryellen no supo qué decirle. Tirar el bizcocho había sido un acto desconsiderado que le había roto el corazón a la pequeña.

CAPÍTULO 21

Teri llevaba de pie toda la mañana, así que fue un alivio poder tomarse un respiro antes de que llegara la siguiente clienta. Se sentó en la silla de su zona de trabajo, de espaldas al espejo, y empezó a comer patatas fritas con un refresco *light*. Cuando una de sus compañeras había salido a comprar algo de comer, había decidido permitirse el capricho, aunque había pedido el refresco sin calorías pensando en los kilos que le sobraban.

Cuando terminó de hacer una manicura, Rachel fue a sentarse junto a ella y comentó:

—Has estado bastante callada durante toda la mañana, no es propio de ti.

Ella se encogió de hombros. Llevaba unos días bastante deprimida, y no quería hablar del tema. No había podido dejar de pensar en Bobby Polgar desde que se había presentado en Cedar Cove con su limusina y su chófer; al parecer, Bobby no sabía conducir. Había ido a verla una segunda vez, y después la había llamado a diario.

—¿Es por Bobby Polgar? —le preguntó Rachel en voz baja, para que las demás no la oyeran.

—¿Cómo lo sabes?

—¿Cuántos años llevamos trabajando juntas? —sin esperar a que le respondiera, añadió—: En todo este tiempo, nunca te había visto tan... apagada.

—Me llama cada noche.

Lo más extraño era que la llamaba a las siete en punto, estuviera donde estuviese. Ni un minuto antes ni uno después, siempre a las siete en punto. Y viajaba un montón, la semana pasada estaba en China y la anterior en Europa... en Praga, para ser exactos. En teoría, él vivía en Nueva York, pero seguramente no pasaba allí ni el veinte por ciento del tiempo; al parecer, siempre iba de un lado a otro, y ella se preguntaba qué era lo que hacía en todos aquellos lugares exóticos cuando se acababan las partidas de ajedrez.

Cuando la llamaba, le preguntaba cosas banales de su jornada, y lo cierto era que ella le preguntaba cosas parecidas. Solía interesarse por dónde estaba, y si se encontraba en un hotel, él le describía lo que se veía desde su ventana. Le hablaba de sus partidas de ajedrez en términos que estaban a años luz de los conocimientos que ella tenía del juego, y a su vez ella le hablaba de sus clientas, de cuántos tintes, permanentes y cortes de pelo había hecho, de las conversaciones que había mantenido, y de lo que estaba leyendo.

—Te gusta, ¿verdad? —le dijo Rachel, antes de darle un bocado al plátano que acababa de pelar.

—¡No!

—¿Estás segura?

—Llevo toda la vida esperando a enamorarme.

Era la pura verdad. Rachel estaba al corriente de los perdedores con los que había salido durante aquellos años. Al salir de la academia de estética, aún era una estúpida ingenua, y había aprendido a las malas algunas lecciones de la vida. En una ocasión, un tipo le había vaciado la cuenta corriente, pero la culpa la había tenido ella. Había cometido la estupidez de darle su tarjeta de crédito y el número secreto, porque él necesitaba veinte pavos y estaba demasiado atareada haciendo una permanente; al final, él había sacado la cantidad máxima permitida, que había resultado ser exactamente lo que ella tenía ahorrado.

Después había conocido a Roy, y había cometido el

error de dejar que se mudara a su casa; según él, sólo tenía que solucionar un par de asuntillos económicos, y después podrían casarse. Sí, claro. En menos de una semana, él había perdido su supuesto empleo, y ella había acabado manteniéndole. Le habían hecho falta seis meses y un ayudante del sheriff para conseguir echarlo de casa.

Su historial con los hombres era deplorable, tenía tan poco acierto como su madre. Había dejado de confiar en sí misma en aquel tema, y no entendía a qué se debía la fascinación que Bobby Polgar parecía sentir por ella.

—Le dije que no volviera a llamarme —había empezado a esperar con impaciencia aquellas ridículas llamadas, pero no tenía nada en común con él.

—¿Te ha hecho caso?

—Sí —se había pasado dos noches sentada junto al teléfono, esperando, con la esperanza de que él la llamara a pesar de que le había dicho que no lo hiciera.

—Tienes miedo, ¿verdad?

—¡Pues claro!

—Pero fuiste la primera persona que me dijo que no debía dejar de ver a Nate por el hecho de que su padre fuera un congresista.

—Lo tuyo es diferente, eres mucho más lista que yo. Nunca has dejado que un perdedor se vaya a tu casa y viva a tu costa.

—Eso no significa que sea lista.

—Claro que sí.

No mencionó a su madre. Sabía que la de Rachel había muerto cuando ella aún era muy joven, y que su amiga se había criado con su tía desde entonces, pero la suya se había casado cuatro o cinco veces... quizás habían sido seis, la verdad era que había perdido la cuenta. Tenía dos hermanos, y se había criado prácticamente sola. Su hermanastra Christie se había casado con un borracho y en ese momento estaba en pleno proceso de divorcio, y su hermano Johnny, que tenía siete años menos, iba al instituto. Ella quería que siguiera estudiando, así que le ayudaba con los gastos y le llamaba bastante a menudo para asegurarse de que sacaba buenas notas. Estaba decidida a conseguir que se graduara y que tuviera una vida de provecho.

—De todas formas, no sé qué es lo que Bobby ve en mí —comentó, antes de meterse otra patata frita en la boca.

Apenas tenía estudios de secundaria... bueno, había hecho el Examen de Desarrollo Educacional General, pero en la academia de estética había sacado las notas más altas de la clase. Su aspecto físico no estaba mal, era tirando a normalita y su color de pelo variaba en función de su estado de ánimo. En ese momento lo llevaba negro y corto, pero estaba pensando en aclarárselo.

—Yo sí que lo sé, Teri. Para él eres un soplo de aire fresco, y diferente a toda la gente que conoce. Seguro que nunca ha conocido a nadie como tú.

—Ni siquiera sé jugar al ajedrez.

—Por eso le resultas incluso más atractiva. El ajedrez es su vida entera, pero tú le has abierto las puertas de un mundo nuevo; además, eres divertida y ocurrente, y al contrario que todos los demás, no te sientes intimidada por él.

Teri había repasado una y otra vez sus recuerdos de aquella tarde de sábado en que había ido a Seattle y había irrumpido en el campeonato para cortarle el pelo a Bobby. No era la primera vez que cometía una locura, pero nunca había llegado tan lejos... o quizá sería mejor decir que nunca había caído tan bajo. Después de analizar el incidente hasta la saciedad, seguía sin poder explicar qué la había impulsado a comportarse así. Pero le tocaba pagar el precio, y al igual que con las demás relaciones que había tenido, era un precio demasiado alto. Estaba enamorándose de aquel intelectual, y sabía que no iba a funcionar.

—Ven a hablar conmigo cuando quieras, recuerda lo que me aconsejaste sobre Nate —le dijo Rachel, antes de levantarse.

Teri no solía confiarle sus problemas a nadie. Rachel era

la persona con la que tenía más confianza, pero le resultaba difícil hablar de Bobby, aunque fuera con su mejor amiga.

—Gracias —le dijo, antes de tirar a la basura las patatas que le quedaban; en cualquier caso, no había nada que decir sobre Bobby, porque llevaba dos días sin saber nada de él. A pesar de lo mucho que le había dolido, le había dejado claro que no quería que volviera a llamarla.

A pesar de todo, aquella tarde se sentó de nuevo junto al teléfono, por si acaso. Suspiró con irritación al oír que llamaban a la puerta a las siete en punto, pero como el teléfono era portátil, lo agarró y fue a abrir.

Y allí estaba el bueno de James, con un jarrón lleno de rosas rojas que debía de pesar más que él.

—Buenas tardes, señorita Teri.

—¿Qué haces aquí?

—¿Le importaría abrir para que pueda entrar las flores? —le preguntó él, casi sin aliento.

Teri descorrió el cerrojo de la puerta mosquitera, pero no estaba dispuesta a dejarle pasar. Ni hablar.

—Ya las entro yo —le dijo, antes de dejar el teléfono en la mesita del recibidor. En cuanto agarró el jarrón, se arrepintió de su decisión, porque debía de pesar más de veinte kilos. Consiguió llevarlo hasta la sala de estar, y derramó un poco de agua al colocarlo sobre la mesa baja—. ¿Cuántas rosas hay? —dijo, atónita.

—Seis docenas.

Debían de haber costado una fortuna. ¿Seis docenas de rosas? Ningún hombre le había regalado más de una.

—Espero que le guste el chocolate, porque tengo cinco kilos de bombones de las seis mejores confiterías del mundo. Bobby no sabía si usted tenía alguna preferencia, así que ha preferido ir sobre seguro.

—¿Cinco kilos de bombones? —ningún hombre le había regalado bombones, por regla general sabían que no era sensato ofrecerle algo así a una mujer rellenita.

—Están en el coche, junto con el perfume.

—¿Qué perfume? —se llevó las manos a las caderas, y miró al chófer con perplejidad—. ¿De qué va todo esto?

—Para serle sincero... —James se quitó la gorra, y soltó un suspiro antes de admitir—: Bobby le preguntó a otro jugador qué les gustaba a las mujeres, y el amigo le dijo que flores, bombones, perfume, y postales con mensajes románticos.

—¿Dónde está Bobby?

—En el coche. Estoy aparcado en segunda fila, él se ha quedado firmando las postales.

—¿Qué postales?

—Las de los mensajes románticos, ha comprado doce.

Teri se asomó por la puerta, y vio la limusina aparcada en el espacio reservado a los residentes del complejo de apartamentos. Varios vecinos habían salido a curiosear, la gente de por allí no estaba acostumbrada a ver coches con conductores uniformados.

Teri fue hacia el vehículo, abrió la puerta, y entró sin esperar una invitación. Bobby Polgar estaba bolígrafo en ristre, y junto a él había cajas de bombones, un montón de sobres cerrados, y gran cantidad de cajas de perfumes caros.

—¿Qué haces aquí? —le preguntó, al sentarse delante de él. Intentó parecer severa, pero no pudo negar la felicidad que sentía al verlo.

—Me pediste que no volviera a llamarte por teléfono, y no lo he hecho.

—Pero...

—Habría venido dos días antes, pero estaba en medio de un torneo.

—Bobby... ¿qué haces aquí? —le resultaba muy difícil enfadarse con él, pero era incapaz de entenderle.

Él permaneció en silencio durante un largo momento, y al final dijo:

—Necesito un corte de pelo.

—Cualquiera cualificado podría encargarse de cortártelo, no has recorrido medio mundo para eso.

—Sólo te quería a ti.

—¿A qué vienen las rosas, los bombones, y todo lo demás?

Según James, había pedido consejo para saber qué tipo de regalos les gustaban a las mujeres, y le habían dado tres respuestas genéricas. La cuestión de verdad era por qué quería regalarle algo a ella en concreto.

Él se movió con nerviosismo mientras sus ojos recorrían el interior del coche, aunque evitó mirarla a ella.

—No sabía en qué me había equivocado, por qué no querías que te llamara. Me gustaba hablar contigo, estaba deseando que llegara la hora de llamarte.

—Yo también —admitió a regañadientes.

—¿En serio? Entonces, ¿por qué me pediste que no volviera a hacerlo?

Si no lo había entendido, era una pérdida de tiempo que ella intentara explicárselo.

—Los expertos han calculado que he memorizado unas cien mil configuraciones de ajedrez posibles. Cuando miro un tablero, en cuestión de segundos sé las consecuencias de cualquier movimiento que pueda hacer mi contrincante. Lo sé todo sobre el ajedrez, pero no sé nada sobre mujeres. Quiero llegar a conocerte, me gustas.

—Tú también me gustas; de hecho, me gustas mucho, y eso me da miedo.

—¿Por qué?

Teri decidió decirle la verdad.

—No soy demasiado inteligente.

Él se encogió de hombros con indiferencia, y comentó:

—Lo dudo, pero aunque así fuera, tengo inteligencia de sobra para los dos. ¿Te han gustado las rosas?

—Sí, son preciosas.

—¿Puedo besarte?

Ella se echó a reír, pero de repente se dio cuenta de que estaba hablando en serio. Estaba observándola con una expresión intensa, a la expectativa. La miró a los ojos, y alargó la mano hacia ella.

Teri fue hacia él, y como el asiento estaba ocupado a ambos lados con los bombones y los perfumes, tuvo que sentarse en su regazo. Le rodeó el cuello con los brazos, y después de quitarle las gafas, las plegó y se las metió en el bolsillo. Entonces lo miró con una sonrisa alentadora, y se inclinó hacia delante hasta que sus bocas se tocaron.

No fue un beso demasiado espectacular. Bobby sabía mucho de ajedrez, pero era obvio que no sabía gran cosa en cuestiones de sexo. En fin... él tenía inteligencia suficiente para los dos, y ella tenía suficiente experiencia.

Bobby carraspeó ligeramente después de dos besos más, cada uno más largo e intenso que el anterior, y susurró:

—Ha sido muy agradable —parecía tener dificultad para hablar.

—Sí, es verdad. ¿Estás listo para tu corte de pelo?

Él carraspeó por segunda vez, y asintió.

Cuando Teri salió de la limusina, se dio cuenta de que casi todos sus vecinos habían vuelto a entrar en sus casas. Era una suerte que el vehículo tuviera las ventanas tintadas. Aún había unas cuantas personas fuera, pero nadie pareció reconocer a Bobby, que le ordenó al chófer que regresara en un par de horas y la siguió hasta su pequeño apartamento.

Si hubiera sabido que iba a tener compañía, habría limpiado un poco, pero Bobby no pareció notar el desorden; de hecho, sólo parecía tener ojos para ella.

—¿Qué pasa? —se sentía un poco incómoda al ver que no le quitaba la mirada de encima.

—Te veo diferente.

—Me he teñido el pelo de negro —sacó una silla de la cocina, y le indicó que se sentara. Sacó la capa de plástico que guardaba en un cajón, se la colocó, y se la abrochó.

—¿Por qué?, me gustaba cómo tenías el pelo la última vez que te vi.

—Estaba de mal humor —le dijo, antes de ir al dormitorio a por las tijeras y el peine.

Al cabo de unos segundos de que empezara a cortarle el pelo, él le dijo:

–Quiero casarme contigo.

Ella bajó los brazos, y respiró hondo.

–No digas eso, Bobby.

–Lo digo en serio.

–Voy a cortarte el pelo, pero no voy a casarme contigo.

–¿Por qué no?

–¡Ni siquiera me conoces!

–¿Y eso importa?

–Sí –le sorprendió que él le preguntara algo tan básico–. Y el amor también.

–No se me dan bien las emociones –comentó él, ceñudo.

–Qué sorpresa –le dijo, en tono de broma.

Él esbozó una sonrisa, y le preguntó:

–¿Dejarás que vuelva a besarte?

–Es lo más probable –le dijo, mientras seguía con el corte de pelo.

–¿Esta noche?

–¿Cuántos bombones has traído?

–Cinco kilos. ¿Es suficiente?

–De sobra.

Para demostrarle cuánto apreciaba el buen chocolate, se sentó a horcajadas en su regazo. Sin soltar las tijeras, le rodeó el cuello con los brazos, y mientras la inundaba una oleada de felicidad que no se molestó en analizar ni cuestionar, le dio a Bobby Polgar, campeón mundial de ajedrez, un beso de campeonato.

CAPÍTULO 22

—Alguien pregunta por ti, Justine —le dijo Frank Chesterfield, el presidente del banco, el viernes por la tarde.

Ella solía trabajar por la mañana, pero Frank le había pedido que se encargara de unos préstamos pendientes, y había accedido a quedarse.

Frank se marchó de la cámara de seguridad antes de que pudiera preguntarle de quién se trataba, pero supuso que Warren Saget había vuelto a pasarse por allí para charlar con ella. Seguía haciéndolo, a pesar de que ella no le alentaba ni se mostraba cordial. Él hacía caso omiso de sus deseos, y persistía en visitarla demasiado a menudo.

No era que Warren le cayera mal; al fin y al cabo, lo consideraba un amigo, y la había ayudado el día en que había sufrido el ataque de pánico, pero en ese momento prefería no tener que lidiar con él. Seth llevaba unos días deprimido, desde que la investigación del incendio se había dado por cerrada de forma oficial. Habían recuperado el control del edificio, o de lo que quedaba de él, y lo habían demolido de inmediato. Seth lo había visto todo, había presenciado cómo los camiones se llevaban los restos calcinados de lo que había sido el sueño de ambos. Estaba preocupada por él, y no le hacía ninguna gracia que Warren fuera a verla, por muy bienintencionado que fuera.

Estaba casada, amaba a su marido, y no valía la pena arriesgar su matrimonio por una amistad. Seth había dejado muy claro lo que opinaba de Warren. No quería que le viera, por muy platónica que fuera su relación con él, y ella iba a respetar sus deseos. Sabía que a ella tampoco le gustaría que su marido saliera a comer con una antigua novia.

Al ver que el que estaba esperándola en su mesa no era Warren, sino su marido, sintió una alegría y una excitación inmensas.

—¡Seth!

—Hola —se levantó sonriente al verla llegar, y le dijo—: Vengo a hacer un ingreso.

—Ah. Vale, te acompaño al cajero.

—¿No te interesa lo que voy a meter en nuestra cuenta? —le preguntó, con un brillo especial en los ojos.

—Por supuesto.

—Es el cheque de mi primera comisión.

Hacía dos semanas que había conseguido su primera venta, y a pesar de que él había intentado quitarle importancia al asunto, se había sentido muy orgullosa de él.

—Felicidades, Seth.

—Gracias —parecía muy satisfecho de sí mismo. Se levantó para sacarse la cartera del bolsillo, sacó el cheque con teatralidad, y se lo dio.

Justine sintió que le flaqueaban las rodillas al ver la cantidad, y tuvo que sentarse.

—¿Ésta es tu comisión? —apenas fue capaz de pronunciar las palabras.

—Sí.

—¿Por un barco?

—Sí.

—¿Qué vendiste, el *Queen Mary*?

Él se echó a reír, y le dijo con una sonrisa de oreja a oreja:

—No, cariño, fue un barco de pesca parecido al que papá y yo usábamos en Alaska.

—Es mucho dinero.

Aunque el restaurante había ido bien, aquélla cantidad superaba los beneficios que obtenían con el Lighthouse en tres meses.

—Larry dice que tengo una facilidad especial, y supongo que es porque conozco el negocio. Lo viví, lo trabajé, y... he conseguido dos ventas más gracias a recomendaciones.

—¡Es fantástico!, ¡me alegro mucho por ti!

El dinero era algo secundario. Les iba a ir bien, por supuesto, pero lo realmente importante era la satisfacción y la tranquilidad que veía en los ojos de su marido. Se sintió más esperanzada que nunca, estaba convencida de que el incendiario no había conseguido destruir su matrimonio junto con el restaurante.

—Ya he ido a recoger a Leif, va a pasar la noche con mis padres.

El niño había pasado la tarde en una fiesta de cumpleaños.

—¿Ah, sí? —Justine lo miró con una sonrisa coqueta.

—Sí.

—¿Y qué vamos a hacer nosotros?

—Vamos a salir de celebración —le dijo él, con una sonrisa llena de felicidad.

—Perfecto.

—He quedado con Jay y Lana en Silverdale.

Jay y Lana eran dos antiguos compañeros del colegio, además de unos buenos amigos. Como habían estado tan atareados con el restaurante, apenas los habían visto en los últimos años.

—Después de cenar, te tengo preparada otra pequeña sorpresa —le dijo su marido.

—¿Mejor aún que llevarme a cenar con unos amigos? —era más de lo que habían hecho en muchos meses. Cuando tenían el restaurante, apenas les quedaba tiempo libre.

—Mucho mejor —le dijo él, en voz baja.

—Iré a cambiarme a casa en cuanto acabe aquí —le echó un vistazo al reloj. El banco cerraba más tarde los viernes, pero pensaba marcharse a eso de las seis.

—No hace falta.

—Pero...

—De hecho, puedes marcharte ahora mismo —le dijo su jefe, al acercarse a la mesa.

Al ver que le guiñaba el ojo a Seth, Justine se preguntó si estaba enterado de la sorpresa de su marido.

—Voy a por mi coche, ¿nos vemos en Silverdale? —dijo, mientras sacaba el bolso del cajón inferior.

—Eso tampoco hace falta —le contestó su marido, mientras la tomaba del brazo.

—Pero, mi coche...

—Está en casa.

—¿Cómo ha llegado hasta allí? —lo miró atónita. Había ido a trabajar en su coche y lo había dejado al final del aparcamiento, en la zona de empleados.

—Jay y yo vinimos a buscarlo hace un rato. Me lo he llevado a casa, y después he regresado a por ti.

—Me gustaría cambiarme de ropa —si iban a salir, prefería arreglarse un poco.

—Lo suponía, así que te he traído ropa —abrió la puerta y la condujo hacia su coche, que estaba aparcado cerca de la entrada.

—Qué bien, ¿y dónde se supone que voy a cambiarme, en una gasolinera? Ni hablar —se apoyó en el coche, y comentó—: Supongo que podría hacerlo en el cuarto de baño para empleados del banco, pero...

—Vaya, esto sí que es un verdadero problema —la miró con ojos relucientes de amor y anticipación, y dijo como si nada—: Supongo que voy a tener que llevarte al hotel antes de lo planeado.

—¿*Qué?*

—Esta noche tenemos reservada una habitación de hotel, y también he pedido una botella de champán.

—Madre mía... —Justine se cubrió la boca con la mano, y añadió—: Pellízcame, porque debo de estar soñando.

—¿No prefieres que te bese? —le preguntó él con una carcajada, mientras la abrazaba por la cintura.

—Trato hecho.

La velada superó con creces todo lo que Justine podría haber imaginado. Después de una larga cena acompañada de un vino excelente, los cuatro fueron al hotel y tomaron unas copas en el elegante salón, donde tocaba un trío de maravillosos músicos. Ella necesitó varios combinados para tener el valor suficiente de salir a la pista de baile, pero se alegró de haberse animado. Valía la pena arriesgarse a quedar en ridículo con tal de estar entre los brazos de Seth.

Jay y Lana tenían que regresar a casa para relevar a la niñera, así que se marcharon a medianoche. Al ver que Seth fingía un bostezo poco después, sonrió y le dijo:

—Vale, vale, ya capto el mensaje.

Él sonrió también, y la tomó de la mano. Cuando entraron en el ascensor, se colocó detrás de ella, la rodeó con los brazos, y empezó a besarle el cuello.

—Voy a cobrarme todas las promesas que has estado lanzándome durante la cena.

—¿Qué pasa con la sorpresa que me has prometido?

—Ya verás cuando lleguemos a la habitación.

—Seth, te amo tanto... —se giró hacia él, y lo abrazó con fuerza. Sentía que por fin había recuperado a su marido, que se había librado del peso que acarreaba desde lo del incendio.

—Espera a ver el picardías que te he comprado —susurró él, con un gemido ronco. Era obvio que estaba imaginándosela vestida con la prenda.

—¿De verdad quieres que pierda el tiempo en cambiarme?

—Tienes razón... no, no hace falta, te lo quitaría en cuanto te lo pusieras.

—Lo suponía.

Cuando las puertas del ascensor se abrieron, la alzó en

brazos como si no pesara nada y fue por el pasillo hacia la habitación. A Justine se le escapó una risita al verle intentar abrir la puerta sin soltarla, y en cuestión de segundos los dos se echaron a reír; al final, tuvo que dejarla en el suelo para poder abrir, pero no se molestó en encender la luz. En cuanto cerró la puerta, la apretó contra ella y empezó a besarla con pasión.

—Oh, Seth... —susurró, ebria de placer—, tenía tanto miedo de perderte...

—Jamás —empezó a desabrocharle la blusa, y comentó—: Será mejor que te quites esto antes de que lo haga jirones.

Justine se echó a reír de nuevo, y se desabrochó la blusa.

Hicieron el amor, y volvieron a hacerlo por la mañana. Mientras yacían en la cama, Justine se sintió completamente relajada entre los brazos de su marido, tranquila y llena de paz.

—Seth, tengo que preguntarte algo —le dijo en voz baja.

—Lo que sea —le contestó, mientras deslizaba los dedos por su espalda, desde sus omóplatos hasta la curva de su cintura.

—Después de haber salido una noche... por primera vez en más de un año... ¿estás seguro de que quieres reconstruir el restaurante? —al notar que su mano se detenía, temió haber estropeado el momento.

—No lo sé, Justine. No tengo ni idea.

CAPÍTULO 23

El domingo a mediodía, Nate fue a buscar a Rachel con todo lo necesario para una comida campestre. Ella estaba tan entusiasmada, que estaba esperándolo en la acera y se lanzó a sus brazos en cuanto él salió del coche. Suspiró de placer mientras él la abrazaba y la besaba. En las últimas semanas, sólo habían pasado unas cuantas horas juntos como mucho.

Los dos tenían horarios bastante caóticos. Ella tenía libres los domingos y los lunes, pero últimamente también le había tocado trabajar en lunes. En cuanto las esposas de miembros de la Armada se habían enterado de que era peluquera además de manicura, su agenda había empezado a llenarse. Estaba ganando mucho dinero, pero necesitaba un respiro.

—¿Adónde quieres ir? —le preguntó Nate, sonriente.

—¿Qué te parece el Point Defiance Park?

Aquel parque estaba especialmente bonito en aquella época, ya que los rododendros y las azaleas estaban en flor.

—Perfecto, ¿voy a tenerte para mí solo?

—Pues claro.

Sabía que era una alusión velada al tiempo que ella pasaba con Jolene. Nate no se quejaba demasiado, pero era obvio que lo que le molestaba no era su amistad con la niña, sino la relación que pudiera tener con Bruce.

—Genial.

Era un día perfecto para salir. El sol brillaba con fuerza en un cielo azul y despejado, y soplaba una suave brisa procedente de la ensenada. Rachel agarró su jersey y se sentó en el descapotable que Nate se había comprado recientemente. Era rojo, y ella se había enamorado en cuanto lo había visto.

El viento la despeinó, pero le dio igual. Estaba con Nate, iban a pasar el día juntos, y aunque el buen tiempo era una ventaja añadida, le habría dado igual que empezara a diluviar; si hubiera hecho mal tiempo, habrían hecho la comida campestre en el suelo de su sala de estar.

Empezaron a recorrer el parque, y al final eligieron un rincón bastante apartado donde Nate extendió la manta. Antes de ir a buscarla, se había pasado por un restaurante de comida rápida y había comprado el pollo frito, la ensaladilla rusa, las croquetas y la ensalada de repollo que había en la cesta. También había incluido una botella de vino blanco bastante cara.

Después de comer, él se tumbó con la cabeza en su regazo, y los ojos se le acabaron cerrando. Ella le acarició el pelo mientras saboreaba aquel momento de relajación, y también se sintió adormilada. La calidez del sol, el vino, la comida, y sobre todo el hecho de estar junto a Nate le producían una profunda sensación de bienestar.

El móvil de Nate empezó a sonar, y rompió el momento de tranquilidad. Él se incorporó de inmediato, y frunció el ceño mientras contestaba.

—¿Diga? —su actitud cambió, y se relajó al instante.

Al cabo de un momento, Rachel se dio cuenta de que estaba hablando con su madre.

—¿Papá tiene un mitin? —se volvió a mirarla, y le lanzó una sonrisa tranquilizadora—. ¿En octubre? Puedo pedir un permiso, pero no te aseguro nada. Sí, ya sé que es importante, haré lo que pueda —se besó el índice, y lo posó sobre los labios de Rachel.

Ella sonrió y empezó a chupárselo, pero él le lanzó una mirada de advertencia y se apartó.

—Por cierto, mamá, estoy con Rachel. Es un buen momento para presentaros.

Ella lo miró con nerviosismo, porque su poderosa y acaudalada familia hacía que se sintiera insegura. La única discusión que habían tenido cuando él había pasado seis meses en el portaaviones había sido por las posiciones sociales tan distintas que tenían. Nate se había alistado en la Armada para desafiar a su padre, y había logrado llegar a suboficial por méritos propios.

Al parecer, seguía queriendo demostrarle algo a su padre, así que lo que más la preocupaba era que pudiera estar saliendo con ella a modo de desafío, pero Nate le había asegurado fervientemente que no era así.

Procuraba proteger su corazón, porque consideraba que su aprensión estaba justificada, pero se sentía atraída por él a pesar de todo. Atesoraba las horas que pasaban juntos, disfrutaba de las conversaciones que mantenían, y se mandaban correos electrónicos aunque él no estuviera en alta mar. Ella utilizaba a veces el ordenador que había en el salón de belleza, aunque la verdad era que allí no tenía demasiada privacidad.

—Ten, habla con Rachel.

Lo fulminó con la mirada y negó con la cabeza al ver que le alargaba el móvil, pero al ver que él no cedía, no tuvo más remedio que contestar.

—Hola, señora Olsen, soy Rachel Pendergast —dijo, mientras lo miraba con una mueca.

Él sonrió, le agarró la mano, y empezó a chuparle un dedo, pero ella se apresuró a soltarse para poder concentrarse en la conversación con su madre.

—Hola, Rachel. Me alegro de poder conocerte, aunque sea por teléfono. Tutéame, por favor. Me llamo Patrice.

—De acuerdo, Patrice. Yo también me alegro de conocerte —sintió que se le aceleraba el corazón mientras intentaba pensar en algún comentario apropiado.

—Mi hijo está muy interesado en ti.

Ella lo miró por encima del hombro, y le sonrió antes de decir:

—Es un hombre maravilloso.

—Supongo que sabes que rompió por ti una larga relación con la hija de unos de nuestros mejores amigos.

Él le había dejado claro en la primera cita que tenía novia.

—Sí, me lo comentó. Espero que no os haya causado problemas con vuestros amigos.

Nate también le había contado que se había sentido aliviado al cortar con su novia, y que la chica ya se había comprometido con otro al cabo de poco tiempo.

Patrice soltó una carcajada que sonó un poco forzada, y le dijo:

—No te preocupes, no ha habido ningún problema. Eh... tengo entendido que eres un poco mayor que mi hijo.

Aquél era un tema sobre el que también había discutido con él.

—Cinco años, tengo cinco años más que él.

Cuando le había conocido, le había parecido muy joven. Ella tenía treinta años y se había sentido como un vejestorio a su lado, pero él había acabado convenciéndola de que aquella pequeña diferencia de edad era insignificante. De vez en cuando, se recordaba que, para cuando había acabado el instituto, él aún iba al colegio.

—Cinco años no son nada —le dijo Patrice, con tono tranquilizador—. No supe qué pensar cuando me dijo que eras mayor que él, me lo imaginaba llegando a casa con una divorciada de cuarenta años del brazo. No me habría extrañado, porque sería otra forma más de desafiarnos a su padre y a mí. Lleva haciéndolo desde pequeño —se rió con suavidad, como si se sintiera un poco avergonzada.

—¿Te ha comentado Nate que soy manicura? Trabajo en un salón de belleza, peino y hago las uñas —creyó que lo más correcto era dejar clara de antemano su profesión.

—Ah —dijo la mujer, tras un breve silencio.

A juzgar por su reacción, era obvio que Nate no se lo había mencionado.

—No, no me lo había dicho, pero Nate es así. Le encanta dar pequeñas sorpresas. Seguro que eres muy buena peinando y... haciendo las uñas.

—Gracias. Bueno, te pongo otra vez con tu hijo.

—Gracias.

Echó a andar mientras él acababa de hablar con su madre, porque necesitaba reflexionar sobre las emociones que había sacado a la luz aquella breve conversación. Estaba convencida de que le había causado muy mala impresión a Patrice Olsen, porque su actitud había sido muy clara: sin conocerla en persona, había decidido que ella no era apropiada para su único hijo.

Cuando Nate la alcanzó al cabo de unos minutos, se sintió aliviada al ver que ya no estaba hablando por teléfono.

—Espera, Rachel. ¿Qué te ha dicho mi madre? —le preguntó, mientras la agarraba de los hombros.

—Nada, ha sido muy amable —a pesar de sus palabras, sintió que se le formaba un nudo en el estómago, y se cubrió la cara con las manos antes de susurrar—: ¿Cómo he podido dejar que pase esto?

A pesar de que una vocecita interior la había alertado de los peligros que comportaba aquella relación, ella había hecho oídos sordos. Había sabido casi desde el principio que tener una relación con aquel joven suboficial era una locura... ¡por el amor de Dios, el padre de Nate era congresista!

—Por favor, Rachel, dime lo que te pasa.

—Tu madre no tenía ni idea de que trabajo en un salón de belleza —intentó convencerse de que los comentarios que había hecho la mujer sobre la anterior novia de Nate no habían sido malintencionados.

—Te ha dicho algo que te ha molestado, voy a llamarla ahora mismo para exigirle que se disculpe.

Al ver que hacía ademán de sacar el móvil, le agarró la mano y le dijo:

—Por favor, no. No me ha dicho nada malo.

—Entonces, ¿por qué estás así?

—No... no pertenezco a tu mundo.

—Eso no es verdad. Nos pertenecemos el uno al otro, lo supe desde el principio —empezó a pasear de un lado a otro, como si no pudiera quedarse quieto—. No es la primera vez que mis padres hacen algo así. Quieren controlar mi vida, pero no voy a permitírselo. Te amo, Rachel. ¿Te queda claro?

Ella se quedó mirándolo estupefacta, tenía miedo de creerle.

—Te amo, y me da igual lo que piensen mis padres. Te adorarán en cuanto te conozcan, y si no es así, ellos se lo pierden. No voy a permitir que se interpongan entre nosotros.

Ella quería creer en lo que sentían el uno por el otro, pero a pesar de que él parecía muy seguro de sus sentimientos en ese momento, era posible que acabara cambiando de opinión.

—Por favor, Nate... sería mejor que cortáramos por lo sano.

—¡Ni hablar! No voy a dejar que vuelvas a hacerme esto. Tienes que creer en nosotros, Rach.

Y así era, pero tenía miedo.

Él la abrazó con fuerza mientras ella luchaba por mantenerse firme.

—No puedes dejarte vencer por cada pequeño obstáculo, Rachel. ¿Estás dispuesta a renunciar a nuestra relación?, ¿tan poco significo para ti?

Sus palabras la hicieron flaquear cada vez más, y se dio cuenta de que él tenía razón. Tenía que ser firme, sobre todo en lo relativo a la familia de Nate. Tenía que aceptar que el amor que sentían el uno por el otro era sólido y duradero, tenía que creer en aquella relación.

CAPÍTULO 24

El último sábado de mayo, Charlotte y Ben decidieron ir al mercado del paseo marítimo. A ella le encantaba pasear entre los puestos de flores, de productos de panadería y de artesanía, y siempre se pasaba por el de la protectora de animales, donde Grace solía trabajar de voluntaria. Aún era bastante temprano, pero el lugar ya era un hervidero de gente.

A pesar de que estaba nublado, había optado por ser optimista y había sugerido que podían ir andando, y Ben había accedido.

–Mira, hay ruibarbo fresco –le dijo a su marido en cuanto llegaron, antes de acercarse a comprar un poco. En otros tiempos, solía tener unas cuantas matas en su jardín.

–¿Te he comentado alguna vez que el pastel de ruibarbo es mi preferido? –le preguntó Ben, mientras agarraba la bolsa que le dio el vendedor.

–Creía que tu preferido era el de melocotón –le dijo, en tono de broma.

–Y lo es... pero en agosto. Mi preferido va cambiando según la temporada, como las banderas que cuelgas en el porche y que me haces cambiar según el mes –la que tenían colgada en ese momento era en honor de la primavera.

–Sí, claro –Charlotte contuvo una sonrisa mientras le tomaba del brazo.

Lo que más le gustaba de él era la gratitud que mostraba por todas las pequeñas cosas que ella hacía... y también todos los detalles que tenía con ella, por supuesto. Su marido parecía disfrutar de verdad de su compañía, y a pesar de que no estaban juntos a todas horas, solía acompañarla cuando salía. Le gustaba llevarla en coche cuando ella tenía que hacer algún recado, y para ella era un alivio no tener que conducir; además, él se llevaba muy bien con Olivia y con el resto de la familia.

Recientemente, Ben se había puesto en contacto con su antigua nuera, la ex mujer de David, con la que éste había tenido una hija. Como no quería perder el contacto con su nieta, Ben había empezado a llamarla cada semana.

—Podríamos comprar almejas frescas para la cena, ¿te apetece?

—Todo lo que tú cocinas me apetece, cariño.

Mientras hacían cola en una pescadería que tenía muy buena fama, Cliff Harding se les acercó.

—¡Hola, Cliff! —le saludó, encantada de verle.

Le había conocido cinco años atrás a través de Tom Harding, el abuelo de Cliff, que en los años treinta y cuarenta había hecho multitud de películas bajo el nombre de «El Vaquero Audaz». Desde que Cliff estaba casado con Grace, la mejor amiga de Olivia, le consideraba uno más de la familia.

—Tienes buen aspecto, la vida de casado te sienta bien —comentó, después de que él la saludara con un abrazo.

—No cuesta demasiado acostumbrarse a tener una esposa —le dijo él, con una sonrisa de oreja a oreja.

—En eso estoy de acuerdo —apostilló Ben.

—¿Está Grace en el puesto de la protectora de animales?

Cliff señaló con un gesto de la cabeza hacia el extremo más alejado del mercado, y le dijo:

—Sí, está intentando que alguien adopte a varios gatitos.

—¿Se sabe algo de Cal? —le preguntó Ben.

Charlotte también estaba interesada en saber si había alguna noticia. Cliff y Grace habían organizado una cena de despedida antes de que Cal se fuera a Wyoming, y había sido una velada muy agradable en la que había habido barbacoa y bufé. Era indignante que estuvieran masacrando a los mustangs, y le parecía muy bien que Cliff y Cal quisieran hacer algo para remediarlo. Ella misma había hecho una sustanciosa donación a uno de los centros de adopción. Grace había hablado con los de la protectora de animales de la ciudad sobre la situación de aquellos caballos, y se habían recaudado varios cientos de dólares.

—Llama cuando puede. Ha contactado con un ranchero de la zona, y mucha gente de por aquí también se ha interesado en el tema. Vicki Newman, la veterinaria, ha decidido trabajar de voluntaria, porque algunos de los caballos necesitan atención médica. Va a ir a colaborar con él, su nueva socia ha accedido a ocuparse sola de la consulta mientras ella está fuera.

—¿Cuándo crees que volverá Cal? —sabía que Linnette McAfee le echaba mucho de menos. Se lo había mencionado Corrie, su madre, un día en que había coincidido con Peggy Beldon y con ella en un restaurante.

—No lo sé. Llama siempre que puede, pero está en una zona donde el móvil no tiene buena cobertura. A veces no sé nada de él en tres o cuatro días.

—Lo que estáis haciendo es encomiable —comentó Ben.

—Sí, es verdad. Ya sé que es Cal el que está en el salvaje oeste, pero tú estás igual de involucrado en el proyecto, Cliff. Sigues pagándole un sueldo, le has dejado tu remolque para transportar a los caballos, y vas a adoptar a unos cuantos. Estoy muy orgullosa de ti.

Para cuando acabaron de charlar y compraron las almejas, había empezado a lloviznar. Cliff se apresuró a marcharse, y Ben comentó:

—Será mejor que nos vayamos a casa si no queremos empaparnos.

El trayecto desde el paseo marítimo hasta su casa era casi todo cuesta arriba, y Charlotte se cansó un poco.

—Voy a calentar la sopa de tomate que sobró el otro día —comentó, cuando se acercaban ya a la casa.

—Como quieras —le dijo él. Le dio un suave apretón con el brazo que tenía alrededor de su cintura, para indicarle que le parecería bien cualquier cosa que ella cocinara. A los dos les gustaba comer bien.

Harry, su gato, estaba esperándolos con impaciencia. Se asomó por la puerta con cautela, pero regresó de inmediato al sofá y siguió durmiendo.

Después de colocar la compra y de secarse, Charlotte puso a calentar la sopa y sacó pan para preparar unos sándwiches. Al oír que llamaban a la puerta, dejó que Ben se encargara de abrir, pero asomó la cabeza con curiosidad por la puerta de la cocina para ver quién había ido a visitarlos a la hora de la comida.

Al ver al hijo de su marido en el porche, exclamó:

—¡David!

Ben vaciló por un instante, pero al final le invitó a pasar y comentó sin demasiado entusiasmo:

—Qué visita tan inesperada.

—Llegas justo a tiempo para comer —le dijo ella—. Hay sopa de tomate y albahaca, y sándwiches de pan tostado con queso cheddar.

—Seguro que mi hijo ya tiene otros planes —comentó su marido, con voz inexpresiva.

—Puedo quedarme, pero no quiero causar molestias —parecía un poco inseguro, pero estaba tan impecablemente vestido como siempre.

—¡No es ninguna molestia! ¿Qué haces en Cedar Cove? —le preguntó, mientras se acercaba a ellos.

—He venido a visitaros. Estaba en Seattle por asuntos de negocios, y hace meses que no nos vemos. He pensado que al menos tenía que hacer el esfuerzo de venir a visitar a mi propio padre.

—Qué buena idea —lo condujo hasta el sofá, y añadió—: La comida estará lista en unos minutos.

—Gracias, Charlotte —le dijo, sonriente.

David Rhodes era un hombre atractivo, pero, por desgracia, no era de fiar. Era una realidad que la entristecía, pero que había tenido que aceptar; aun así, era el hijo de su marido, y como tal era bien recibido en su casa.

Ben se sentó enfrente de su hijo, y siguió igual de estoico y circunspecto.

—Te agradezco que me enviaras el cheque, David —comentó, después de un incómodo silencio. Se reclinó en la silla, y se cruzó de brazos antes de añadir—: Pero me lo rechazaron por falta de fondos.

Su hijo abrió los ojos de par en par como si estuviera muy sorprendido, y le dijo:

—Lo siento mucho, papá, no tenía ni idea. ¿Por qué no me avisaste?

A Charlotte le habría gustado quedarse a escuchar la conversación, pero tenía que regresar a la cocina para que la comida no se echara a perder. Se apresuró a llenar tres platos de sopa, acabó de preparar los sándwiches, y puso galletas de mantequilla en un plato.

—¡La comida está lista! —dijo, mientras llevaba dos platos de sopa al comedor.

Ben fue a ayudarla, pero David se apresuró a sentarse a la mesa. Ella regresó a por el plato con los sándwiches, y su marido la siguió con el tercer plato de sopa y las galletas.

Al ver que su hijo empezaba a comer de inmediato, Ben le espetó:

—Bendecimos la mesa antes de comer.

David dejó a un lado la cuchara, y agachó la cabeza mientras su padre decía unas breves palabras de agradecimiento por la comida.

Charlotte se dio cuenta de que el hijo de su marido tenía el sentido común de esperar a que ella agarrara la cuchara antes de hacer lo propio. El detalle la sorprendió gratamente, ya que indicaba que él estaba esforzándose por mejorar sus modales.

—Te haré otro cheque, papá —dijo, cuando se terminó la sopa. Mientras comía, la había felicitado varias veces por lo bien que cocinaba.

Al ver que su marido no respondía, Charlotte intentó que la conversación fluyera.

—¿Estás en Seattle, David?

—Sí, me alojo en un hotel del centro.

—¿Cuánto tiempo vas a quedarte? —le preguntó, para romper el incómodo silencio.

—Me marcho mañana. Por cierto, de camino hacia aquí me he dado cuenta de que el Lighthouse ya no está, ¿qué ha pasado?

—Quedó hecho cenizas, alguien lo incendió a propósito —le dijo Ben.

David lo miró sorprendido, y se inclinó hacia delante antes de comentar:

—Cuesta creer que haya pasado algo así en Cedar Cove.

—Fue un golpe muy duro, Justine y Seth lo han pasado muy mal. Hasta que todo se solucione, ella está trabajando en el banco a tiempo parcial y él aceptó un empleo de comercial.

—¿Qué se sabe del incendio?, ¿hay algún sospechoso?

Ben exhaló lentamente, como si no le gustara hablar del tema, y al final comentó:

—Creen que el responsable pudo ser un chico que iba al instituto, Anson Butler. El sheriff dice que es una persona de interés. No se le ha visto desde antes del incendio, y Seth le había despedido poco antes.

—Todo el mundo está apesadumbrado por lo que ha pasado, pero seguro que Justine y Seth reconstruirán pronto el restaurante.

—Lo siento mucho por ellos. Espero que todo les salga bien —David parecía sincero.

Ella se sintió conmovida por sus palabras, y le dio las gracias antes de ofrecerle el plato de galletas.

—Ten, ¿quieres una?

Él agarró dos, y antes de marcharse, le hizo otro cheque a su padre.

—Ten, con éste no tendrás ningún problema —miró al uno y a la otra, y agachó la mirada antes de decir—: Pero tendrás que esperar a principios de mes, espero que no sea ningún inconveniente.

Su padre aceptó el cheque sin hacer ningún comentario, asintió, y le acompañó a la puerta.

—La próxima vez que estés por la zona, avísanos para que pueda prepararte una buena cena —le dijo Charlotte.

—Gracias —la besó en la mejilla, y le dijo—: La próxima vez, te avisaré con tiempo.

Cuando los tres salieron al porche, Ben se colocó junto a ella y le pasó el brazo por el hombro. Hacía fresco, y seguía lloviznando.

—Vuelve a vernos pronto, David —le dijo ella, mientras le veía ir corriendo hacia su coche. Esperó a que se alejara, y entonces volvió a entrar con Ben pisándole los talones. Lo observó con atención, y comentó—: Ha sido un detalle que venga a vernos.

—Como tú misma has dicho, tendría que habernos avisado antes —la ayudó a limpiar la mesa, y añadió—: La verdad es que habría preferido que no viniera.

—¡No digas eso, Ben! Es tu hijo.

—Sí, y le conozco —se sacó del bolsillo el cheque, y lo rompió en varios pedazos—. Tiene tan poco valor como el primero que me dio —sus ojos reflejaban un profundo dolor mientras tiraba los trozos a la papelera.

Charlotte se acercó a él, y le rodeó el cuello con los brazos.

—Lo siento mucho —susurró. Deseaba de todo corazón saber cómo aliviar en algo el dolor de su marido.

—Yo también —le dijo él, mientras la abrazaba con fuerza—. Yo también.

CAPÍTULO **25**

La mañana previa al día de la graduación, Allison fue a Silverdale a por el vestido que iba a ponerse. Su sueño de que Anson la acompañara a la fiesta no iba a poder cumplirse, pero había decidido que, en vez de quedarse deprimida en casa, iba a ir con su amiga Kaci. Sus padres no entendían por qué no había querido ir con ninguno de los tres chicos que la habían invitado, y sabía que su madre lo lamentaba por ella.

Mientras se dirigía hacia el aparcamiento del centro comercial con el vestido colgado del brazo, empezó a sonarle el móvil. Se lo había comprado con sus propios ahorros, con la esperanza de poder darle el número a Anson y hablar con él. La oportunidad no había surgido hasta el momento, porque no había vuelto a llamarla y Cherry Butler no tenía forma de contactar con él.

—¿Diga? —dijo, mientras caminaba hacia el coche de su madre, esperando oír la voz de Kaci.

—¿Allison?

Se detuvo de golpe al darse cuenta de que era Anson.

—Allison, ¿puedes hablar?

—Sí —apenas podía creerlo, y el corazón le dio un brinco de alegría a pesar de sus temores. Tenía tantas cosas que contarle, tantas preguntas...

—¿Estás sola?

—Sí, estoy en el aparcamiento del centro comercial de Silverdale.

—Perfecto.

Antes de nada, tenía que ponerlo sobre aviso.

—No me digas dónde estás. Tendría que contárselo al sheriff, así que es mejor que no lo sepa. Tu teléfono no se puede rastrear, ¿verdad?

—No.

—Menos mal. ¿De dónde has sacado mi número? —aquella llamada parecía la respuesta a sus plegarias, un deseo convertido en realidad, pero dudaba que fuera el resultado de la intervención divina o de un poco de magia.

—Ahora te lo explico, antes tengo que decirte algo.

—Dime.

—Seguramente, mañana vas a la fiesta de graduación. Quiero que vayas, Allison, es importante para mí. No quiero que te quedes en casa sola por mi culpa, no creas que no puedes ir por lealtad hacia mí.

Se le formó un nudo en la garganta mientras contenía las lágrimas, y por un momento no pudo tragar ni articular palabra. La conmovía que se preocupara por ella, que se hubiera acordado de lo de la fiesta.

—Voy a ir con Kaci —le dijo al fin. Como el tráfico del exterior hacía bastante ruido, abrió el coche y entró antes de dejar el vestido en el asiento del copiloto.

—Pero...

—Tú eres mi pareja, Anson. No me imagino bailando con otro chico —cerró los ojos, y le pareció sentir que sus brazos la rodeaban.

—Daría lo que fuera por poder estar contigo —le dijo él en voz baja.

Ella sintió que el corazón estaba a punto de rompérsele, y luchó por mantener la calma.

—¿Cómo has conseguido mi número? —alcanzó a decir.

—Gracias a Eddie. Hice que un amigo mío llamara a tu

casa fingiendo ser un compañero de instituto, y tu hermano le dio tu número de móvil.

—¿Podremos hablar más a menudo a partir de ahora? —quería hacerle un montón de preguntas. Aunque estaba desesperada por preguntarle por la cruz de peltre que habían encontrado entre los escombros, tenía mucho miedo de la respuesta; además, en ese momento lo único que necesitaba era oír su voz.

—No sé si es buena idea que te llame...

—¡Por favor, necesito saber que estás bien!

—Estoy bien, no tienes por qué preocuparte.

—Claro que me preocupo, Anson.

Quería que regresara a Cedar Cove, pero la aterraba lo que pudiera llegar a pasar si lo hacía; por un lado, quería decirle que permaneciera oculto para que no acabara en la cárcel, pero por el otro, quería que se demostrara su inocencia... aunque lo cierto era que ya no estaba tan segura de que él no hubiera provocado el incendio.

—¿Qué sabes sobre lo del Lighthouse? ¿Hay alguna novedad?, ¿han arrestado a alguien?

Ella cerró los ojos, y vaciló por un instante.

—¿Allison?

—Encontraron tu cruz entre los escombros, se había fundido un poco. Publicaron una foto en el *Chronicle* —al oírle mascullar una imprecación bastante fuerte, hizo acopio de valor y le preguntó—: Estuviste allí aquella noche, ¿verdad? —tenía las manos sudorosas y trémulas.

—Sí, pero te juro que no provoqué el incendio; al contrario, hice todo lo que pude por apagarlo. Me di cuenta de que había perdido la cruz, pero no sabía dónde. Dile al sheriff que compruebe el extintor, seguro que está cubierto de mis huellas dactilares.

—Vale —estaba ansiosa por hacer cualquier cosa que pudiera ayudar a demostrar su inocencia.

—¿Has dejado de confiar en mí, Allison? Te juro que no tuve nada que ver con el incendio.

Fue incapaz de admitir que su fe en él se había tambaleado, y le preguntó:

—¿Quién pudo haberlo hecho?

—Le vi —admitió, con voz casi inaudible.

—*¿Qué?* ¿Quién era?

—No puedo decírtelo, Allison.

—¿Por qué no? —tenía ganas de echarse a gritar. No era estúpida, y no iba a permitir que él le mintiera.

—No sé cómo se llama —era obvio que se sentía frustrado—. Le conozco de vista, pero no sé quién es. Le vi comiendo en el restaurante una vez, y volví a verlo la noche del incendio. Te juro que es la pura verdad. Tendría que habértelo contado, pero no quiero involucrarte aún más en todo esto.

—Pero...

—Sólo te pido que creas en mí. Si no puedes, no tengo nada más que decir.

—¡No cuelgues! —al ver que no contestaba, se le llenaron los ojos de lágrimas—. ¿Anson?

—Estoy aquí. Debería irme.

—Por favor, no.

—No puedo seguir hablando, Allison.

—Fui a ver a tu madre. Ahora entiendo lo que me dijiste cuando viniste a verme aquella noche, que era mejor que yo no supiera lo que habías hecho. Te referías al dinero que le habías quitado, ¿verdad?

—Le robé a mi propia madre. No me siento orgulloso de lo que hice, y voy a devolverle hasta el último penique. Prometí que lo haría, y voy a cumplirlo.

—Me dejó leer tu carta, y le conté que me habías llamado.

—¿Te habló de los fuegos que según ella encendí de pequeño?

Allison oyó voces masculinas de fondo. No alcanzó a entender lo que decían, pero era obvio que Anson tenía que colgar.

—Sí.

—No me extraña que ya no me creas. No estuve a punto de incendiar la casa de pequeño, Allison. Mi madre estaba bebiendo, y se dejó un cigarro encendido. Me echó la culpa a mí, pero la responsable fue ella. Y en cuanto al otro incidente... tampoco fui yo, sino otro chico del vecindario. Ya sé que todo esto parece muy sospechoso, pero te juro que no provoqué el incendio del Lighthouse.

—Quiero creerte, Anson. Te lo digo de todo corazón.

—Gracias —le dijo él en voz baja, antes de colgar.

Allison apretó el móvil con fuerza, y permaneció donde estaba durante un largo momento para intentar seguir sintiéndose cerca de él. Anson acababa de darle muchos más datos que cuando la había llamado la vez anterior o incluso en la noche del incendio, y se sentía esperanzada. Quizás estaba diciendo la verdad, y realmente era inocente.

Mientras conducía de regreso a Cedar Cove no pudo dejar de darle vueltas al tema, y al pasar por delante del First National Bank decidió entrar. La última vez que había ido a hacer un ingreso, había visto a Justine Gunderson trabajando allí.

Cuando entró, la vio hablando con un cliente en su mesa, así que se sentó en la zona de espera hasta que quedó libre. Durante aquellos minutos, cambió de opinión dos veces, pero al final hizo acopio de valor y se levantó para ir a hablar con ella.

—Hola, ¿en qué puedo ayudarte? —le preguntó Justine con amabilidad, al verla acercarse.

Allison sintió que le flaqueaban las rodillas, pero se sentó delante de ella y le dijo:

—Soy Allison Cox —como quería proyectar una imagen madura y formal, alargó la mano por encima de la mesa, y se sintió aliviada al ver que Justine se la estrechaba y parecía tomarla en serio—. No sé si se acordará de mí —habían coincidido en el Lighthouse, y en una fiesta de Navidad que habían organizado sus padres varios años atrás. Esperó durante unos segundos, pero al ver que no parecía reconocerla, añadió–: Soy la hija de Zach Cox... la novia de Anson Butler –vio en sus ojos que acababa de ubicarla, y se apresuró a añadir–: He hablado con Anson hoy mismo, hace menos de media hora.

Justine se inclinó hacia delante, apoyó los codos en la mesa, y le dijo en voz baja y un poco tensa:

–¿Está enterado de que el sheriff quiere hablar con él sobre el incendio?

–Sí.

–¿Por qué se niega a hablar con las autoridades?

Allison no supo cómo contestar, y al final se limitó a decir:

–Lo que más deseo en este mundo es que vuelva a Cedar Cove.

–Mi marido y yo sabemos que se enfadó cuando le despedimos.

Allison jamás le había visto tan alterado como aquel día de otoño en que había ido a verla al centro comercial. Estaba convencido de que el mundo estaba en su contra, de que nada de lo que dijera o hiciera bastaría jamás.

–Estaba muy dolido y furioso cuando perdió el empleo. Estoy convencida de que él no robó el dinero. Estaba intentando con todas sus fuerzas encauzar su vida, y que le acusaran de algo que no había hecho fue como un mazazo para él.

–Mi marido se arrepintió de cómo había manejado la situación, era la primera vez que nos pasaba algo así. Anson le parecía un buen muchacho; de hecho, le había ascendido a pinche poco antes.

–Sí, Anson creyó que estaba progresando y que podría acabar de pagar pronto la caseta, y...

–¿Qué caseta?

Allison bajó la mirada, y admitió:

–Quemó la caseta del parque, y le condenaron a pagar los desperfectos.

La señora Gunderson permaneció en silencio durante unos segundos, y al final dijo:

—Ah, sí, se me había olvidado —se presionó la frente con las yemas de los dedos, y añadió—: He intentado dejar atrás todo esto, en la medida de lo posible; como comprenderás, ha sido un golpe muy duro para Seth y para mí.

—Su marido estaba al corriente del pasado de Anson. Mi padre se lo contó, y él accedió a darle un empleo.

—Crees que tu amigo es inocente, ¿verdad?

—Sí.

Tuvo ganas de defender a Anson, de explicarle que era una persona buena, honesta, y muy inteligente, pero sabía que no iba a servir de nada, a menos que se encontraran pruebas que le exoneraran.

—Si de verdad es inocente, dile que vuelva por voluntad propia y que conteste a las preguntas del sheriff.

—Hablaré con él.

La próxima vez que Anson la llamara, iba a asegurarse de que entendiera que era muy importante que contactara con las autoridades si quería limpiar su nombre; si no lo hacía, aquel incendio le atormentaría durante el resto de su vida, porque la ciudad entera creería que él era el culpable. Por culpa de su reputación, la sombra de la duda planeaba sobre él, y su desaparición había acrecentado las sospechas de la gente.

El hecho de que se negara a dar la cara dificultaba sus posibilidades... dificultaba las posibilidades de los dos.

CAPÍTULO 26

Linnette estaba esperando a su hermana en el aparcamiento que había junto a la pista de atletismo del instituto. Gloria había acabado convenciéndola de que saliera a correr; según ella, era un ejercicio que la ayudaba a mantenerse en forma y a aprobar el examen físico que tenían que pasar de forma periódica los miembros del cuerpo de policía.

Gloria le había dicho que estaría allí en cuanto acabara su turno; en teoría, iban a hacer un kilómetro y medio sin prisa, y al cabo de unas semanas, cuando ella hubiera ganado algo de resistencia, incrementarían el ritmo. Su hermana había conseguido que le apeteciera probar, y teniendo en cuenta que como asistente médico solía recomendarles a sus pacientes que hicieran ejercicio, en cierto sentido se sentía obligada a predicar con el ejemplo; además, Cal se llevaría una agradable sorpresa cuando regresara y la viera en mejor forma física.

Gloria llegó varios minutos después que ella, aparcó junto a su coche, y al salir del suyo comentó:

—Oye, estás genial.

Linnette dio una vuelta para que pudiera ver bien la ropa deportiva que se había comprado, y comentó:

—Menos mal, porque todo esto me ha costado más de cien pavos.

—No te hace falta ropa de diseño para correr, Linnette. Habrían bastado unos vaqueros viejos y una camiseta.
—Ni hablar. Si voy a sudar, quiero hacerlo con el mejor aspecto posible.

Su hermana suspiró con resignación y la condujo hacia la pista, que estaba abierta al público después de las clases. Había varias personas corriendo, y algunas caminando.

—Chad te envía saludos —al ver que Gloria aparentaba indiferencia, le dijo en tono de broma—: Eso sí que es una cara de póquer.

—¿Qué?
—He mencionado a Chad, pero ni te has inmutado. ¿Cuándo piensas admitir que compartes su interés?
—¿Quieres correr, o no?
—Sí, claro.

Estaba deseando hacer ejercicio, y de paso estar un rato con su hermana. Cuando quedaba con ella casi siempre iban a comer, y así no iba a conseguir su objetivo de ponerse en forma. Cuando Gloria había sugerido que fueran a correr, había aceptado encantada.

Su hermana le enseñó varios ejercicios de estiramiento, y después de seguir a rajatabla sus instrucciones, comentó:
—Esto es genial, ya me siento mejor.
—No vamos a correr aún.

Linnette dio varios saltos para demostrarle que aún le quedaba energía de sobra, y le dijo:
—Venga, yo te sigo. No hace falta que bajes el ritmo por mí.
—Empezaremos poco a poco. No quiero matar a mi hermanita, la gran profesional de la salud.
—Es agradable tener una hermana, ¿verdad? —había sido increíble descubrir que la persona con la que había entablado una buena amistad era además su hermana.
—Sí, mucho —le dijo Gloria, sonriente.

Cuando empezaron a correr por la pista, Linnette se sorprendió al darse cuenta de que no era tan duro como esperaba; de hecho, podía respirar con bastante normalidad.

Para cuando llegaron al final de la primera vuelta, jadeaba ligeramente y había aminorado un poco la marcha.

—¿Cuántas vueltas hay que completar para hacer un kilómetro y medio?

—Cuatro.

—No lo dirás en serio, ¿verdad?

—Ya hemos hecho una —Gloria le lanzó una mirada traviesa.

A Linnette le pareció que le quedaba una eternidad. Le ardían los pulmones, y sus piernas parecían empeñadas en no cooperar. La desmoralizaba pensar que aún le quedaban tres vueltas, y además de lo dolorido que tenía el cuerpo, el sudor le caía por la cara.

—Me parece que tenías razón en lo de empezar poco a poco —comentó, a pesar de que le fastidiaba admitir que no estaba a la altura del desafío.

—Ahora vamos casi andando. Podríamos hablar para que te distraigas.

—¿De qué quieres hablar?, ¿de Chad?

Su hermana se comportó de nuevo como si ni siquiera hubiera oído el nombre, y dijo:

—¿Qué sabes de Cal?

—No mucho. Hablé con él este fin de semana, y a juzgar por la música que se oía de fondo, me pareció que estaba en un bar.

Frunció el ceño al recordarlo. No sabía gran cosa sobre los mustangs, pero no hacía falta ser una lumbrera para darse cuenta de que no debía de haber demasiados caballos salvajes en un bar. Al repasar mentalmente la conversación, se dio cuenta de que había habido varios detalles que le habían llamado la atención.

—Cal empezó a tartamudear mientras hablábamos, así que estaba tenso o nervioso por algo.

—A lo mejor es que le hace falta volver al logopeda.

—Sí, puede —aun así, dudaba que ése fuera el problema; de hecho, estaba convencida de que él estaba ocultándole algo.

Apenas hablaban, y cuando la llamaba, parecía hacerlo más por obligación que por querer hablar con ella. Recientemente, había leído en un artículo del *Cedar Cove Chronicle* que la veterinaria Vicki Newman también había ido a ayudar a los mustangs. Cuando Cal se la había presentado en el rancho y los había visto hablando, había sentido una sensación extraña. Se había sentido amenazada, aunque no sabía por qué. Vicki era tan... tan normalita. No quería criticarla, pero lo cierto era que carecía de atractivo. Tenía unas facciones marcadas, el pelo lacio, y una complexión casi masculina. Lo único positivo que podía decir de ella era que le había parecido bastante agradable.

A pesar de todo, le preocupaba que Cal no le hubiera dicho que Vicki también estaba en Wyoming. Cuando la había llamado, le había comentado lo molesta que se sentía por ese asunto, pero en vez de contestar, él había cambiado de tema.

Nunca discutían, porque él prefería evitar un desacuerdo antes que hablar de ello racionalmente. El hecho de que le costara controlar el tartamudeo cuando estaba alterado contribuía a que no quisiera discutir los problemas.

—¿Cómo te va con Chad? —le preguntó a Gloria, para intentar dejar de pensar en su propia relación—. Si me hablas de él, yo te hablo de Cal.

—No hay nada que decir.

—¿Por qué no sales con él?

—¿Tengo que hacerlo?

—No, supongo que no —admitió a regañadientes, a pesar de que se había dado cuenta de que cuando los dos estaban juntos no tenían ojos para nadie más. Como le preocupaba que su hermana estuviera reprimiendo sus sentimientos por creer equivocadamente que a ella le gustaba Chad, añadió—: La verdad es que a mí Chad no me interesa lo más mínimo.

—Entonces, ¿por qué estamos hablando de él?

—Porque sé lo que siente por ti, Gloria —al ver que su hermana aceleraba la marcha, se esforzó por alcanzarla y le dijo—: ¿Podrías ir un poco más lenta?

—Si quieres seguir hablando de Chad, no.

—¿Me he perdido algo? —le preguntó con perplejidad.

—No —la respuesta fue demasiado apresurada.

Linnette estaba un poco jadeante mientras intentaba seguir su ritmo, ya que su hermana parecía decidida a romper algún récord mundial de velocidad.

—Quizá sería mejor que no habláramos.

—Quizá —Gloria aminoró la marcha de inmediato.

—Se suponía que íbamos a tomárnoslo con calma —habían completado dos vueltas, así que les faltaban dos más, pero sabía que sería un milagro que aguantara tanto.

—Sí, pero no a paso de tortuga —le espetó su hermana.

—Tú tienes mucha más práctica que yo, Gloria.

—Has dicho que no íbamos a hablar, ¿no?

—Tengo que hacerlo —no tenía más remedio, porque si se quedaba callada, no podía dejar de pensar en lo cansada que estaba. Estaba a punto de darle un tirón en la pantorrilla, le ardía la cara, y empezaba a tener náuseas—. ¿Vienes a correr muy a menudo?

—Cada día hago entre cinco y ocho kilómetros.

—Lo dices para que me sienta peor, ¿verdad? —le dijo con voz lastimera.

Su hermana se echó a reír, se alejó corriendo un buen trecho antes de regresar, y empezó a correr de espaldas, de cara a ella.

—¿Estamos teniendo nuestra primera discusión de hermanas?

Linnette también se habría echado a reír si le hubieran quedado fuerzas, pero se limitó a decir:

—Sí, me parece que sí —como era obvio que su hermana estaba conteniéndose por ella, le indicó con un gesto que siguiera corriendo—. Déjame, acabaré andando las dos vueltas que me quedan.

—¿Estás segura?

—Anda, vete antes de que necesite reanimación cardiopulmonar.

Su hermana sonrió de oreja a oreja, y se marchó a una velocidad que a ella le habría provocado un infarto. Continuó andando, y se quedó asombrada al ver que Gloria iba adelantándola una y otra vez mientras iba dando vueltas a la pista.

Se sentía mucho mejor al ir a una velocidad más pausada, pero como ya no podía distraerse hablando con su hermana, empezó a sumirse en sus pensamientos, y acabó centrándose en un tema que le resultaba bastante incómodo: Cal.

A pesar de que se había ido a Wyoming por una causa muy noble, había parecido demasiado deseoso de marcharse de Cedar Cove... y de alejarse de ella. Cuando su hermano Mack le había aconsejado que no le agobiara, no le había hecho demasiado caso, pero empezaba a pensar que tendría que haberle prestado más atención.

Al acabar la última vuelta, se sorprendió al ver a Chad en el exterior de la valla, observándolas. Lo saludó con la mano al ver que miraba en su dirección y él le devolvió el gesto, pero su mirada se centró de nuevo en Gloria. El intenso anhelo que vio en sus ojos en ese momento la sorprendió, y no supo qué pensar. ¿Acaso estaban saliendo juntos? No tenía sentido, trabajaba con él a diario y seguro que se lo habría comentado.

Su hermana era muy reservada, así que decidió no entrometerse en sus asuntos. Ni siquiera era capaz de lidiar con su propia relación, así que no se sentía cualificada para valorar los problemas que pudiera haber entre Gloria y Chad.

Cal salió a tomar el aire después de cenar, y vaciló al ver a Vicki junto al corral. Estaban en el rancho de Lonny Ellison, que los había invitado a que se quedaran allí mientras estaban en Wyoming. Llevaba unas dos semanas trabajando de doce a quince horas diarias junto a ella, y lo que había empezado a sentir por ella le había tomado desprevenido.

Cuando Cliff le había contratado, Vicki ya colaboraba en el rancho. Siempre habían tenido una relación cordial, pero nada más. No estaba seguro de cuándo había sucedido, pero aquella mujer se había convertido en alguien muy importante para él. Quizá todo había empezado la semana de su partida, cuando se habían visto varias veces para planear el viaje...

Ella apoyó los brazos en el travesaño superior de la valla, y mantuvo la mirada fija hacia delante mientras varios mustangs corrían por el interior del cercado. Como estaban acostumbrados a estar en libertad, no dejaban de resoplar y de piafar para demostrar su enfado.

—No tendría que haber venido a Wyoming —le dijo ella, sin mirarlo.

—No digas eso, estás ayudando mucho.

Empezó a recordarle todo lo que había hecho por los mustangs, pero ella le interrumpió al decir:

—No tendría que haber venido por otras razones. Lo siento, Cal —seguía sin mirarlo.

Él tragó con fuerza. No quería que ella se arrepintiera de haber ido, se negaba a creer que su presencia allí fuera un error. Hasta ese momento se había asegurado de no tocarla, pero no pudo seguir conteniéndose. Posó una mano sobre su hombro, y vio que ella cerraba los ojos como si también estuviera luchando contra aquella poderosa atracción física.

—No sabía que iba a pasar esto, Vicki —le dijo en voz baja.

—Será mejor que vaya a acostarme.

—No, aún no —se le acercó aún más, y le acarició el pelo con la otra mano.

—¿Es que no lo entiendes? —le preguntó, mientras se zafaba de él.

—¿El qué? —deseaba abrazarla, pero dejó que se apartara.

Ella le sostuvo la mirada, y los ojos se le inundaron de lágrimas.

—No tienes ni idea, ¿verdad?

—¿De qué? —le preguntó, desconcertado.

—¿Cómo has podido ser tan ciego? ¡Llevo dos años enamorada de ti!

No habría podido dejarlo más impactado ni marcándole con un hierro al rojo vivo. La miró boquiabierto, pero fue incapaz de hablar durante un largo momento.

—Nunca me dijiste nada —alcanzó a decir al fin.

—¡No podía! —se pasó la mano por la cara para secarse las lágrimas, y añadió—: No sabía cómo hacerlo, y entonces empezaste a salir con Linnette. Ella es muy guapa, y yo... yo no. ¿Por qué crees que al principio no quería venir a Wyoming?

A Cal no le gustaba parecer duro de entendederas, pero empezaba a pensar que lo era.

—Cre... creía que tenía a... algo que ver con tu consulta.

—Te di esa excusa porque tenía miedo de no poder ocultar mis sentimientos, y mira lo que ha pasado.

—Lo que ha pasado es que yo también me he enamorado de ti.

No sabía cómo iba a tomárselo, pero no esperaba que le diera un puñetazo en el pecho.

—¡No te atrevas a decirme eso, Cal Washburn! ¡No te atrevas! —le dijo, mientras iba enfatizando cada palabra con un sólido puñetazo.

—¡Ay! —Cal retrocedió un paso, y se frotó el pecho mientras la miraba desconcertado—. ¿A qué viene esto?

—Y no te atrevas a volver a tocarme.

—Pensaba... esperaba que co... compartieras mis sentimientos.

—Claro que los comparto, pero Linnette está esperándote en Cedar Cove. ¿Qué pasa con ella?, también te ama.

Cal empalideció de golpe. Vicki tenía razón, no podía declararle sus sentimientos ni besarla hasta que hubiera resuelto la situación con Linnette. El problema radicaba en que no tenía ni idea de cómo hacerlo.

CAPÍTULO 27

Cecilia se levantó temprano el Día de los Caídos, incluso antes de que Aaron la despertara exigiendo el desayuno. Como no quería despertar a Ian, se levantó con sigilo de la cama y se puso la bata antes de salir de puntillas del dormitorio. Fue a la cocina para preparar una cafetera y vio en el reloj del microondas que aún no eran ni las cinco, pero estaba completamente despejada.

Después de comprobar que el niño estaba profundamente dormido, saboreó aquel momento de soledad y silencio. Se sirvió una taza de café y fue a la sala de estar, donde se sentó en su silla preferida. Se dio cuenta de que se sentía feliz, de que se sentía satisfecha con su vida. Como tenía a Aaron, aquel día en concreto era un poco menos triste. Llevaba unos años yendo al cementerio en aquella festividad, y la asociaba a la pérdida más devastadora que había sufrido... la muerte de su hija Allison.

Durante todo aquel tiempo, su corazón había llorado por la niña a la que sólo había podido tener brevemente en sus brazos. Aunque Aaron jamás podría reemplazar a Allison, lo adoraba tanto como a ella, y su dolor había dejado de ser tan descarnado y abrumador.

En el Día de los Caídos del año anterior, cuando aún estaba embarazada de Aaron e Ian estaba en alta mar, había ido al cementerio para llevar flores a la tumba de Allison. La pérdida de su pequeña seguía afectándola... y a Ian también, aunque él no estaba tan dispuesto como ella a hablar del tema. De vez en cuando, la despertaba en medio de la noche y hablaban de la niña. El amor que su marido sentía por la hija a la que no había llegado a ver ni a abrazar era indudable.

–¿Qué haces levantada tan temprano? –le preguntó, adormilado. Estaba en la puerta del pasillo, y aún llevaba los pantalones del pijama.

–Me he despertado, y he decidido levantarme al ver que hacía tan buena mañana.

Quería trabajar un rato en el jardín cuando volvieran del cementerio. Ya había empezado a arreglarlo, y esperaba conseguir que los rosales y las plantas perennes de Grace recuperaran todo su esplendor. Quería demostrarles a los Harding lo bien que estaban cuidando la casa.

–Aún son las cinco.

–Ya lo sé. Anda, vuelve a la cama –tenía planes para él más tarde, y no quería que le dijera que estaba demasiado cansado.

–¿Estás bien? –le preguntó con preocupación.

–Sí –al ver que no parecía demasiado convencido, esbozó una sonrisa y añadió–: Estoy más feliz que nunca, Ian. Os quiero con locura a los niños y a ti, Aaron está fuerte y sano, y vivimos en una casa preciosa. Mi vida nunca había sido tan plena.

–¿Niños?

–Sí, niños –Allison siempre estaría viva en su corazón, siempre sería su hija.

–Hoy vamos a ir al cementerio, ¿verdad?

–He ido cada año, no puedo ni imaginarme dejar de hacerlo –ya había comprado un pequeño ramo de flores.

–Yo tampoco –le dijo él con tristeza. Soltó un bostezo y dio media vuelta, pero pareció dudar y entró de nuevo en la sala de estar.

Cuando vio que él se sentaba en una otomana cercana con la cabeza gacha, ella se inclinó hacia delante, posó las manos sobre su espalda desnuda y le dio un beso en el hombro, pero al ver que él no decía nada durante un largo momento, supo que algo le preocupaba.

—¿Qué es lo que pasa? —al ver que él seguía con la mirada fija en el suelo, insistió—: ¿Ian?

—Me han trasladado.

Las palabras parecieron quedar suspendidas en el aire, y ella tragó con dificultad mientras intentaba asimilar lo que acababa de decirle su marido. Llevaba casi seis años destinado en la misma base, dos más de los cuatro usuales. Aquellos dos años añadidos podían atribuirse al hecho de que le habían transferido de un submarino a un portaaviones.

Tras la muerte de Allison, la Armada le había reasignado. Ian estaba bajo el casquete polar cuando ella había dado a luz, y hasta que había vuelto no se había enterado de que su hija había nacido, había muerto, y ya estaba enterrada. Aquello le había causado un fuerte trauma emocional.

—¿Tenemos que mudarnos? —le preguntó, mientras contenía las ganas de protestar.

El día que habían ido a ver la casa, Ian había dicho que no podían comprometerse a quedarse un año entero, porque había oído rumores de un posible traslado. Ella era consciente de que era una posibilidad, pero se había convencido a sí misma de que no ocurriría.

Él le había dicho cuando se habían casado que era posible que tuvieran que mudarse con frecuencia debido a su trabajo en la Armada, pero Cedar Cove se había convertido en su hogar. Allí se habían conocido, se habían enamorado, y...

Sintió que se le caía el alma a los pies. Su hija estaba enterrada allí, y si se mudaban, iban a tener que alejarse de ella.

—No sabía cómo decírtelo, así que lo he ido postergando, pero tenía miedo de que alguien te lo comentara. No quería que te enterases por boca de otra persona. La nueva base del *George Washington* es San Diego.

—¿Tenemos que marcharnos de aquí sin más? —le preguntó con voz queda.

—Sí. Lo siento, no puedo hacer nada —le dijo con impotencia.

—¿Y qué me dices de Allison?, ¿quién visitará su tumba? ¿Quién se asegurará de que esté bien cuidada si no estamos aquí? —los miedos y las negativas se le agolparon en la mente, pero se apresuró a tragarse un grito de dolor. Sabía que aquello también era muy duro para su marido, y las lágrimas no iban a cambiar nada.

—No sé qué decirte, sólo sé que la Armada va a enviarnos a otra base. Sabía que esto pasaría tarde o temprano cuando firmé la hoja de alistamiento... y tú también lo sabías, Cecilia.

Aquello era cierto. Hacía dos semanas que su mejor amiga, Cathy Lackey, le había dicho que su marido había recibido una carta avisándole que iban a trasladarle a Escocia. Las dos se habían pasado un buen rato llorando, pero se habían comprometido a seguir en contacto a través de cartas y de correos electrónicos. La amistad con Cathy era muy valiosa para ella, y no quería perderla.

—¿Y qué pasa con la casa? —hacía poco que se habían mudado, las cajas aún estaban en el garaje. A los dos les encantaba aquella casa—. Había pensado que algún día podía llegar a ser nuestra de verdad.

—Ya lo sé —parecía tan apesadumbrado como ella—. Tenemos un acuerdo mensual, y ya he hablado con la señora Harding. A ella también le dio pena, pero lo entendió.

Cecilia no sabía qué decir. Iba a alejarse de sus amigos, de la hija a la que había enterrado, del trabajo que tanto le gustaba, y de la adolescente con la que había entablado una buena amistad. En Cedar Cove lo tenía todo, su vida entera.

—San Diego te gustará, Cecilia. Ya lo verás —añadió, para intentar animarla.

—Seguro que sí —le contestó, sin demasiado entusiasmo.

—He estado pensando, y sé cuánto te gusta vivir aquí —comentó él, sin inflexión alguna en la voz. Vaciló por un instante antes de añadir con renuencia—: Puedes quedarte si quieres, y yo estaré yendo y viniendo. Me paso seis meses en alta mar, y podemos idear algo si no quieres mudarte y dejar a Allison.

—Oh, Ian... —sabía que aquello sería desastroso para su matrimonio. Necesitaba estar junto a su marido, al margen de dónde le asignaran. Eran una familia.

—¿Es lo que quieres? —le preguntó, mientras la miraba con expresión penetrante.

—Me duele tener que marcharme de Cedar Cove —le dijo con voz suave, mientras le acariciaba la espalda—, pero sería incapaz de vivir lejos de ti —soltó una pequeña carcajada, y añadió—: Al menos, durante más tiempo del que ya exige la Armada.

Él la rodeó con los brazos, y se aferraron el uno al otro. Las palabras eran innecesarias. Su marido quería que tanto Aaron como ella estuvieran junto a él, pero había estado dispuesto a ceder un poco para darle lo que creía que la haría feliz.

—Te amo con toda mi alma, Cecilia. No sabes el miedo que tenía de contarte lo del traslado.

Ella se dio cuenta de que no se lo había puesto fácil. Se había pasado los días llena de felicidad por estar en aquella casa, y trabajando duro para que resultara cómoda y acogedora.

—Podemos empezar a empaquetar esta misma tarde, Ian —le dijo, con los ojos llenos de lágrimas.

—Antes iremos a visitar a Allison.

Sí, y mientras estuviera allí, ella se despediría de su niñita.

CAPÍTULO 28

Justine le echó un vistazo al reloj, y vio que ya era casi mediodía. Además de asistir a una reunión de empleados, había tenido que atender a un flujo constante de clientes, así que la mañana se le había pasado volando. Agarró su bolso, y se apresuró a ir hacia la puerta del banco. Iba con diez minutos de retraso, había quedado con Seth y con el tasador de la compañía de seguros en el Lighthouse... o más bien, en el lugar donde había estado el Lighthouse. El solar ya estaba limpio, y había llegado la hora de tomar decisiones.

Al salir estuvo a punto de chocar con Warren Saget, que estaba entrando en el banco.

—¡Justine! —exclamó él, mientras la agarraba de los hombros—. Por poco te tiro.

—Perdona, Warren —le dijo, casi sin aliento—. Tengo bastante prisa, he quedado con Seth y con el tasador de la compañía de seguros.

—Vaya. Esperaba convencerte de que vinieras a comer conmigo.

—No puedo. Tengo que darme prisa, voy con retraso.

—¿Va a durar mucho la reunión?, puedo esperar si quieres.

Justine no quería herir sus sentimientos, pero Seth le había pedido que no volviera a verle. Su madre también se había mostrado bastante crítica cuando habían hablado de aquella vez puntual en que había salido a comer con él. Seth conocía toda la verdad sobre su anterior relación con Warren, pero su madre no tenía ni idea. Warren era impotente, así que no habían sido más que amigos que se proporcionaban varios beneficios mutuos, como compañía en eventos sociales o de negocios.

—Voy al D.D.'s —le dijo él, al ver que empezaba a apartarse—. Hacen un pastel de cangrejo exquisito... era tu entrante preferido, ¿verdad?

—Vete tú —le dijo a toda prisa, antes de darse cuenta de que aquello no era una negativa tajante.

—Ven si puedes.

Ella se limitó a asentir. Como era tan tarde, decidió ir en coche en vez de andando, así que fue a toda prisa al aparcamiento. Seth estaba tan ocupado últimamente con su trabajo de vendedor de barcos, que no habían tenido tiempo de hablar de lo que iban a hacer respecto al restaurante. Ella aún no estaba segura de querer reconstruirlo, porque un negocio así era muy absorbente y quitaba mucho tiempo.

A pesar de que el incendio había sido una tragedia, lo cierto era que le encantaba la libertad que había tenido durante los últimos meses. A Seth le iban muy bien las ventas, y cada comisión que cobraba era más de lo que habían recaudado en el restaurante en un mes. Esperaba que su marido se diera cuenta de que reconstruir el Lighthouse sería una carga muy pesada, pero al mismo tiempo entendía que para él renunciar al restaurante sería como desperdiciar el esfuerzo que habían hecho durante los últimos cinco años; además, se le había ocurrido una idea durante una reciente visita a su madre, y ya se la había comentado a Seth. Él la había escuchado, pero no estaba convencida de que hubiera captado del todo lo que tenía pensado.

Después de aparcar, se apresuró a ir hacia Seth y Robert Beckman, el tasador de la agencia de seguros, que ya estaban en el solar. Desde allí había unas vistas espectaculares de la ensenada, era una de las razones por las que aquel terreno era tan valioso.

Los dos hombres estaban en plena conversación, y sólo se interrumpieron por un momento para saludarla con una sonrisa. Sin dejar de hablar, su marido le pasó el brazo por la cintura y la atrajo contra sí.

—Robert estaba diciéndome que ha estado repasando los planos del arquitecto, cariño. Como hay que empezar desde cero, podemos hacer algunos cambios necesarios y actualizar la antigua distribución.

Justine apenas consiguió ocultar su sorpresa. Nadie le había mencionado unos planos.

—A mí también se me han ocurrido unas cuantas ideas —comentó.

Él ni siquiera pareció oírla, y siguió diciendo:

—El fuego nos ha dado una gran oportunidad. Es irónico, ¿verdad?

Cuando habían comprado el viejo Galeón del Capitán, habían hecho algunas remodelaciones y le habían cambiado el nombre, pero a pesar del dinero que habían invertido en el negocio, habían tenido que conformarse con la distribución original y la cocina. Al construir desde cero, iban a poder cambiarlo todo.

—¿Qué pasa con mi idea?, ¿te acuerdas del salón de té del que te hablé?

Seth la miró ceñudo, y siguió hablando de sus planes.

—Robert me ha dicho que podemos añadir un salón para banquetes, que es algo que yo ya había hablado con el arquitecto. Podemos hacer todo lo que habíamos soñado... tú podrías convertir el salón de banquetes en uno de té, si es lo que quieres —cuanto más hablaba, más animado estaba.

—No me refiero a un restaurante como el que teníamos, sino a un salón de té para las mujeres de la zona. No tiene nada que ver con añadir un salón de banquetes.

—¿Para mujeres? Eso no funcionaría, Justine. Vamos a

construir un Lighthouse completamente nuevo, ¿no lo ves? —la miró sonriente, y añadió—: Tendremos el salón de banquetes con el que siempre habíamos soñado.

Seth se había lamentado una y otra vez del hecho de que el Lighthouse no tuviera una zona lo bastante grande para dar cabida a grandes banquetes. Había aprovechado al máximo el espacio disponible, pero el restaurante carecía de las instalaciones necesarias para albergar banquetes de boda, y habían tenido que cerrarlo al resto del público cuando habían celebrado grandes ocasiones como la subasta de la protectora de animales o la boda de su abuela con Ben.

—Sabes cuánto necesitamos un salón de banquetes —parecía perplejo al ver que no estaba tan entusiasmada como él.

Fue incapaz de contestar. El hecho de que estuviera hablando con Robert de reconstruir el Lighthouse... además, era obvio que aquélla no era la primera conversación que mantenían sobre el tema... evidenciaba que no había hecho ni caso de lo que ella había estado diciéndole durante los últimos dos meses y medio.

—¿Te pasa algo, Justine?

Ella apartó la mirada con determinación, y dijo con voz tensa:

—Está claro que no me necesitáis, lo tenéis todo bajo control. Me han invitado a comer, así que si me disculpáis, me voy ya —se marchó antes de que su marido pudiera protestar.

Si no hubiera estado tan furiosa, se habría echado a llorar, pero luchó por mantener la compostura. Oyó que alguien se le acercaba por la espalda cuando estaba a punto de llegar al coche, y al girarse vio que se trataba de Seth.

—¿Qué te pasa? —le preguntó él.

—Ni siquiera me escuchas, creo que mi idea podría funcionar —fue incapaz de ocultar lo dolida que se sentía.

—No pienso tirar a la basura los últimos cinco años para que puedas construir un salón de té para un puñado de mujeres aburridas. Si vamos a reconstruir, tiene que ser algo en lo que yo también pueda involucrarme. Quiero construir el Lighthouse tal y como debió ser siempre.

—De acuerdo, hazlo —lo dijo con voz calmada, pero por dentro estaba furiosa.

—¿Crees que un salón de té supondría alguna mejora?

—Pues la verdad es que sí. ¿Es que no lo entiendes? En estos últimos meses me he sentido más viva que en años. Leif está entusiasmado, le encanta estar con sus padres durante más de una hora al día.

—Estás exagerando, Justine.

—¿Ah, sí?

Él sacudió la cabeza, como si fuera incapaz de entenderla, y le dijo:

—Es una oportunidad de oro para nosotros, no es el momento de plantearse hacer otra cosa. Podemos empezar desde cero...

—Pues hazlo, haz lo que te dé la gana —le espetó, mientras lo fulminaba con la mirada—. Si el Lighthouse te importa tanto, vuelve a construirlo —dio la vuelta como una exhalación, y abrió la puerta del coche.

Seth permaneció perplejo mientras ella se metía en el coche y se alejaba. Miró por el retrovisor, y lo vio inmóvil y siguiéndola con la mirada. Le temblaban las manos, y se mordió el labio con fuerza. Se sentía herida, estaba furiosa, y quería despacharse a gusto con su marido.

No le gustaba que se viera con Warren, ¿verdad? Pues peor para él. En ese momento, Warren parecía ser un amigo mejor que su propio marido.

Al entrar al vestíbulo del D.D.'s, miró hacia el comedor y le vio en una mesa junto a la ventana, de cara a la puerta del restaurante. Él sonrió de inmediato al verla, se levantó, y se apresuró a ir a recibirla.

—Hola, Justine. Esperaba que vinieras —la besó en la mejilla, y la condujo a la mesa.

Todo el mundo los miraba, aquél no era un restaurante pequeño y apartado como en el que habían quedado para comer la vez anterior. La ciudad entera iba a empezar a cotillear sobre Warren y ella, pero le daba igual.

En cuanto llegaron a la mesa, Warren apartó la silla con un ademán elegante y la ayudó a sentarse. Cuando le hizo un gesto a la camarera para indicarle que se acercara y le pidió un menú, Justine se sorprendió al ver que se trataba de Diana, que había trabajado de camarera en el Lighthouse. Intercambió con ella unas palabras de saludo, y rezó para que no le dijera que la había visto allí a nadie que conociera a su madre. Podía parecer una locura, pero le preocupaba más que se enterara su madre que Seth. Su marido le había dejado muy claro que lo que ella sintiera le daba igual, así que también debería resultarle indiferente que ella decidiera salir a comer con un amigo.

—¿Te apetece una copa de vino? —le preguntó Warren, mientras ella leía el menú.

—Tal y como me siento, puedes pedir una botella entera.

Él se echó a reír, y contestó:

—De acuerdo —no reparó en gastos, y pidió una botella de chardonnay de sesenta dólares.

A pesar de que no tenía apetito, Justine pidió pastel de cangrejo y una pequeña ensalada.

—Bueno, dime lo que ha pasado —le dijo él.

Esperó a que la camarera le llenara la copa de vino antes de decir:

—Estoy muy enfadada, Warren.

—Sí, ya me he dado cuenta —comentó él, con voz solícita.

—Es por Seth, quiere reconstruir el restaurante. Yo le había comentado una idea que se me había ocurrido, pero no me ha hecho ni caso.

—¿No quieres reconstruir el restaurante?

—No tal y como estaba antes.

Si lo que su madre le había dicho era cierto y Warren estaba intentando congraciarse con ella para lograr el contrato de construcción, seguro que se pondría de parte de Seth en aquel asunto.

—Por primera vez desde que abrimos el Lighthouse, Seth y yo podemos pasar tiempo juntos como una pareja normal, y Leif está encantado. El Lighthouse nos estaba asfixiando, y después de pasar los últimos meses sin ese agobio, no quiero volver a ese tipo de vida.

—Pero el restaurante era vuestro medio de vida, es normal que Seth no quiera renunciar a su única fuente de ingresos.

Al ver que apoyaba a su marido, empezó a pensar que quizás era verdad que buscaba algo, tal y como le había dicho su madre.

—Seth está trabajando para Larry Boone, y lo que gana vendiendo barcos es mucho más de lo que conseguíamos con el restaurante.

—Ya veo. ¿Le has dicho cómo te sientes?

—Se lo he dejado muy claro.

Se preguntó si a su marido se le habían olvidado tanto las horas interminables de trabajo como la lucha constante por pagar los gastos y además ganar lo suficiente para salir adelante, pero lo que más le dolía era la naturalidad con la que había descartado lo que ella pudiera pensar. Estaba centrado en añadir un salón de banquetes al restaurante, parecía dispuesto a acarrear con más deudas.

—Me gustaría que las cosas fueran diferentes —le dijo Warren con voz suave.

Justine se dijo que quizá se había equivocado al pensar que él tenía algún objetivo ulterior, porque parecía realmente comprensivo. Se sintió mejor al poder contar con alguien que entendiera su frustración.

Desde que había empezado a trabajar de vendedor de barcos, Seth parecía satisfecho y tranquilo, y había conseguido un montón de ventas. Ella se había sentido esperanzada y había creído que sus vidas recuperarían por fin algo de normalidad, pero de repente su marido estaba obsesionado otra vez con el restaurante.

—¿Qué voy a hacer?

—Habla con él, Justine.

—Ya lo he hecho, y no me escucha —se apresuró a parpadear al sentir que los ojos se le llenaban de lágrimas.

—En ese caso, haz algo que le impacte de verdad —Warren soltó una suave carcajada antes de decir—: Podrías venirte a vivir conmigo, seguro que eso le haría reaccionar.

Justine se atragantó con el vino, y se echó a toser.

—Estás bromeando, ¿verdad?

Él sonrió, y le agarró la mano antes de decir:

—Ojalá. No sabes cuánto te he echado de menos, Justine. Nada es lo mismo sin ti. Teníamos una buena relación, fui un tonto al dejarte escapar.

Se sintió un poco incómoda al ver que se ponía tan serio. No supo cómo contestar, así que apartó la mirada.

—Está claro que acabo de meter la pata —le soltó la mano, y le dijo con voz suave—: Olvida lo que he dicho.

Ella sonrió para dejarle ver que le perdonaba; por fortuna, no tuvo que hacer ningún comentario, porque Diana llegó en ese momento con las ensaladas, pero tuvo que fingir que no se daba cuenta de que la camarera la miraba con desaprobación.

A pesar de que Warren la animó a que bebiera todo lo que quisiera, sólo se tomó una copa de vino. Él se mostró atento y ameno durante el resto de la comida, y se esforzó por distraerla de sus problemas.

Después de darle las gracias por la comida, Justine fue a buscar a Leif antes de lo acordado. Había pensado que necesitaría tiempo para contarle a Seth sus ideas durante la comida, pero al final nada había salido como había previsto.

Leif estaba cansado y gruñón, y se quedó dormido en el coche durante el corto trayecto hasta la casa. Cuando llegó al número seis de Rainier Drive, vio que el coche de Seth estaba aparcado fuera. Se alegró de que estuviera en casa, porque así iba a poder hablar con él.

Sacó al niño del asiento posterior y lo llevó a la casa, pero se detuvo en seco cuando Seth abrió la puerta de golpe.

—¿Se puede saber dónde estabas?

Como él la había ignorado antes, ella hizo lo mismo en ese momento. Sin decir ni una palabra, fue al dormitorio de Leif con Penny pisándole los talones. Después de acostar al niño, salió con sigilo y cerró la puerta tras de sí. Seth estaba esperándola en el pasillo, así que le dijo con paciencia:

—Te dije que me habían invitado a comer.

—¿Quién?, ¿Warren Saget? —la miró con expresión acusadora.

—¿Qué pasa si ha sido él? —fue a la cocina, y le echó un vistazo al correo que había sobre la encimera.

—Me prometiste que no volverías a verle.

—Warren es un amigo mío, nada más —le dijo, mientras ponía las facturas a un lado y la publicidad a otro.

Él empezó a pasearse por la cocina con paso airado. Se detuvo de repente y pareció a punto de decir algo, pero cambió de idea. El enfado que brillaba en sus ojos se esfumó, y dio paso a la decepción y la tristeza.

—En otras palabras, crees que Warren Saget es mejor amigo que yo.

Como aquello era lo que ella había pensado antes, se encogió de hombros y le contestó:

—Warren me escucha —lo miró a los ojos, y añadió—: Y está claro que tú no.

CAPÍTULO 29

Relajarse en una tumbona bajo el sol de junio parecía la forma perfecta de pasar una tarde de sábado. El patio se había convertido en el lugar preferido de Maryellen, y saboreaba cada momento que pasaba al aire libre por muy breve que fuera.

Jon había ido a hacer fotos al bosque Olympic, que era uno de sus escenarios naturales preferidos; además, las fotos que tomaba allí solían estar entre las más solicitadas. Ella temía que su trabajo en el estudio acabara con su amor por la fotografía, hacía semanas que no aprovechaba el fin de semana para salir a hacer fotos. El hecho de que sus padres estuvieran allí para encargarse de todo posibilitaba que pudiera pasar aquellas horas fuera de casa, aunque él jamás lo admitiría.

En ese momento, ella estaba sentada con su labor sobre el regazo... la manta que estaba tejiendo para el bebé avanzaba más lentamente de lo que esperaba... viendo cómo Katie perseguía mariposas con su abuelo, que la tenía bien vigilada. Ellen estaba en la cocina, preparando una jarra de limonada casera, pero en ese momento salió y le dio un vaso.

—Aquí tienes —había pensado en todo, incluso había añadido hielo y una ramita de menta.

Maryellen agradecía aquellos detalles, los pequeños toques que su suegra aportaba a todo lo que hacía.

—Gracias —le dijo, antes de dejar la costura a un lado.

Ellen se sentó junto a ella, y contempló sonriente a su esposo y a Katie antes de comentar:

—No sabes lo felices que nos sentimos Joe y yo de poder estar con la niña, nos ha dado vida. Siempre habíamos oído hablar de lo maravilloso que era tener nietos, pero no podíamos llegar a imaginarnos que fuera algo así.

—Katie os adora.

—Y nosotros a ella. Desde el momento en que recibimos las fotos que nos enviaste... es difícil de explicar, nuestro mundo cambió de la noche a la mañana. Teníamos una nieta, y ahora ya hay otro bebé en camino. No me alcanzan las palabras para decirte cuánto ha cambiado nuestra vida gracias a Katie.

Maryellen no supo qué decir. No hablaban nunca de Jon, porque sus suegros sabían que él no quería tener ningún contacto con ellos y habían respetado sus deseos; que ella supiera, su marido ni siquiera les había dirigido la palabra.

—¡Mira, Joe! Quiere jugar al escondite.

Katie se había escondido detrás de un rododendro, y estaba asomándose para ver si la descubrían.

Sus suegros se entusiasmaban con todo lo que hacía y decía la pequeña. Estaban encandilados con ella, y la pequeña disfrutaba feliz de su amor, sus cuidados y sus mimos. Era imposible que Jon no se hubiera dado cuenta de la transformación que había sufrido su hija, había dejado de ser la niñita quejicosa y difícil de los últimos tiempos, y volvía a ser una niña de tres años tranquila y alegre. Era como si hubiera absorbido el estrés y la incertidumbre que se había generado con aquel segundo embarazo, y hubiera empezado a reflejarlo en su comportamiento; sin embargo, su actitud había vuelto a la normalidad poco después de la llegada de los padres de Jon.

—¡Joe! ¿Dónde está Katie?, ¡no la veo! —dijo Ellen, siguiéndole el juego a la pequeña.

Joseph fingió que no la encontraba, y la niña soltó una risita.

Al notar que el bebé le daba una patada, Maryellen se frotó el vientre. Ya faltaba poco. Estaba deseando que llegara el momento, pero el doctor DeGroot le había dicho que tenía que tener paciencia y hacer todo lo posible por retrasar al máximo el parto. Cada día añadido era beneficioso para el bebé.

Cuando le habían dicho que tenía que hacer reposo absoluto, le había parecido una imposibilidad. Ya había sufrido un aborto, y a pesar de que nadie se lo había dicho abiertamente, estaba convencida de que aquélla iba a ser su última oportunidad de tener otro hijo. Se preguntó si su marido no se daba cuenta del valor que tenía lo que Joseph y Ellen estaban haciendo por ellos. Gracias a ellos estaba mucho más tranquila, adoraban y cuidaban a Katie, y su ayuda permitía que él tuviera tiempo de trabajar. No entendía cómo era posible que su marido siguiera ignorando algo que era tan obvio.

Le habría gustado regañarle por cómo se comportaba con sus propios padres, pero sabía que no podía hacerlo. Estaba en manos de él perdonarlos, pero parecía empeñado en aferrarse a su odio.

—¿Dónde está mi Katie? —dijo Joseph, mientras seguía fingiendo que no veía a la niña.

Katie estaba encantada al creerse más lista que su abuelo. Soltaba una risita tras otra, mientras él fingía que la buscaba.

Ellen se echó a reír, y Maryellen sonrió divertida al verlos.

Cuando no pudo aguantar más, la niña salió corriendo de detrás del arbusto y se detuvo con teatralidad para que su abuelo la viera, y entonces echó a correr hacia él con los brazos abiertos. Él la alzó en brazos, y empezó a dar vueltas y más vueltas.

Estaba tan absorta viéndolos, que no se dio cuenta de que el coche de Jon enfilaba por el camino de entrada; para cuando lo vio, él ya había aparcado y estaba junto al vehículo, y contuvo el aliento al ver que tenía la mirada fija en su padre y en Katie.

Joseph seguía girando con la niña en brazos, y al ver a su hijo se detuvo en seco. La pequeña se abrazó a su cuello y le besó en la mejilla, pero al ver a su padre quiso bajar al suelo.

—¡Papá!, ¡papá! —su abuelo la dejó sobre la hierba, y echó a correr entusiasmada hacia su padre.

Jon se agachó y abrió los brazos, y la niña le abrazó entre risas mientras no dejaba de parlotear. Él miró hacia Maryellen, pero al ver a su madrastra giró la cara.

—Será mejor que nos vayamos —Ellen no pudo ocultar lo dolida que se sentía. Se puso de pie, y llevó a la cocina su vaso vacío.

Cuando Jon se puso de pie con Katie en los brazos, Joseph se les acercó. Los dos se miraron en silencio durante unos segundos llenos de tensión.

—Es una niña maravillosa —al ver que su hijo no respondía, se frotó las manos con nerviosismo y añadió—: Ya sé que no nos quieres aquí. Ellen y yo hemos intentado respetar tus deseos, porque sabemos que es la única forma de que te sientas cómodo al tenernos cerca de tu familia.

Katie empezó a moverse con nerviosismo, y Jon la bajó al suelo. Cuando la niña alzó los brazos para que Joseph la alzara, éste miró primero a su hijo, como pidiéndole permiso.

Maryellen se mordió el labio al ver que su marido hacía un pequeño gesto de asentimiento.

Joseph levantó a la niña, y comentó:

—Tu madre se habría sentido muy orgullosa al ver que le has puesto su nombre a la niña, y... quiero que sepas que me siento muy orgulloso de ti, Jon. No te imaginas cuánto —tuvo que detenerse, porque los ojos se le habían inundado de lágrimas que empezaban a bajar por sus curtidas mejillas.

Ellen salió al patio de nuevo, y se quedó inmóvil al ver a Joseph hablando con Jon. Se cubrió la boca con la mano, como si tuviera miedo de hacer algún sonido que pudiera romper el frágil momento.

—Quiero darte las gracias, Jon —era difícil entender a Joseph, porque tenía la voz estrangulada por la emoción—. Este tiempo que estamos pasando con Maryellen y Katie ha sido una bendición inesperada —dejó en el suelo a la niña, que miró confundida al uno y al otro.

Cuando Jon la miró, Maryellen le lanzó una sonrisa trémula y se puso a hacer punto de nuevo, aunque los dedos le temblaban. La escena que estaba desarrollándose ante ella le interesaba mucho más que la lana y las agujas de tejer.

—Gracias por dejar que viniéramos, hijo. En fin, te dejo para que disfrutes de tu familia.

—Joe.

No le llamó «papá», pero eso habría sido esperar demasiado. Joseph se detuvo, y esperó en silencio.

—Maryellen y yo os agradecemos lo que estáis haciendo —la voz de Jon sonaba un poco áspera. Alzó a su hija en brazos, y fue hacia la casa.

Ellen se acercó a Joseph a toda prisa, y se abrazaron abrumados por la emoción antes de marcharse.

En vez de salir a pasar un rato con ella en el patio como casi siempre, su marido fue al cuarto de revelado con la niña. Estaba claro que necesitaba pasar unos minutos a solas; era comprensible, porque acababa de dirigirle la palabra a su padre por primera vez en quince años.

Maryellen sabía que aquél era un nuevo comienzo para todos.

CAPÍTULO 30

Había llegado el día de la graduación.

Cuando Anson había desaparecido, Allison había creído que regresaría antes de esa fecha, y a pesar de que con el tiempo se había ido dando cuenta de que iba a llevarse una desilusión, no podía evitar seguir creyendo que él encontraría el modo de que pudieran estar juntos.

Habían hablado en dos ocasiones, pero él no había mencionado en ningún momento la posibilidad de regresar; además, el hecho de que hubieran encontrado la cruz de peltre hacía aún más improbable que volviera. A pesar de que él le había dicho que había visto al incendiario y que de niño no había encendido aquellos fuegos que se le atribuían, las pruebas parecían indicar que era el culpable del incendio del Lighthouse.

En ese momento estaba ataviada con su ribete y su capa junto al resto de sus compañeros de clase, y no tuvo más remedio que aceptar que su sueño de que Anson apareciera en el último momento no iba a hacerse realidad.

El día de la graduación debería ser un acontecimiento importante, una jornada triunfal, pero sentía un profundo sentimiento de pérdida y decepción. Quería que Anson estuviera allí para que pudieran graduarse juntos. Todo habría sido diferente si él hubiera seguido en el instituto, estaba convencida de que le habrían dado una beca. Habían hablado de ir a la misma universidad y de un montón de cosas más, pero todos los sueños que habían compartido habían quedado hechos cenizas junto con el Lighthouse.

Sus mejores amigas estaban en la zona de espera. Estaban charlando animadamente entre risitas nerviosas, haciendo planes y cotilleando. El Domo de Tacoma estaba lleno de familiares y amigos. El ruido del gentío era tan grande, que tenía ganas de taparse las orejas. En breve empezaría a sonar *Pompa y circunstancia*, y entraría en fila junto a sus compañeros.

–Allison.

Se giró al oír su nombre, y vio que Shaw Wilson se abría paso hacia ella. Su nombre real era Phillip, pero por alguna razón que ella desconocía, insistía en que le llamaran Shaw. Durante una época, había sido un amigo gótico de Anson; al parecer, no iba a graduarse, porque no llevaba ni el birrete ni la capa. Iba vestido de negro, como siempre. A pesar de que hacía un hermoso día de junio, llevaba un abrigo negro que llegaba hasta el suelo, y se había maquillado con sombra de ojos negra.

Recordó que Shaw había pasado bastante tiempo con Anson a principios del año escolar, pero apenas le había visto desde que éste había empezado a trabajar en el Lighthouse. Era la primera persona a la que había acudido tras la desaparición de Anson, porque estaba convencida de que él sabría dónde estaba y qué era lo que le había pasado, pero Shaw le había jurado que no sabía nada.

–Hola, Shaw –le dijo, mientras intentaba disimular lo triste que estaba. Al ver que él se le acercaba más de la cuenta, supo de inmediato lo que pasaba–. ¿Has sabido algo de él? –lo dijo en voz baja, y ni siquiera se atrevió a mencionar el nombre de Anson. Se le aceleró el corazón cuando él asintió–. ¿Está bien?

–A mí me pareció que no, pero él dice que sí.

Allison tuvo que morderse el labio por miedo a soltar una exclamación, y alcanzó a preguntarle:

—¿Te llamó?

Él asintió, y la miró ceñudo como si la considerara una traidora.

—No se atreve a contarte más cosas, porque sabe que se lo dirás al sheriff. Yo ya le había dicho que no se puede confiar en las chicas, al menos me hizo caso en eso.

—¿Necesita algo? —cuando se había confirmado que había aprobado y que iba a graduarse, había recibido dinero de amigos de la familia y de parientes a los que apenas conocía. Estaba dispuesta a enviarle hasta el último penique a Anson.

—Según él, no.

—No ha vuelto a llamarme.

Sabía que Anson creía que había perdido la fe en él, pero esperaba su llamada día y noche y no podía dejar de preguntarse dónde estaba y cómo se las arreglaba para salir adelante. No tenía familiares que pudieran echarle una mano, ni siquiera su propia madre sabía dónde estaba.

—No me preguntes nada, porque no puedo decírtelo —le dijo Shaw.

—¿Cómo puedo ayudarle? —quería apoyarle en todo. Le amaba, al margen de que fuera inocente o culpable.

—Te da igual lo que le pase.

—¡Eso no es verdad! —tuvo que contener las ganas de gritárselo. Estaba tan preocupada por Anson, que estaba a punto de echarse a llorar.

Shaw miró a su alrededor para asegurarse de que nadie podía oírle, y entonces le susurró algo ininteligible al oído.

—¿Qué has dicho? —le preguntó, desconcertada.

—SUL. Son las tres primeras letras de la matrícula de la persona a la que vio aquella noche —mantuvo la cabeza gacha, y siguió hablando en voz casi inaudible—. No pudo ver bien el coche, pero por detrás le pareció que era oscuro... tamaño medio, un sedán. En fin, que era un coche muy común.

Esperanza, fe, amor... los tres relampaguearon en su interior. Quizás era cierto que había habido alguien más en el

Lighthouse aquella noche, y que esa persona era la responsable del incendio... el atisbo de esperanza desapareció casi de inmediato bajo el peso de las dudas.

—¿Por qué no me lo dijo?

Se preguntó cómo era posible que Anson no hubiera confiado en ella, sino en Shaw; al fin y al cabo, había sido ella la que le había apoyado, la que le había defendido ante sus compañeros de clase y ante todo el que quisiera escucharla. Era ella la que le había creído.

—Porque quería mantenerte al margen de todo esto, Allison. He estado investigando un poco, pero no he averiguado nada. Anson me ha dicho que podía contártelo ahora.

—Gracias —le dio un abrazo, pero él se apartó sorprendido—. ¿Va a venir? —su rostro se iluminó, y alzó un poco la voz al decir entusiasmada—: Está aquí, ¿verdad?

—Claro que no. No es tan tonto como para hacer algo así, ni siquiera por ti. Soy Un Lince, que no se te olvide.

—¿Qué quieres decir?

—Así me acuerdo de las tres letras de la matrícula... Soy Un Lince.

La música empezó en ese momento, y todo el mundo se apresuró a ponerse en su lugar asignado. Antes de que Shaw pudiera marcharse, le agarró del brazo y le preguntó:

—¿Puedes decirme algo más?

—No.

—¿Estás ocultándome algo?

—Sí, pero Anson me hizo jurar silencio. No puedo decírtelo, así que no me hagas más preguntas. Después recibirás algo de su parte, asegúrate de que el sheriff sepa que he sido yo el que ha hecho la gestión por él. Yo. ¿Está claro? —sin más, se fue y desapareció entre el barullo de estudiantes.

Allison no supo a qué se refería, pero no tuvo tiempo de darle vueltas al tema, porque sus compañeros ya habían empezado a entrar en el pabellón. Se apresuró a ponerse el birrete, y ocupó su lugar en la fila.

La graduación transcurrió con normalidad. Cuando dijeron su nombre, Allison Rose Cox cruzó el estrado y aceptó su diploma, y entonces bajó los escalones y regresó a su silla. Presenció los discursos y la entrega de premios, pero no podía dejar de pensar en Anson. Él le había pedido a Shaw que fuera a hablar con ella para intentar convencerla de su inocencia. Necesitaba que ella tuviera fe en él, y no pensaba volver a fallarle.

Después de la ceremonia, buscó a su familia entre el gentío.

—No puedo creer que ya tengas dieciocho años, ya eres una adulta —le dijo su madre. Se secó las lágrimas con un pañuelo de papel, y la abrazó con fuerza antes de que su padre hiciera lo propio.

Eddie, que al año siguiente iba a empezar en el instituto, estaba observándolo todo con expresión de aburrimiento.

Regresaron pronto a casa, ya que sus abuelos y sus tíos estaban esperándolos allí para una gran celebración en familia. Todo el mundo parecía alegrarse mucho por ella, se hablaba de su futuro y del hecho de que en septiembre iba a ir a la universidad, pero a Allison todo le parecía irreal.

En cuanto pudo, se zafó de sus familiares y fue en busca de su padre.

—Tengo que hablar con el sheriff Davis.

Confiaba ciegamente en su padre... en su madre también, por supuesto, pero él era más accesible, al menos en algo así. Él la llevó a su despacho, y le preguntó:

—¿Anson ha vuelto a ponerse en contacto contigo?

—De forma indirecta. Se trata de algo importante, papá. Tengo información que puede ayudar a identificar al incendiario.

—De acuerdo. Llamaré al sheriff a primera hora de la mañana, quedaré con él para que vayamos a verlo juntos.

—Gracias —se sintió aliviada al ver que aceptaba su palabra sin más, sin pedirle que se lo contara todo.

Le puso las manos en los hombros, y lo besó en la mejilla. Era algo que no había hecho en mucho tiempo, y ni siquiera supo por qué había sentido el impulso de hacerlo. Quizás era porque quería mostrarle lo agradecida que estaba por lo mucho que la había apoyado.

—¿Cuándo te vas a la fiesta de graduación? —le preguntó él, seguramente para desviar la conversación hacia un tema menos emotivo.

—De aquí a un rato. Despiértame por la mañana, ¿vale?

La fiesta iba a empezar en unas horas, y era la última vez que toda la clase iba a estar junta; de allí en adelante, cada uno seguiría su propio camino.

—De acuerdo.

Su padre se marchó a atender a los invitados y ella fue a su cuarto para disfrutar de un poco de soledad, pero al cabo de unos minutos su madre la llamó desde el pasillo.

—¡Allison!

—Estoy aquí, mamá —se obligó a sonreír, y se inventó una excusa—. Quería cambiarme de zapatos.

Su madre le dio una rosa roja en un jarrón de cristal, y le dijo:

—Ten, acaban de traerte esto. Trae una tarjeta.

Supo de inmediato que se la había enviado Anson. No había podido estar con ella en el día de la graduación, pero le había mandado un regalo. Cuando agarró la rosa y la tarjeta, sus ojos debieron de revelar lo que estaba pensando, porque su madre le preguntó en voz baja:

—¿Es de Anson?

—Eso creo.

Su padre apareció en ese momento en el pasillo, y le dijo a su madre:

—Se ha acabado el ponche, Rosie.

Allison tuvo ganas de darle otro beso. Su madre dio media vuelta, y habló brevemente con él en voz baja antes de marcharse. Su padre se acercó, y le preguntó:

—¿Es un regalo de Anson?

—Eso creo.

Él vaciló por un instante, pero al final se marchó para dejar que abriera la tarjeta en privado. Dentro había una nota con un escueto mensaje: *Siempre te amaré. Anson.*

Allison cerró los ojos, se apoyó en la pared, y susurró:

—Y yo siempre te amaré a ti. Siempre, siempre, siempre.

CAPÍTULO 31

Rachel Pendergast era la única persona con la que Teri podía hablar de aquel tema, y como no quería contárselo por teléfono, fue a la casa de alquiler de su amiga. Para cuando llegó, tenía los ojos llenos de lágrimas y estaba temblando de pies a cabeza. Era un milagro que no le hubieran puesto una multa por exceso de velocidad mientras iba hacia allí.

En cuanto abrió la puerta, Rachel la agarró del brazo y la hizo entrar.

—Por el amor de Dios, ¿qué te pasa?

Teri se desplomó en el sofá, se cubrió la cara con las manos, y se echó a llorar desconsolada. Se echó hacia delante, y apoyó la frente en las rodillas. Rachel se sentó junto a ella, y le pasó el brazo por los hombros mientras murmuraba palabras de consuelo.

—¡He hecho una estupidez! —gritó entre sollozos, mientras la invadía una oleada de furia.

—Anda, cuéntamelo —le dijo su amiga con voz suave, mientras le frotaba la espalda.

—¡Soy una idiota! ¡Es increíble!, ¡increíble!

—Teri...

—Es culpa suya, Bobby tiene la culpa de todo.

—¿De qué?

Teri alargó la mano, y tal y como esperaba, su amiga soltó una exclamación ahogada al ver el impresionante anillo de diamantes que llevaba.

—Estoy enamorada y he accedido a casarme con él, pero está claro que no va a funcionar. Bobby es... Bobby —dio un fuerte pisotón, y añadió—: ¡Me ama! Al principio me pareció imposible, porque ni siquiera me conoce bien, pero dice que no importa.

—Te llama por teléfono cada día, ¿verdad?

—Tres veces al día.

Estuviera donde estuviese, Bobby siempre se las ingeniaba para contactar con ella, y lo más patético de todo era que ella vivía pendiente de sus llamadas. No eran demasiado largas, pero la hacía reír sin proponérselo; además, sus inocentes expresiones de amor la conmovían hasta el punto de hacerla llorar.

Él decía que las emociones y el romanticismo no eran lo suyo, pero era el hombre más romántico que había conocido en su vida. La amaba. Ella no entendía por qué, pero la amaba. Ningún hombre había estado tan pendiente de ella. Si mencionaba que le gustaban los pepinillos en vinagre, él le enviaba una caja entera. La colmaba de regalos, pero ella había rechazado la mitad. Bobby sólo le había pedido que se casara con él, lo había hecho una y otra vez hasta que ella había acabado accediendo en un momento de debilidad; sin embargo, un genio del ajedrez no debería casarse con alguien como ella. Bobby necesitaba una mujer que tuviera un intelecto igual de brillante, y en ese aspecto ella no le llegaba ni a la suela de los zapatos. Tenía que romper aquel compromiso absurdo.

—¿Te llama tres veces al día? —le preguntó Rachel.

—Antes de que me vaya a trabajar por la mañana, al mediodía, y antes de que me acueste.

Bobby estaba jugando al ajedrez mejor que nunca, y estaba convencido de que era gracias a ella... y no por los cortes de pelo que le había hecho.

—¿Por qué lloras?, tendrías que estar entusiasmada.

—Porque... —apenas podía hablar—. Quiere casarse conmigo, pero es imposible, y... y tengo que decírselo.

—¿Por qué es imposible? Él dice que se siente bien estando contigo, y está claro que el sentimiento es mutuo. Nunca te había visto tan feliz. Él cree que eres fantástica, y lo eres.

—No me conoce de verdad, alguien tendría que hablarle de los perdedores que ha habido en mi vida.

—Te quiere a ti, Teri. El pasado le da igual.

Se sintió molesta al ver que su amiga no parecía entenderla, y le espetó:

—Bobby cree que me ama, pero no es así. ¿Cómo es posible que yo sea la única persona sensata en todo esto? Me da igual lo que opines, Rachel, voy a decirle que no puedo casarme con él —para demostrar que hablaba muy en serio, se quitó el anillo y lo dejó sobre la mesa baja, pero tuvo miedo de perderlo y volvió a ponérselo. Aquel diamante debía de costar más de lo que ella llegaría a ganar en toda su vida trabajando como esteticista—. Voy a devolvérselo, tengo que hacerlo.

—No lo hagas, Teri.

—Lo digo en serio. Esta noche viene en avión, y voy a cortar por lo sano. Le daré el anillo, y le diré que no quiero volver a saber nada de él —había intentado convencerlo en otra ocasión, pero había sido inútil. Aquella noche se aseguraría de dejarle las cosas claras.

—No seas tonta, Teri. Estás enamorada de él.

—No soy la mujer adecuada para Bobby.

—Pues está claro que él no opina lo mismo, y yo tampoco. Sois perfectos el uno para el otro.

—¿Qué dices?, ¿te imaginas lo que pasaría si me entrevistara algún canal de televisión? Seguro que diría alguna estupidez, y Bobby se convertiría en el hazmerreír del mundo del ajedrez. No, no voy a hacerlo.

—Si renuncias a él, te arrepentirás el resto de tu vida.

Teri no había ido a casa de su amiga para oír aquello. Necesitaba mantenerse firme, tener fuerzas para cortar con Bobby.

—¡No estás ayudándome en nada, Rachel! —exclamó, antes de marcharse hecha una furia.

Durante el trayecto de vuelta a casa, se dijo que los lloriqueos y los enfados no iban a servirle de nada. El anillo relucía bajo el sol del atardecer, y tenía que controlarse para no quedarse embobada mirándolo. Si no iba con cuidado, iba a acabar saliéndose de la carretera.

Tal y como temía, la limusina estaba delante del complejo de apartamentos. Cuando aparcó en su plaza, James ya estaba junto al coche para abrirle la puerta, así que lo fulminó con la mirada y se sorbió los mocos de forma audible.

—¿Se encuentra mal, señorita Teri?

Era obvio que Bobby le había enviado para que la recogiera, así que decidió que era su oportunidad de dejar las cosas claras. Dejaría que fuera él quien le diera la noticia a Bobby.

—No voy a ir.

Él la miró con expresión de desconcierto, y le dijo:

—Bobby la está esperando.

Se daba por entendido que nadie hacía esperar a Bobby Polgar; en todo caso, negarse no iba a servir de nada, porque James volvería a por ella de nuevo pero acompañado de Bobby.

Apoyó la frente sobre el volante, al que seguía aferrada con ambas manos, y se echó a llorar.

—¿Quiere que llame a un médico? —el pobre James estaba frenético.

—No —le dijo entre sollozos.

No tuvo más remedio que claudicar. Si se negaba a ir a ver a Bobby, sólo iba a empeorar aún más las cosas. Él iría en persona, se montaría una escena en plena calle, y al cabo de un rato todos los vecinos ya estarían entrometiéndose y ofreciendo consejos. Por mucho que deseara evitar una confrontación, no le quedaba otra alternativa.

—Ya voy —dijo, derrotada.

—¿Dónde está su maleta?

—No tengo —no necesitaba una, porque no pensaba irse con Bobby. No iba a casarse con él, y punto.

Después de salir del coche a regañadientes, agarró el bolso y dejó que James la escoltara hasta la limusina. Cuando él le abrió la puerta, entró y se echó a llorar de nuevo.

Como aquel vehículo ridículo de ventanas tintadas era tan largo como la pista de una bolera, no tenía ni idea de lo que estaba haciendo James, pero supuso que estaba llamando a Bobby y no le costó imaginarse lo que estaría diciéndole.

—Tranquilízate —se dijo, mientras luchaba por recuperar la compostura.

Se secó las lágrimas, y supuso que Bobby había alquilado un avión privado al ver que se dirigían hacia el aeropuerto de Bremerton. Además de ser un campeón de ajedrez, aquel hombre tenía más dinero que el Departamento del Tesoro de los Estados Unidos. Recorría el mundo como si nada, así que para él viajar de Londres a Bremerton era lo más normal del mundo.

En cuanto entraron en el pequeño aeropuerto y vio el Learjet que había en una de las pistas, el corazón empezó a martillearle en el pecho y no pudo contener las lágrimas. Para cuando James aparcó junto al avión y le abrió la puerta, estaba sollozando de nuevo.

Bobby había estado esperándola en el interior del aparato, y ordenó que todo el mundo bajara en cuanto ella llegó. Mientras él esperaba en la puerta con las manos a la espalda, ella subió la escalerilla sollozando con tanta fuerza que se le sacudían los hombros, y en cuanto llegó arriba, se quitó el anillo y se lo dio.

Él se lo metió con cuidado en el bolsillo, apretó un botón, y la escalerilla se replegó mientras la puerta se cerraba.

—No voy a quedarme, y no pienso casarme contigo.

—Siéntate, Teri —le indicó una silla giratoria forrada de suave cuero blanco, y le dio un pañuelo de papel.

Al sonarse la nariz, tuvo la impresión de que sonaba como una trompeta. No era una de esas mujeres capaces de llorar con elegancia.

—¿Por qué no quieres casarte conmigo? —parecía desconcertado, como si pensara que había hecho algo mal.

—¿Es que no lo ves? No quiero amarte, pero no puedo evitarlo.

—Ya lo sé.

—¡Es por tu culpa!

—Puede que sí, me esforcé mucho para conseguir que te enamoraras de mí. Eres divertida, lista, y hermosa.

—¿No me ves gorda?

—Pues... la verdad es que estás un poco rellenita, pero no me importa. Me gustas tal y como eres. ¿Ahora ya podemos casarnos?

—No. Lo siento, pero no.

Él frunció el ceño, y entonces se hincó sobre una rodilla delante de ella.

—Ya te dije que no manejo demasiado bien esto de las emociones. Pienso demasiado, pero cuando estoy contigo no quiero pensar, sino sentir, y eso es algo que me gusta. No me había pasado nunca. Cuando estoy contigo, quiero hacer... cosas que no tienen nada que ver con el ajedrez.

—¿Qué clase de cosas? —lo miró con suspicacia.

La miró con una honestidad tan grande, con unos ojos que rebosaban tanto amor, que Teri no habría podido apartar la mirada por nada del mundo. Él se inclinó hacia delante, y la besó.

Le gustaban los besos de Bobby porque eran muy diferentes de los que solía recibir. Otros hombres habían mostrado un ansia ardiente, pero él la besaba con ternura y sin prisa, como si la saboreara. Ella anhelaba sus caricias, sentirlo cerca. Los besos de aquel hombre carecían de egoísmo y la hacían sentir como si nunca antes la hubieran besado, aunque irónicamente era ella y no él la que tenía experiencia sexual.

Necesitó toda su fuerza de voluntad para obligarse a apartarse.

—¿Vas a casarte conmigo? —le preguntó él, mientras sus ojos imploraban con una inocencia enternecedora.

Teri contuvo las lágrimas y negó con la cabeza. Había muchas cosas que él no sabía sobre ella, y cuando se enterara... porque seguro que acabaría enterándose tarde o temprano... cambiaría de opinión.

—No me conoces, Bobby.

En vez de discutir la besó en el cuello, y Teri pensó que iba a derretirse a sus pies. La única forma de acabar con aquello era contándole la verdad.

—He... ha habido otros hombres en mi vida.

—Sí, ya lo sé. De ahora en adelante, yo seré el único.

—¿Lo sabes? —le agarró los hombros, y le apartó un poco. Cuando él asintió, tragó y le preguntó con voz queda—: ¿Todo?

Él volvió a asentir.

La idea de que Bobby supiera la cantidad de relaciones estúpidas y dañinas que había tenido hizo que se sintiera mortificada.

—¿Cómo te has enterado?

—¿Puedo besarte ahora?

—No. Responde a la pregunta.

—¿Podré besarte si contesto?

Ella soltó un profundo suspiro, y asintió. No tenía la fuerza de valor necesaria para negárselo.

Su gesto de asentimiento significaba que podía besarla después de contestar, pero él no esperó y le dio un beso largo y lleno de amor que la dejó atontada.

—En fin... —le dijo, con los ojos aún cerrados, cuando el beso terminó—, ¿qué es lo que sabes de mí?

—Dwight Connell —el idiota que le había vaciado la cuenta corriente—. Ray Hawkins —el tipo al que había tenido que echar de su casa con la ayuda del sheriff–. Carl Jackson –su primer novio, que en ese momento estaba en la cárcel–. Randy...

–Vale, genial. ¿Cómo te has enterado de todo eso?

–Ha sido bastante fácil. Mi trabajo es jugar al ajedrez, y el tuyo cortar el pelo. Hay personas que se dedican a averiguar cosas, así que contraté a una de ellas.

–Ah –no tenía la energía necesaria para ofenderse; en todo caso, ella misma habría acabado contándoselo todo sobre sus relaciones fallidas.

Él se sacó el anillo del dedo, y la tomó de la mano. La joya se deslizó en su dedo como si hubiera sido creada para encajar allí.

Cuando Bobby pulsó el mismo botón de antes, la puerta se abrió y la escalerilla descendió. Dos hombres uniformados subieron al avión seguidos de James, y la saludaron con amabilidad al pasar junto a ella de camino a la cabina de mando. En cuestión de minutos, el aparato estaba al final de la pista.

–¿Adónde vamos? –le preguntó a Bobby.

–A Las Vegas –a juzgar por su expresión, era obvio que le había sorprendido su pregunta.

Teri lo miró atónita, y se preguntó cómo había llegado a aquella situación. Media hora antes se había negado en redondo a casarse con aquel hombre, diez minutos antes seguía pensando lo mismo... y de repente, iba en un avión de camino a Las Vegas para casarse con Bobby Polgar, un hombre al que había visto tres veces en toda su vida. Ni siquiera se habían acostado juntos, y estaba a punto de casarse con él.

–¿Se puede saber cuándo he accedido a ir allí?

–Tú quieres casarte conmigo, y yo quiero casarme contigo –como aquél parecía ser un hecho incuestionable, él había dado el siguiente paso lógico... iban de camino a Las Vegas.

–No he traído ropa.

—No vas a necesitarla —le dijo él, sonriente.

Teri soltó una risita. De repente, tenía ganas de ponerse a cantar de felicidad, a pesar de que tenía una voz horrible. Siempre que cantaba, los perros del vecindario empezaban a aullar. Llamó a Rachel con un teléfono especial que Bobby le dio, le preguntó si podía sustituirla en el trabajo durante unos días, y prometió mantenerse en contacto.

Al colgar, se acordó de otra cosa.

—No estoy tomando ningún anticonceptivo.

Su sonrisa dio paso a una mirada de adoración, y le dijo con voz suave:

—Me gustaría dejarte embarazada. Tienes las caderas anchas, así que seguramente tendrás un parto fácil.

Aquel hombre tendría que pensar antes de hablar.

—Genial, pues encárgate tú de dar a luz.

—Lo haría si pudiera, creo que no soportaría verte sufrir.

No era de extrañar que le amara tanto.

—De acuerdo, pero quiero que sepas de antemano que ningún hijo mío tendrá la inteligencia necesaria para ser un campeón del ajedrez.

—Perfecto, quiero que mis hijos tengan una vida más normal que la que yo he tenido.

Cuando llegaron a Las Vegas al cabo de casi tres horas, fueron en limusina al Strip. Teri abrió el techo solar del vehículo, se puso de pie, y sacó la cabeza y los brazos.

—¡Voy a casarme! —gritó a pleno pulmón, mientras agitaba como una loca la mano donde tenía el anillo.

Un oficiante los esperaba ya en la suite más lujosa de un elegante hotel casino. La habitación estaba llena de flores blancas, y todo estaba preparado. Teri sólo tuvo que firmar el papeleo y mostrar su identificación.

Cuando Bobby y ella intercambiaron los votos matrimoniales, James hizo de testigo, y se quedaron a solas dos minutos después de la ceremonia. Bobby volvió a besarla, y le preguntó:

—¿Puedo hacerte el amor?

Era tan sincero, tan dulce...
—Sí, por favor.
Teri sintió una punzada de nerviosismo. No era una novata en cuestiones sexuales; de hecho, podría decirse que era toda una experta. A pesar de que no se enorgullecía de su pasado, tampoco se avergonzaba de él, pero en ese momento habría dado lo que fuera con tal de que su primera vez hubiera sido con su marido.

Los miedos y las lamentaciones se esfumaron en cuanto Bobby la abrazó. Se mostró tan cariñoso como ella esperaba, además de generoso y tierno, y gracias a él sintió como si aquélla fuera realmente su primera vez. Empezó a llorar en silencio mientras yacía entre sus brazos, y él le secó las lágrimas a besos y exploró su cuerpo con las manos y los labios sin dejar de besarla con una dulzura exquisita.

—Te amo, Bobby —le dijo en voz baja.
—¿Crees que acabo de dejarte embarazada?
—No lo sé. Deberíamos intentarlo otra vez, por si acaso.

Al verlo reír, pensó que jamás le había visto tan feliz, y le produjo una profunda alegría saber que podía hacerle sentir tan bien.

Se despertó de madrugada y le vio observándola, apoyado en un codo. Lo miró sonriente, y él empezó a trazar con el índice el contorno de sus cejas antes de preguntarle con timidez:

—¿Podemos volver a... hacerlo?

Lo abrazó por el cuello con una sonrisa de oreja a oreja, y a continuación le dejó muy claro que no tenía ninguna objeción.

Durmieron hasta tarde, y despertaron al oír que James aporreaba la puerta y los avisaba de que Bobby tenía que bajar de inmediato. Él se levantó de la cama a toda prisa, le echó un vistazo al reloj, y empezó a buscar frenético sus pantalones.

—¡Llego tarde!
—¿Tienes una partida esta mañana? —empezó a alzar la sá-

bana para cubrirse los pechos, pero volvió a dejarla caer. No hacía falta que sintiera timidez con su marido, a lo largo de la noche él había pasado gran cantidad de tiempo besándole y acariciándole los pechos.

—Sí, tengo un torneo —se puso los pantalones, y empezó a buscar los calcetines y los zapatos.

—¿Esta misma mañana?

—Sí, a las nueve —se abrochó mal la camisa, y cuando ella gateó por la cama y se la puso bien, le dijo—: No quiero ir... lo siento.

—Yo también, las mañanas son mi hora del día preferida para hacer el amor.

Él abrió los ojos como platos, y le dijo con voz ronca:

—Espera aquí —carraspeó un poco, y añadió—: Vuelvo enseguida.

—Pero...

Él le señaló la cama con un gesto, y le dijo balbuciente:

—Por favor. Pide el desayuno, date... date una ducha, pero... no salgas de esta habitación.

—De acuerdo. ¿Van a transmitir la partida por la tele?

—Sí —contestó, antes de respirar hondo.

—Ven aquí —le dijo, mientras se arrodillaba a los pies de la cama.

Él se acercó aún más a pesar de que James volvió a llamar a la puerta. Teri le rodeó el cuello con los brazos, y le besó de una forma que garantizaba su pronto regreso.

—Es un beso para darte suerte.

Él se marchó mientras luchaba por recuperar el aliento.

Teri pidió café, que llegó a los pocos minutos de que acabara de ducharse. Agarró el mando de la tele, y buscó el canal donde iban a retransmitir la partida de ajedrez. El locutor estaba hablando de Bobby, así que se sentó en la cama tomando café mientras escuchaba un resumen de la ilustre carrera de su marido. «Marido»... qué bien sonaba aquella palabra.

Bobby se sentó frente a su contrincante, que según el

comentarista era ruso. Ella no había oído hablar de él en su vida, pero no era de extrañar, teniendo en cuenta lo poco que sabía del mundo del ajedrez.

El público se quedó estupefacto cuando la partida acabó en veinte movimientos. Bobby se levantó, y cuando el comentarista se acercó para intentar entrevistarle, negó con la cabeza y pasó de largo con paso rápido.

Teri le vio salir de la sala, y al cabo de cinco minutos oyó que se abría la puerta de la suite. Su marido ya se había quitado la camisa para cuando entró en el dormitorio. Se detuvo a los pies de la cama, y la miró con una sonrisa llena de calidez.

Ella repitió las palabras exactas que había dicho el comentarista de la tele:

—Bobby Polgar acaba de hacer historia en el mundo del ajedrez.

—Me he dado prisa.

—¿Cuánto falta para la segunda partida? —le preguntó, mientras abría los brazos en un gesto de bienvenida.

—Sólo una hora.

Al verlo fruncir el ceño, le dijo:

—Nos da tiempo.

Él sonrió de nuevo.

Bobby Polgar, el marido de Teri Miller Polgar, siguió haciendo historia durante el resto de la semana. Desapareció sin dar explicaciones después de cada partida, y llegó tarde a algunas de ellas. Se negó a dar entrevistas, y se mostró incluso menos sociable y más hermético que antes. Las especulaciones corrían como la pólvora.

Teri no salió de la suite en cinco días. Tenía todo lo que podría querer o necesitar; de hecho, tenía más de lo que jamás podría haber soñado.

CAPÍTULO **32**

—Me gustaría hablar contigo —le dijo Seth el miércoles, después de una cena en la que apenas habían intercambiado un par de palabras.

Ninguno de los dos había mencionado el restaurante desde el último viernes, pero era un tema que planeaba sobre ellos. Ni el uno ni la otra habían vuelto a hablar sobre la posibilidad de abrir un salón de té.

Justine se sentía tan decepcionada con su marido, que apenas podía mirarle. Él no había hecho ni caso de sus ideas y sus sugerencias, pero le dolía aún más el hecho de que ni siquiera le hubiera dicho lo que estaba planeando. No había contado con ella para nada.

—De acuerdo —murmuró. Volvió a dejar en el fregadero el plato que estaba lavando, y se volvió hacia él.

Apenas habían hablado en los últimos cinco días, sólo habían intercambiado algún que otro comentario mundano sobre Leif. Seguían durmiendo en la misma cama, pero se mantenían tan apartados como podían, y nunca subían a acostarse al mismo tiempo.

Seth había estado evitándola, se pasaba un montón de horas en el trabajo... al menos, eso era lo que ella había dado por supuesto, quizás había estado reuniéndose con algún constructor para empezar a reconstruir el restaurante cuanto antes; lamentablemente, no tenía ni idea de los planes de su marido.

Después de secarse las manos con un paño de cocina, miró hacia la sala de estar y vio a Leif montando un rompecabezas con Penny tumbada junto a él. Como era obvio que el niño iba a estar entretenido un rato más, se sentó en una silla de la cocina.

Seth se sirvió una taza de café, pero en vez de sentarse también, se quedó apoyado contra la encimera. Ella se sintió en desventaja desde su posición más baja, pero no tenía fuerzas para levantarse.

—Te debo un disculpa —le dijo él—. No me tomé en serio tu idea del salón de té. Tendría que habérmelo planteado al menos, pero seguí con mis planes de reconstruir el restaurante sin consultarlo antes contigo.

—Ni siquiera sabía que ya estabas haciendo planes, Seth. Me quedé pasmada.

—Igual que yo cuando me enteré de que habías quedado con Warren a mis espaldas.

Ella abrió la boca para defenderse, pero se tragó su respuesta. Discutir no iba a ayudarlos en nada, y no quería decir nada desagradable delante de su hijo. El niño ya había presenciado demasiadas disputas.

—Olvida lo que he dicho —le dijo él, mientras se apartaba su pelo rubio de la cara. A pesar de sus palabras, tenía la boca tensa y su rostro reflejaba desaprobación.

—De acuerdo.

Él respiró hondo, como si estuviera luchando por controlar su frustración, y al cabo de unos segundos le dijo:

—Quiero que sepas que he estado pensando largo y tendido sobre lo que deberíamos hacer.

Justine lo miró con cautela. Se preguntó si su marido estaba dispuesto a escuchar sus ideas, pero no quiso hacerse falsas esperanzas.

—Te amo, Justine —la miró a los ojos, y añadió—: Leif y tú sois lo más importante de mi vida, no puedo arriesgarme a perderos. No voy a destruir nuestro matrimonio por tozudez, por seguir empeñado en aferrarme a una idea.

—Yo también te amo —tenía un nudo enorme en la garganta, y parpadeó para intentar contener las lágrimas.

—¿Más que a Warren Saget?

—¡Claro que sí!, ¡mil veces más!

Cuando él se sentó frente a ella y la tomó de la mano, Justine tuvo que esforzarse por no echarse a llorar. Llevaba días sin dormir bien, al igual que él. La falta de sueño había provocado que sus emociones estuvieran incluso más volátiles.

—Como no nos ponemos de acuerdo, creo que sería mejor vender el terreno. Me he puesto en contacto con una inmobiliaria, y he decidido que... —vaciló por un momento, y se corrigió de inmediato—. Si tú estás de acuerdo, podríamos poner en venta la propiedad.

Justine estaba convencida de que no le había oído bien.

—¿Estás dispuesto a vender el terreno? —no era lo que ella quería, aunque había llegado a planteárselo.

—Los precios de venta han subido bastante en los últimos cinco años. Si sumamos lo que nos dará el seguro, tendremos para saldar todas las deudas.

Sí, podrían pagar todo lo que debían, pero...

—Pero así no quedaría nada de todo el esfuerzo que pusimos en el Lighthouse, Seth.

Se dio cuenta de que era el mismo argumento que su marido había esgrimido siempre. Era obvio que se sentía desalentado, lo veía en sus ojos y en el rictus tenso de su boca. Habían corrido un riesgo al abrir el restaurante, y él había puesto todo su empeño en que el negocio fuera un éxito desde el día en que lo habían abierto.

Los dos habían trabajado muy duro, pero al cabo de cinco años no tenían nada. Todo había quedado hecho cenizas por culpa del incendio.

—¿Qué opinas? —le preguntó él.

—Pues... —el hecho de que su marido hubiera decidido

vender el terreno significaba que seguía sin querer plantearse las ideas que ella pudiera tener. Como sabía que no podía obligarle a escucharla, le preguntó–: ¿Puedes darme hasta mañana para que me lo piense?

—Claro —se inclinó hacia delante sin mirarla, y comentó–: Es que... he puesto tanto esfuerzo en todo esto...

¿Y yo qué?, pensó para sus adentros con resentimiento. El restaurante había sido el sueño de los dos, el proyecto en el que habían trabajado juntos. Se sentía apartada, ignorada. Seth se comportaba de nuevo como si su contribución y sus opiniones carecieran de importancia.

Su reacción del viernes anterior había sido infantil y se arrepentía de haber ido a comer con Warren; al parecer, él se había sentido alentado, porque desde entonces aparecía cada día por el banco con cualquier excusa. Ella había rechazado todas sus invitaciones a comer y a salir a tomar una copa, pero él no se daba por vencido. En más de una ocasión le había dicho que había llegado a tener tanto éxito en los negocios gracias a lo persistente que era, y el hecho de que ella declinara todas sus invitaciones le hacía redoblar aún más sus esfuerzos; de hecho, le había enviado flores al banco en dos ocasiones. Sus atenciones se habían vuelto evidentes, y se sentía muy incómoda.

Quizá sería mejor que vendieran la propiedad. Se colocó un mechón de pelo detrás de la oreja mientras reflexionaba sobre el tema, y al final le preguntó:

—¿Te gusta vender barcos?

—Sí, y la verdad es que se me da muy bien.

Aquello era indudable. En dos semanas, Seth se había convertido en el principal vendedor de la empresa.

—Antes de que tomes una decisión, quiero que sepas algo: si ponemos el terreno en venta, es más que probable que se venda de inmediato —le dijo él.

—¿Cómo lo sabes?

—Una cadena de restaurantes de comida rápida está buscando una buena ubicación en Cedar Cove.

—Pero...

—Nos darían lo que les pidiéramos, y el trato estaría zanjado en menos de un mes.

—¿Te lo ha dicho el de la inmobiliaria? —al verlo asentir, lo miró con atención y le preguntó—: ¿Crees que acabarías arrepintiéndote de vender?

—No —lo dijo sin dudar, con firmeza—. La verdad es que no me gusta la idea de que alguien se ponga a vender hamburguesas y patatas fritas donde estaba nuestro restaurante, pero acabaré acostumbrándome.

Justine se preguntó si ella lograría acostumbrarse también, y al final le dijo:

—Será mejor que lo pensemos con calma, dejemos la decisión para mañana.

Sacó a pasear a la perra mientras él acostaba a Leif, y cuando regresó lo encontró leyéndole un cuento al pequeño; al final, el niño se durmió escuchando *Buenas noches, luna*, que tanto su marido como ella se sabían prácticamente de memoria.

Fue a bañarse y perfumó el agua con sales de baño con olor a gardenia, las preferidas de su marido. Cuando salió de la bañera y empezó a prepararse para acostarse, vio que él estaba observándola desde la puerta del cuarto de baño.

—¿Estás pensando lo mismo que yo? —le preguntó él con voz ronca, mientras esbozaba una sonrisa seductora.

—Eso espero.

Cuando se metieron en la cama, aún no había oscurecido. Seth la acercó hacia su cuerpo, y ella lo abrazó con pasión. Hicieron el amor entre profundos suspiros y susurros roncos, y después yacieron el uno en brazos del otro.

Mientras permanecía acurrucada contra él, Justine se sintió satisfecha y en paz por primera vez en semanas, y comentó:

—A lo mejor me he quedado embarazada —no se había molestado en seguir tomando las píldoras anticonceptivas... con el consentimiento de Seth, por supuesto. Aunque la verdad era que en los últimos días eso no había sido demasiado relevante.

—Perfecto.

—Te gustaría, ¿verdad? —le dijo, con una sonrisa traviesa.

—Me encantaría, ya es hora de que tengamos otro hijo —la besó en la coronilla, y le preguntó—: ¿Crees que podríamos tener gemelos?

Se quedó de piedra al planteárselo, porque ella misma había tenido un hermano gemelo.

—Es posible. ¿Por qué lo preguntas?

—Si tuvieras dos bebés, estarías demasiado ocupada para pensar siquiera en Warren Saget.

—Seth... —alzó la cabeza para poder mirarlo a los ojos, y le preguntó—: No estarás celoso, ¿verdad?

Él deslizó la mano por su espalda en una caricia que la hizo arquearse ligeramente, y le dijo con sinceridad:

—Por si no te has dado cuenta, he estado loco de celos.

—No hay razón alguna por la que debas estar celoso, te lo prometo.

—Me alegro.

Ella le dio un beso en la mandíbula, y le dijo:

—Si te parece bien, presentaré mi carta de dimisión en el banco.

—Me parece perfecto.

Justine saboreó el contacto de su piel contra la suya, y deslizó la mano por sus hombros y su pecho.

—Suponía que te gustaría la idea —estaba cansada, así que bostezó y comentó con voz suave—: Me encanta quedarme dormida entre tus brazos.

Como Seth solía trabajar tantas horas en el Lighthouse, casi nunca podían acostarse a la vez, y durante la última semana habían estado tan enfadados el uno con el otro, que no habían querido hacerlo.

—Te amo, Seth —susurró, antes de bostezar de nuevo.

—Duérmete.

Desde que el incendio le había arrebatado la seguridad,

no había tenido una noche de sueño tan profundo y reparador. Despertó a las cinco de la mañana sintiéndose alerta y llena de energía, así que se levantó de la cama y se puso la bata antes de ir a la cocina. Después de poner la cafetera al fuego, agarró papel y lápiz. Dibujar nunca se le había dado demasiado bien, pero no podía olvidar su idea del salón de té. Había intentado dejarla a un lado por miedo a que Seth se molestara si intentaba insistir en el tema, pero había decidido que iba a obligarle a escucharla. Lo mínimo que él podía hacer era plantearse al menos la idea.

Cuando su marido se levantó, la encontró de pie junto a la mesa de la cocina, tomando café. La abrazó desde atrás por la cintura, apoyó la mejilla contra su espalda, y sus manos se deslizaron por debajo de la bata y le cubrieron los senos.

—Te has levantado pronto —comentó.

—Seth... —dijo con voz ronca, mientras sentía que los pezones se le endurecían bajo las palmas de sus manos—. Antes de que decidamos vender el terreno, quiero que al menos me escuches.

—¿Sigues pensando en la idea del salón de té para mujeres? —sacó las manos de debajo de su bata, y se apartó de ella—. No podemos seguir así, Justine. Tenemos que tomar una decisión y seguir adelante con nuestras vidas, ¿no era lo que querías?

—Sí, pero... ¿de verdad quieres que pongan un local de comida rápida donde estaba el Lighthouse? —el terreno tenía unas vistas maravillosas de la ensenada, y con un negocio así se desperdiciaría aquella ubicación tan privilegiada.

—Vale, convénceme de que un salón de té sería todo un éxito.

—Ten, mira esto —a pesar de que tenía un talento artístico más que limitado, se las había apañado para dibujar una estructura victoriana con una torrecilla y varios hastiales.

Seth contempló el dibujo, y alzó de nuevo la mirada hacia ella.

—Parece una casa victoriana. ¿Quieres construir una casa donde se sirva té? No quiero parecer aguafiestas, pero no creo que el ayuntamiento nos dé permiso para construir una residencia en una zona comercial.

—Parece una casa, pero no lo es. Es un salón victoriano de té.

—¿Y en qué se diferencia de un salón de té normal?

—Puede que en nada, pero no se trata de eso. Sólo tendríamos abierto para los desayunos y las comidas, así que tendría las tardes libres. He pensado que también podría haber una tienda de regalos. Serviríamos meriendas una vez al mes, y más a menudo si hubiera bastante demanda.

—¿En Cedar Cove?

—Sería un lugar de encuentro especial para las mujeres de la zona. Podríamos encargarnos de pequeñas reuniones, habría un patio exterior para ocasiones especiales, y... —se detuvo al darse cuenta de que estaba adelantándose a los acontecimientos—. Me he dado cuenta de que estábamos desperdiciando las importantes lecciones que aprendimos con el Lighthouse.

—¿En qué sentido? Que quede claro de antemano que estoy de acuerdo contigo, pero me gustaría saber lo que piensas.

Justine sonrió al oír aquello, y le dijo:

—Cuando abríamos para las comidas y las cenas, teníamos que trabajar demasiadas horas. Y tampoco quiero que sirvamos bebidas alcohólicas —con el restaurante habían tenido que hacerlo; de hecho, el alcohol era lo que les había dado más beneficios.

—Me parece comprensible. La verdad es que tu idea es muy interesante...

—Como sólo serviremos desayunos y comidas, podré cenar cada día con Leif y contigo.

—Vale —parecía ir asimilando poco a poco lo que estaba diciéndole—. Y qué pasa conmigo, ¿estaría involucrado en el negocio?

—Sólo si quieres, y en la medida que quieras. Las ventas se te dan muy bien. El trabajo te encanta, y de momento estás ganando un montón de dinero. Así no tendríamos que depender solamente de los beneficios del salón de té.

—En otras palabras... quieres hacerlo tú sola, ¿verdad?

—No, ¡claro que no! Voy a necesitarte, Seth. No necesariamente para trabajar en el salón de té... a menos que te apetezca, claro... pero voy a necesitar tus consejos y tus sugerencias, tu opinión y tu aliento... y tu amor.

—Puedo darte encantado todo eso.

—Estoy convencida de que podemos sacar adelante este proyecto, Seth.

Cuando él dejó a un lado su café y la abrazó, Justine le devolvió el beso con pasión. Ambos sabían que aquélla era la solución perfecta... para los dos.

CAPÍTULO 33

Linnette no sabía qué hacer. Cal llevaba una semana sin ponerse en contacto con ella. Al principio solía llamarla cada pocos días, pero la frecuencia había ido decreciendo de forma paulatina.

Entendía las razones que le habían impulsado a marcharse a Wyoming... bueno, intentaba entenderlas. Sabía que la gente tenía razón al decir que ayudar a los mustangs era una causa muy noble, y también era consciente de que la cobertura en las zonas rurales de Wyoming era desde nefasta a inexistente, pero en las ocasiones en que habían conseguido hablar, había tenido la impresión de que él se apresuraba a dar por terminada la llamada.

Era obvio que pasaba algo, y como no sabía qué hacer ni con quién hablar, al final fue a ver a Grace Harding, la mujer de Cliff. Lo más probable era que supiera tan poco como ella, pero quizá pudiera darle alguna información. Amaba a Cal, y no podía seguir así.

Fue a la biblioteca el jueves a la hora de la comida. Era la primera vez que ponía un pie allí, porque desde que se había mudado a Cedar Cove sólo había leído revistas médicas para mantenerse al día y algunas novelas que le había prestado su madre; sin embargo, le daba un poco de vergüenza tener que admitir que ya llevaba más de un año en la ciudad y aún no se había sacado el carné de la biblioteca.

Era un lugar acogedor. El suelo estaba enmoquetado para amortiguar sonidos, y la sala de lectura tenía sillas acolchadas y estanterías llenas de libros.

Vio a Grace de inmediato. Estaba detrás del mostrador, charlando con una mujer que estaba pidiendo en préstamo varios libros. Cuando Grace la vio y la saludó con un gesto, se acercó al mostrador y esperó a que acabara de atender a la mujer.

—Hola, Linnette. Me alegro de verte —le dijo, con una sonrisa amable.

—Lo mismo digo —al sentir que se le empezaba a formar un nudo en la garganta, tuvo miedo de echarse a llorar. Estaba con los sentimientos a flor de piel por culpa de lo de Cal.

—¿En qué puedo ayudarte?

La mujer de Cliff siempre le había caído bien, y su madre hablaba muy bien de ella. Estaba casi segura de que había sido clienta de su padre, porque en una ocasión había oído que éste hacía un vago comentario al respecto.

—Aún no tengo el carné de la biblioteca.

—Pues ya es hora de que te lo hagas —le dio una tablilla con un formulario, y añadió—: Ten, rellena esto. Yo me ocuparé de todo.

—Gracias —la mano le temblaba cuando agarró el formulario, pero Grace no pareció darse cuenta. Carraspeó un poco y apretó la tablilla contra su pecho, como si pudiera escudarse tras ella—. La verdad es que lo del carné era una excusa para venir a hablar contigo.

—Puedes hablar conmigo cuando quieras, Linnette —era obvio que estaba sorprendida.

—¿Sobre Cal? —le preguntó, con voz vacilante.

—Ah —su expresión la traicionó. Era obvio que aquél era un tema que preferiría evitar—. Me parece que es mejor que hablemos de esto en un sitio más privado... espera un momento —fue a hablar con una de sus compañeras, y al cabo de un momento regresó y agarró el bolso–. Voy a hacer ya la pausa para comer, vámonos.

–Gracias –dejó el formulario sobre el mostrador, y la siguió hacia la puerta.

La zona del paseo marítimo estaba decorada con cestos de flores que colgaban de las farolas. A Linnette siempre le había encantado pasear por allí, y lo había hecho con Cal en muchas ocasiones... solían andar agarrados de la mano, charlando de un montón de cosas. Bueno, lo cierto era que solía ser ella la que hablaba más, pero era lo que él prefería. Estaba convencida de que jamás sería demasiado conversador, ni siquiera cuando acabara la terapia con el logopeda.

Grace parecía estar muy pensativa, y permaneció en silencio mientras caminaba a paso bastante lento.

–¿Os ha llamado Cal recientemente? –le preguntó, cuando no pudo seguir aguantando el silencio. Tuvo que esforzarse por seguir su paso lento, ya que ella solía ir más rápida.

Al ver que asentía y que se callaba en el último momento cuando parecía estar a punto de decir algo, supo que sus sospechas eran ciertas. Era obvio que estaba pasando algo, pero Grace parecía reacia a hablar de ello.

–No se habrá hecho daño, ¿verdad? –le preguntó con ansiedad.

–No, nada de eso –Grace se acercó a un puesto donde vendían cafés, pidió uno con leche y esencia de vainilla sin azúcar, y le preguntó–: ¿Quieres algo?

–No, gracias. ¿Eso es lo único que vas a comer? –ella no había comido, pero no pensaba hacerlo. Seguro que sería incapaz de tragar con el nudo que le obstruía la garganta.

–Suelo tomar un sándwich con un café con leche o con sopa –le explicó, mientras pagaba al vendedor–. Tendría que controlar más lo que como... tengo un problemilla de peso, al contrario que otras que yo me sé, como tu madre y Olivia. Después ya comeré algo.

Se dirigieron hacia el cenador del parque, y se sentaron en un banco de cara al mar.

—Grace, te agradecería que me dijeras lo que pasa.

La bibliotecaria tomó un trago de café, y soltó un suspiro antes de contestar.

—Sabes que Cal está en Wyoming con Vicki Newman, ¿verdad?

—Sí, tengo entendido que ella fue un poco después.

—Es una veterinaria muy buena.

—No lo dudo.

—Muchos de los mustangs a los que están atrapando tienen problemas de salud.

—Vaya —era obvio que estaba intentando decirle que Cal se había enamorado de Vicki. Le parecía imposible, pero supo de forma instintiva que aquello era lo que pasaba.

Al ver que Grace permanecía en silencio durante unos segundos, como si estuviera buscando las palabras adecuadas, decidió no andarse por las ramas y le preguntó:

—Cal se ha liado con ella, ¿verdad?

—No... no hablé con él en persona, pero por lo que Cliff me comentó, está claro que... que siente algo por ella.

—Entiendo —se sintió helada de pies a cabeza; en teoría, Cal también sentía algo por ella, pero parecía haberla olvidado a las primeras de cambio.

—Conozco a Vicki, y no es de las que irían a por un hombre con pareja.

Aquello no la reconfortó demasiado, teniendo en cuenta que era obvio que Cal estaba interesado en aquella mujer.

—La verdad es que ni siquiera se interesa demasiado por los hombres —le dijo Grace, antes de tomar otro trago de café—. No me estoy explicando bien, pero es que no sé cómo describirte a Vicki.

—No te preocupes, hazlo a tu manera.

—En primer lugar, está claro que no es demasiado... femenina. No quiero parecer desagradable, pero es un hecho que salta a la vista. Nunca la he visto maquillada ni con ropa atractiva, nunca la he visto con novio, y hasta dudo que tenga una vida social. La verdad es que todo esto nos ha tomado a Cliff y a mí por sorpresa.

—Sigue —necesitaba saber todo lo posible, por mucho que le doliera. La incertidumbre era mucho peor.

—Los dos han estado trabajando juntos día tras día...

Pero Cal le había dicho que la amaba. Si sentía algo por aquella mujer, seguro que se trataba de una atracción efímera, y todo volvería a la normalidad en cuanto regresara a Cedar Cove. Él recobraría la cordura, y el amor que sentía por ella se reafirmaría.

—Es todo lo que sé, Linnette.

—Debe de ser un encaprichamiento pasajero —se esforzó por aparentar seguridad mientras intentaba racionalizar lo que Grace acababa de decirle. Al ver que no hacía ningún comentario, añadió—: Seguro que Cal vuelve dentro de poco, y entonces podremos resolver todo esto.

Podía entender que entre Cal y la veterinaria hubiera surgido cierta atracción. Estaban trabajando codo con codo en una zona bastante aislada, en pro de una causa común... sí, podía llegar a entenderlo. Pero seguro que Cal se olvidaría de lo que sentía por aquella mujer en cuanto regresara a Cedar Cove. Seguro que estaba confundido, que no estaba pensando con claridad.

—Sí, seguro que tendréis oportunidad de hablar pronto —le dijo Grace.

—Por supuesto.

La oportunidad se presentó mucho antes de lo que esperaba, porque al regresar al coche se dio cuenta de que tenía un mensaje de Cal en el contestador del móvil. Le devolvió la llamada allí mismo, en el aparcamiento de la biblioteca, pero él no contestó y acabó dejándole un mensaje. Como tenía miedo de que siguieran sin coincidir, volvió a llamarlo y le dejó otro mensaje en el que le decía que estaría en casa toda la tarde y que esperaría allí su llamada.

La espera fue una agonía, y empezó a dolerle la cabeza.

Paseó de un lado a otro de la sala de estar mientras se apretaba las sienes, ajena a las vistas de la ensenada y del astillero de Bremerton, donde había multitud de submarinos retirados y enormes portaaviones. Apenas notó que la luz del atardecer bañaba la terraza de la casa.

Para cuando Cal llamó, ya eran casi las ocho, y estaba convencida de que ni siquiera había oído sus mensajes.

—Hola, Linnette.

—Será mejor que me digas lo que está pasando con Vicki Newman —le espetó sin más. A aquellas alturas, no estaba de humor para cortesías.

—¿Te... te has enterado?

—¿De lo de Vicki? —sin darle tiempo a contestar, añadió—: Espero que podamos ser honestos el uno con el otro, creo que es lo mínimo que se puede pedir, ¿no?

—Lo si... siento.

—¡Menos mal!

—Ya basta, Linnette.

La súbita firmeza de su voz la sorprendió.

—¿Que ya basta?

—Te pido disculpas.

—De acuerdo, Cal, te perdono.

Se preguntó si estaba exagerando un poco las cosas; al fin y al cabo, Grace no había hablado con Cal en persona, y él parecía haber recuperado la cordura. Sintió un alivio enorme, y se relajó de inmediato mientras el dolor de cabeza empezaba a remitir.

—Amo a Vicki.

Soltó una exclamación ahogada, y se negó a creerle. Lo que estaba diciendo carecía de sentido.

—Acabas de pedirme perdón, has...

—Me fui a rescatar mustangs a Wyoming porque era importante para mí, pero también porque necesitaba alejarme y reflexionar... necesitaba estar lejos de ti.

—¿Qué? —no sabía qué pensar. ¿Estaba diciéndole que se había marchado para escapar de ella?

—No creas que no te aprecio, pero... quería hablar contigo. Lo intenté, pero no pude.

—¿Por qué no?

—No se me da demasiado bien expresarme. Pensé que podría mandarte una carta desde aquí, pero cuando llegué, me pareció algo muy... insensible.

—¿Y esto no lo es?

—Daría lo que fuera con tal de no hacerte daño —le dijo él, con voz suave.

Ya era demasiado tarde para eso. La invadió un dolor profundo que la dejó sin aliento. Las piernas le flaquearon, y tuvo que sentarse. Siguió aferrada al teléfono con una mano, y apretó la otra contra la frente.

—No ha habido nada físico entre Vicki y yo, ni siquiera la he besado.

—¿Pero crees que estás enamorado de ella?

—Sé que lo estoy.

—Cal, tienes que analizar tus sentimientos y tus reacciones. Los dos estáis solos, así que entiendo que puedas sentirte atraído por ella, pero eso cambiará en cuanto regreses a casa.

—No cambiará, Linnette.

Se dio cuenta de que él hablaba con voz muy controlada, como si supiera exactamente lo que iba a decir y hubiera estado ensayándolo.

—Mañana por la mañana emprenderé el viaje de vuelta.

—Gracias a Dios —estaba segura de que se daría cuenta del error que estaba cometiendo en cuanto regresara a su vida normal.

—Lo que siento por Vicki no va a cambiar, Linnette. Voy a pedirle que se case conmigo.

CAPÍTULO 34

Grace llegó al Pancake Palace tres minutos antes que Olivia, se habían ganado el derecho a disfrutar de un dulce y un café después de la hora semanal de aeróbic. Si fuera por ella, iría directamente a por el pastel sin pasar antes por el gimnasio, pero Olivia era implacable e insistía en que tenían que hacer aquella hora de ejercicio.

A pesar de sus protestas, lo cierto era que en el fondo disfrutaba haciendo aeróbic con su amiga; además, así aprovechaban aquellos miércoles por la tarde para charlar y ponerse al día.

Se sentó en la mesa que había junto a una de las ventanas. Cuando Goldie, una camarera que ya debía de estar en edad de jubilarse, se acercó de inmediato con una jarra de café descafeinado, cumplió con un ritual del Pancake Palace y le dio la vuelta a la taza, que estaba boca abajo.

—Olivia viene ahora mismo —comentó, mientras volvía también la taza de su amiga.

—¿Os traigo lo de siempre? —le dijo Goldie, mientras servía el café.

Grace asintió. Olivia y ella llevaban tanto tiempo siendo amigas, que le parecía normal hablar por ella. Se habían conocido en primero de primaria, y habían sido mejores amigas desde entonces. A pesar de que estaban ya en los cincuenta y las dos iban por el segundo matrimonio, seguían tan unidas como siempre. De jóvenes habían ido a aquel mismo restaurante después de clase para tomar un refresco, y Goldie ya estaba allí cuando aún eran unas niñas.

—¿Por qué no vives un poco? Arriésgate, tengo un pudin de manzana delicioso en la cocina.

—Ni hablar, prefiero mil veces la espuma de coco.

—Bueno, ¿qué te parece un trozo de pastel de chocolate? —Goldie se llevó una mano a la cadera.

Grace se lo planteó, pero sólo por un instante.

—No, gracias.

—¿Y de arándanos?

—Espuma de coco.

Goldie sacudió la cabeza, como si acabara de sufrir una amarga decepción, y le preguntó:

—¿Para Olivia también?

Grace asintió. Tanto su amiga como ella le tenían una lealtad absoluta a la espuma de coco... al igual que la una a la otra.

Goldie se fue con resignación a la cocina.

Entre sorbo y sorbo de café, Grace recordó la tarde poco antes de la graduación en que le había dicho a Olivia que se había quedado embarazada. Estaban en una mesa del Pancake Palace, y no había tenido el valor de decírselo a su novio hasta varias semanas después. Se había casado con Dan, y poco después él se había alistado en el ejército y se había marchado a Vietnam.

Soltó un profundo suspiro, y se preguntó por qué estaba recordando todo aquello. Al alzar la mirada, vio a Olivia entrando en el restaurante; a pesar de que acababan de hacer una hora de ejercicio agotador, estaba tan impoluta como siempre. Su amiga siempre había sido muy perfeccionista, y como Jack era muy diferente a ella en ese aspecto, formaban una pareja de lo más interesante. Olivia quería tenerlo todo en orden, y Jack... en fin, Jack no. A pesar de eso, o quizá gracias a ello, tenían un matrimonio sólido y feliz.

—He pedido espuma de coco —le dijo, cuando su amiga se sentó frente a ella.
—Perfecto —Olivia tomó un trago de café, y suspiró con satisfacción—. ¿Qué tal te ha ido la semana?
—Supongo que bien.
—¿No estás segura?
Grace esbozó una sonrisa. Nunca había podido ocultarle nada a su amiga.
—Cliff habló con Cal, ya viene de regreso con dos mustangs.
Olivia la observó en silencio durante unos segundos, y al final comentó:
—En teoría, es una buena noticia, ¿no?
—Lo sería... en condiciones normales.
Desde que Cal estaba en Wyoming, Cliff había tenido que ocuparse de sus tareas. Ella no sabía casi nada sobre el manejo del rancho, así que no era de mucha ayuda, pero intentaba echarle una mano en la medida de lo posible.
—¿Qué es lo que pasa? —le preguntó Olivia.
Hasta ese momento no había comentado con nadie lo que había pasado entre Cal y Vicki Newman. No se creía con derecho a hacerlo, sobre todo teniendo en cuenta la relación que él mantenía con Linnette McAfee. Pero cuando la joven había ido a verla a la biblioteca el jueves pasado porque intuía que estaba pasando algo, había tenido ganas de cantarle las cuarenta a Cal por no ser sincero con la pobre muchacha.
—¿Me has oído, Grace? Parece que tienes la cabeza en las nubes.
—Perdona. Se trata de Cal.
—Has dicho que ya viene de regreso, ¿no?
—Sí, pero es que ayer llamó a Cliff para darle un notición —tomó la taza entre las manos para calentarse un poco las palmas—. Le dijo que quiere casarse con Vicki Newman.
—¿La veterinaria? Pero... ¿no estaba saliendo con Linnette McAfee?

—Sí, pero eso era antes.

Olivia abrió la boca, volvió a cerrarla de golpe, y al final dijo con voz suave:

—Vaya.

—Exacto.

—¿Lo sabe Linnette?

—Cliff no lo mencionó, pero está claro que ella se huele algo. La semana pasada vino a la biblioteca, y me preguntó si Cliff y yo sabíamos algo sobre él.

—¿Se lo contaste?

Grace se sentía fatal por lo que le había dicho a Linnette. Asintió a regañadientes, y admitió:

—Cliff me había dicho que sospechaba que estaba pasando algo entre Cal y Vicki, así que me sentí en la obligación de comentárselo a la pobre muchacha. Intenté hacerlo con tacto.

—Todo esto no es culpa tuya, Grace.

No quería entrometerse en los asuntos ajenos, pero había sido incapaz de dejar que Linnette siguiera en aquel estado de incertidumbre; sin embargo, se sentía fatal porque sabía que le había roto el corazón.

—¿No te dan ganas de retorcerle el pescuezo a Cal? —le preguntó Olivia.

—Creo que podría haber manejado mejor la situación, Linnette está destrozada. Por lo que Corrie me había comentado, ésta era su primera relación seria.

—Pobrecilla.

Durante la cena de despedida que le habían organizado a Cal, había notado que las cosas no iban tan bien como pensaba entre Linnette y él. Cuando lo había hablado con Cliff, éste le había comentado que Cal parecía estar deseando marcharse a Wyoming y alejarse de Cedar Cove. Era obvio que los mustangs no eran lo único que le había impulsado a marcharse. En aquel entonces, ni su marido ni ella habían entendido lo que pasaba, pero en ese momento todo parecía encajar.

—¿Qué sabes sobre Vicki Newman? —le preguntó Olivia.

Grace había llevado a su consulta a Buttercup, su golden retreiver, cuando la perra había pasado por un cáncer, y se había llevado una impresión muy favorable al ver lo afectuosa que era con los animales. A Sherlock, su gato, sólo lo había llevado para las revisiones rutinarias y las vacunaciones. Vicki solía ir al rancho para tratar a los caballos, y en alguna ocasión había tomado café con Cliff y con ella, pero las conversaciones que habían mantenido solían ser bastante forzadas.

—Parece agradable, pero...

—¿Pero qué?

—Me parece un poco... diferente. Entiéndeme, me cae bien y es una veterinaria muy buena. Siempre ha sido cordial conmigo, pero es que... se comunica mejor con los animales que con la gente.

—Cal se parece mucho a ella en ese sentido, ¿no? —comentó su amiga.

—Sí, sobre todo antes de que empezara a ir al logopeda. Era algo bastante extraño...

—¿El qué?

—Apenas tartamudeaba cuando estaba con los caballos. Habla mucho mejor, pero le va a costar aprender a relacionarse con normalidad. A juzgar por cómo se comportó con Linnette... —dudaba que Cal llegara a ser un gran conversador, seguramente siempre le costaría transmitir tanto sus pensamientos como sus sentimientos.

Goldie llegó con la espuma de coco, y volvió a llenarles las tazas antes de volver a marcharse.

—Lo siento muchísimo por Linnette —comentó Olivia.

—Sí, yo también —sentía una extraña sensación de tristeza—. Espero que Cal haya tomado la decisión correcta.

—Sí.

—Y tú qué, ¿tienes alguna novedad?

—Pues la verdad es que tengo dos.

—Soy toda oídos.

—Mi madre me dijo que Ben había recibido una llamada de Steven, su hijo mayor.

—¿El que vive en California?

—No, ése es David. Steven vive en la isla Saint Simons, en Georgia.

—Ah, sí —Grace recordó que Will Jefferson, el hermano de Olivia, vivía en el mismo estado, pero prefería no pensar en él.

—Se ve que David tiene problemas económicos, y fue a pedirle un préstamo a su hermano. Steven llamó a su padre para comentárselo.

—¿Te sorprende que David tenga problemas de dinero?

—La verdad es que no, intentó estafarle cinco mil dólares a mi madre. Le contó que necesitaba el dinero para operarse, pero era una patraña absurda que se inventó. Cada vez que lo pienso, me pongo hecha una furia.

—Cielos.

—Al parecer, se declaró en bancarrota hace un par de años, y ahora no encuentra ninguna solución fácil.

—¿Le presionan los acreedores? —era un problema que ella había tenido que afrontar tras la desaparición de Dan. Había sido una época horrible y no le deseaba una presión así a nadie, ni siquiera a David Rhodes—. Me acuerdo de cuando fue a verte para pedirte que le quitaras la multa de tráfico.

—Sí, como si yo fuera a plantearme siquiera hacer algo así.

—¿Cuál es la segunda novedad?

Olivia dejó a un lado la cuchara, y pareció estar eligiendo con cuidado sus palabras.

—No creo que haya de qué preocuparse...

—Dímelo de una vez, Olivia.

—Tiene que ver con mi hermano Will.

—¿Qué le pasa? —intentó aparentar indiferencia. Aquel hombre no significaba nada para ella, pero seguía sintiéndose avergonzada por haber sido tan crédula.

—Seguramente, ya te comenté que Georgia y él estaban divorciándose. Han vendido la casa, y se han repartido el dinero a partes iguales.

—Ah.

No lo lamentaba por él, sino por Georgia, ya que no le costaba imaginar lo que la pobre debía de haber aguantado a lo largo de los años. Cerró los ojos, ya que se sentía culpable por el papel que había desempeñado en todo aquel asunto. Lamentaba el dolor que hubiera podido causarle a Georgia, había sido una necia al enredarse con Will. El hecho de que supiera desde el principio que estaba casado acrecentaba aún más su sensación de culpa. Estaba convencida de que no era ni la primera ni la última vez que él había tenido una relación extramarital. Aunque no se había acostado con él, probablemente habría acabado haciéndolo si la relación hubiera continuado, y Olivia le había comentado que él había tenido aventuras de verdad.

Al darse cuenta de que su amiga estaba observándola en silencio, suspiró y dijo con resignación:

—Eso no es todo, ¿verdad?

—Will le dijo a mi madre que iba a mudarse a Cedar Cove.

Grace se quedó mirándola horrorizada, y cuando recuperó el habla, le dijo:

—No lo dirás en serio, ¿verdad? ¿Qué pasa con su trabajo?

—Ya se ha jubilado, y no tiene claro por dónde tirar.

Grace cerró los ojos de nuevo. La última vez que Will había ido a Cedar Cove había acabado siendo un desastre. Había sido poco después de que ella rompiera la relación, y él había insistido en que estaba confundida y en que la amaba; al final, Cliff había intervenido, y Will había intentado darle un puñetazo en un arranque de ira y de celos. Había sido una escena horrible, un espectáculo público, y Will había amenazado con denunciar a Cliff; por fortuna, Olivia lo había presenciado todo, y le había dejado muy claro que la posible denuncia no tendría base ninguna.

—Estoy preocupada, Grace.
—¿Por Cliff y por mí? No pasa nada.
—No, estoy preocupada por Will. Mamá también lo está, le ha dicho que se replantee lo de venirse a vivir aquí. Es demasiado drástico, sobre todo tan pronto después del divorcio. Será mejor que se quede donde está, y... —vaciló por un segundo, y respiró hondo antes de seguir—. Lo que más me preocupa es que mi hermano pueda pensar que aún estás disponible.
—Sabe que estoy casada.
—Sí, pero nunca se ha detenido ante algo tan insignificante como un anillo de boda, ni siquiera el que él mismo llevaba en el dedo. A lo mejor da por supuesto que tú también estás dispuesta a ser infiel.
—En ese caso, tendré que dejarle claro lo equivocado que está.
Cliff estaría más que encantado de dejarle las cosas muy claras a Will, pero estaba decidida a impedir que los dos hombres volvieran a verse las caras.

CAPÍTULO 35

Anson Butler la había besado por primera vez en octubre, un viernes por la noche, después de un partido de rugby. En vez de asistir al baile de comienzo de curso, se habían quedado charlando en las gradas hasta mucho después de que todo el mundo se marchara. Allison recordaba aquel beso como si acabara de suceder. Anteriormente había tenido otros novios, y había salido con un deportista cuando estaba en el tercer año de instituto. Clay era un chico muy agradable, popular y divertido, pero como sus intereses eran limitados y no tenían casi nada en común, habían acabado rompiendo.

Anson era diferente. El año anterior habían compartido un par de clases, pero no se había fijado en él hasta aquel año. Estaban sentados el uno delante del otro en clase de francés, y se había dado cuenta de que él parecía tener una facilidad impresionante para los idiomas. Por eso le dolía que él menospreciara sus propias habilidades y le restara importancia a su inteligencia. Al pensar en aquella época, se dio cuenta de que lo que primero le había atraído de él era su sentido del humor cargado de ironía.

En ese momento estaba sentada en las gradas, en la misma fila donde habían compartido aquel primer beso. Cerró los ojos, e intentó recapturar la felicidad que había sentido aquella noche.

Recordaba que hacía bastante frío y las luces del campo estaban apagadas. El cielo estaba salpicado de nubes que tapaban de vez en cuando la luna llena, y aquella oscuridad intermitente creaba una sensación de aislamiento, de privacidad. Anson llevaba su abrigo negro y largo, y una gorra de punto que le tapaba las orejas. Como no llevaba guantes, tenía las manos frías; por el contrario, ella estaba tapada de pies a cabeza con un abrigo rojo, una bufanda, un sombrero, unos mitones, unas botas, y unos calcetines de lana.

Se habían sentado muy juntos para resguardarse del viento. La música de la fiesta les llegaba desde el gimnasio, pero los dos habían preferido estar allí antes que con sus respectivos amigos.

Anson había bromeado al ponerse a hablar en francés inventándose palabras y se habían echado a reír, pero de repente, sin razón alguna, se habían puesto serios. Anson se había inclinado hacia delante poco a poco y vacilante, como si pensara que iba a detenerlo, pero ella estaba deseando que siguiera. Él tenía los labios fríos y agrietados, ella cálidos y húmedos; al sentir el contacto de su boca, había abierto un poco la suya para dejarle claro cuánto ansiaba que la besara.

Había sido un beso perfecto. Después se habían mirado durante un largo momento en silencio, y al final él le había dicho que besarla era incluso mejor de lo que había imaginado. Para ella también había sido así.

Se sobresaltó cuando el sonido del móvil la arrancó de aquellos reconfortantes recuerdos. Se apresuró a abrirlo, y vio en la pantalla que él había conseguido llamar a la hora acordada.

—¿Anson?

—Sí, soy yo. ¿Shaw te dio mi mensaje?

El amigo de Anson la había llamado la noche anterior para decirle que él la llamaría a las nueve, y había colgado sin añadir nada más.

—Sí, me parece que le gusta hacer de mensajero.

—Es un buen amigo mío.

—Ya lo sé. Dios, no sabes cuánto te echo de menos.

Intentó contener la emoción que sentía, pero había recibido una mala noticia y estaba intentando disimular. No podía ponerse a llorar, no quería que él se preocupara por algo que no le concernía y sobre lo que no podía hacer nada.

—¿Qué tal fue la graduación?

—Bien, ojalá hubieras estado allí. Muchas gracias por la rosa, era preciosa. Y gracias también por el mensaje –a pesar de que su fe en él se había tambaleado, Anson seguía amándola.

—¿Hablaste con el sheriff Davis?, ¿le diste la información que te dio Shaw?

—Sí. Se lo conté a mi padre, y el lunes fuimos juntos a verle... el sheriff quiere hablar contigo.

—Lo suponía –dijo él, con tono irónico.

—¡Anson, no puedes pasarte el resto de tu vida escondido!

Se creó un tenso silencio, y al final él le dijo:

—Lo intenté.

—¿El qué?

—Llamé por teléfono a Davis.

—¿Hablaste con él? –era una noticia fantástica, pero nadie le había dicho ni una palabra–. No lo sabía, creía que...

—No, no hablé con él. Lo intenté, pero no estaba. Pregunté cuándo podría encontrarlo, y nadie pudo decirme nada concreto.

A Allison le pareció muy raro, pero entonces recordó algo que les había oído comentar a sus padres.

—Su mujer murió recientemente, seguro que le pillaste en un mal momento.

—¿De qué murió?

—No lo sé, pero mi madre dijo que llevaba años enferma. Davis se tomó unos días libres después del funeral –se sintió alentada al ver que Anson había llamado al sheriff–. Inténtalo otra vez.

Él pareció pensárselo durante unos segundos, y al final le contestó:

—Sí, a lo mejor.

—Cuando llamaste al sheriff no dijiste quién eras, ¿verdad? —estaba convencida de que en la comisaría habrían cooperado más con él si se hubiera identificado.

—No, sólo quiero hablar con Davis.

—Ya ha vuelto al trabajo, mi padre lo comentó anoche.

—Vale.

De repente, no parecía haber nada más que decir.

—Gracias por la rosa —la había colocado entre las páginas de un libro. Quería guardarla para siempre, al igual que la nota.

—Habría dado lo que fuera por poder estar contigo, Allison.

—Ya lo sé —al oír al otro lado del teléfono un ruido de fondo que no alcanzó a distinguir, se preguntó dónde estaba.

—Tengo que irme.

—¿Cómo estás?

—Voy tirando. ¿Y tú?

—Bien.

—¿Sólo bien?

—¿Sabes dónde estoy?, en el campo de rugby.

—¿En las gradas?

—Exacto. ¿Sabes por qué es un lugar tan especial para mí? —le preguntó, sonriente.

—Es donde nos besamos por primera vez.

Allison sintió una alegría inmensa al ver que él también se acordaba.

—Aquella noche, sólo podía pensar en besarte. Estabas tan guapa... tenías las mejillas enrojecidas por el frío, y llevabas un abrigo rojo. Sabía que podrías salir con el chico que te diera la gana, pero estabas conmigo.

—Por favor, no.

—¿No qué?

—Si sigues hablando así, voy a echarme a llorar —en un intento de aligerar un poco el ambiente, añadió en tono de broma—: Estoy horrible cuando lloro.

—Desearía poder besarte ahora mismo.

—Yo también —fue incapaz de seguir manteniendo la compostura—. No puedo seguir soportándolo, Anson.

Él permaneció en silencio durante un largo momento, y al final le dijo con voz baja y ronca:

—Sólo pienso en ti, es lo que me da fuerzas para seguir día a día. No sé dónde estaría ahora de no ser por ti, Allison. No lo olvides, ¿vale? Pase lo que pase con lo del fuego o con cualquier otra cosa, recuerda que eres lo mejor que tengo en mi vida.

—Vale.

—Ya sé que no sabes si puedes confiar en mí, pero inténtalo por mi bien. Por favor, Allison, inténtalo.

—Lo haré.

—Te preocupa algo más, ¿verdad?

Le sorprendió que se hubiera dado cuenta, y se apresuró a decir:

—No te preocupes por mí.

—¿Qué te pasa?

—No tiene nada que ver con el incendio...

—Cuéntamelo, Allison.

—¿Te acuerdas de mi amiga Cecilia? —no pudo contener un sollozo.

—¿La mujer que trabaja para tu padre?

—Que trabajaba —le dijo, mientras se secaba las lágrimas que le corrían por las mejillas—. Va a mudarse. Su marido trabaja en la Armada, y le han trasladado a San Diego.

—Lo siento.

—¿Por qué se marchan las personas a las que quiero?

—Allison...

—Perdóname. Ya tienes bastantes preocupaciones como para aguantar también mis problemas.

—Te amo.

—Ya lo sé.

—Háblame de Cecilia —parecía entender cuánto necesitaba hablar con alguien de aquella pérdida.

—Ha sido una amiga fantástica, es como la hermana mayor que nunca tuve. Supongo que no te acordarás de cómo me porté cuando mis padres se divorciaron, pero la verdad es que pasé por una etapa muy mala —volvió a sollozar. Nadie más sabía lo que estaba a punto de contarle, ni siquiera Cecilia.

—Sigue —le dijo él con voz suave.

—Ella me contó lo mal que lo pasó cuando sus padres se divorciaron. Como no quería oírla, intenté pasar de todo lo que me dijo y hacerle la vida imposible, pero una tarde entré en la sala de descanso y la encontré sola, llorando mientras miraba una foto que no alcancé a ver bien. En cuanto pude, le agarré el bolso sin que me viera y saqué la foto —si alguien la hubiera pillado, se habría metido en un buen lío—. Era de su hija, que murió al poco de nacer. Más tarde, me enteré de que se llamaba Allison, así que ésa era una de las razones por las que Cecilia se sentía tan cercana a mí —tenía el maquillaje arruinado por las lágrimas que caían sin descanso—. Hablo muchísimo con ella, no sé si voy a soportar perderos a los dos.

—Podréis seguir en contacto.

—Eso fue lo que me dijo Cecilia, nos prometimos que nunca perderíamos nuestra amistad.

—Voy a regresar junto a ti, Allison. Encontraré la forma de lograrlo.

Aquélla era la esperanza a la que se aferraba para seguir adelante día a día, al igual que Anson se aferraba a los recuerdos que tenía de ella.

CAPÍTULO 36

El sábado, al final de una larga jornada de trabajo, Rachel comprobó el móvil y vio que tenía una llamada perdida de Nate, pero en vez de devolvérsela, volvió a meterse el móvil en el bolsillo. Era la tercera llamada suya que recibía, pero ya sabía lo que él quería. Los padres de Nate estaban en la ciudad, pero la sola idea de hablar con ellos le provocaba escalofríos de terror.

Gracias a Teri, tenía una excusa perfecta para evitar verlos. El hecho de que su amiga se hubiera marchado para casarse por sorpresa con Bobby Polgar había obligado a las demás a hacer más horas. Ella se había encargado de las clientas de Teri en la medida en que se lo había permitido su propia agenda de trabajo, y en ese momento Jane y ella eran las últimas empleadas que quedaban en el salón después de un sábado largo y frustrante.

Se quedó pasmada al ver entrar a Teri Miller Polgar tan tranquila, como si acabara de llegar después de unos minutos de descanso. Soltó una exclamación de entusiasmo, y echó a correr hacia ella.

—¡Hola! —le dijo, antes de darle un fuerte abrazo. Su amiga estaba radiante de felicidad.

—¡Ya era hora de que volvieras! —exclamó Jane desde el mostrador de recepción. Se acercó a abrazarla también, y le agarró la mano para ver bien los anillos de boda y de compromiso–. ¡Madre mía, este pedrusco es enorme!

–No es lo único enorme de mi marido –a Teri le encantaba decir barbaridades.

–¡Teri! –Rachel le dio una palmadita en la mano.

–¿Dónde está el gran señor Polgar? –le preguntó Jane.

–Yo le distraía demasiado, se ha ido a un campeonato en Rusia.

–¿No vas a ir con él?

–No tengo pasaporte. James me ha traído a casa, pero me siento fatal sin mi Bobby. Apuesto a que él está igual de mal.

–¿James, el chófer? –le dijo Jane, con un fingido acento británico.

–El mismo, está esperándome fuera –Teri sonrió al recorrer el salón con la mirada, y comentó–: Aunque no os lo creáis, echo de menos este lugar. Le he pedido a James que me trajera incluso antes de pasar por casa.

–¿Cómo es estar casada con alguien famoso? –Rachel se moría de curiosidad.

–La verdad es que no veo a Bobby como una persona famosa. Para mí es Bobby, sin más. Él piensa en el ajedrez casi todo el tiempo, y no deja de hablar del tema... –esbozó una sonrisa de satisfacción antes de añadir–: Menos cuando estamos en la cama –soltó una risita, pero se puso seria al decir–: Estoy loca por él. Bobby Polgar y yo... ¿quién lo habría pensado?

–¿Vas a volver al trabajo? –le preguntó Jane.

–Claro que sí –le contestó, como si fuera una obviedad–. Le dije a Bobby que necesito trabajar. Él tiene su trabajo, y yo el mío.

–¿Necesitas trabajar? –le preguntó Rachel con asombro. Era obvio que Bobby era inmensamente rico.

–Sí, por mi propio bien. Podría ir con Bobby de ciudad en ciudad, de un campeonato a otro, pero lo pasaría fatal. Apenas le vería, y tendría que estar sola casi todo el rato.

De esta forma, vendrá a estar conmigo todo lo posible, y puedo pasar unos días en Nueva York con él de vez en cuando. Tengo que tener controlado a mi hermano... y mi hermana Christie me necesita, por fin le ha dado la patada al perdedor de su marido.

–¿Por qué en Nueva York? –le preguntó Jane con cierta envidia. Había regresado al mostrador, y aquello parecía ser lo único que había oído.

–Porque Bobby tiene un ático en Manhattan. Aún no lo he visto, pero iremos pronto.

–Él tiene un ático en Manhattan, y tú un pisito en Cedar Cove... suena genial –Jane sacudió la cabeza, y comentó–: No pegáis ni con cola.

–Están enamorados, eso es lo que cuenta –le dijo Rachel.

–Mira quién habla –Jane alzó la mirada de las facturas que estaba ordenando, y le dijo–: ¿Por qué estás ignorando las llamadas de Nate?

–¡Eso es completamente diferente!, Nate no tiene nada que ver con todo esto.

–Es exactamente lo mismo. El amor lo puede todo, ¿no? Te da miedo conocer a sus padres, por eso no contestas a sus llamadas. No me sorprendería que apareciera por aquí sin avisar uno de estos días.

–Nate sabe que este fin de semana voy a estar ocupada con Jolene.

–Claro, lo has organizado todo aposta.

Aquello era cierto, pero Rachel no estaba dispuesta a admitirlo.

–No digas tonterías, Jane –le dio la espalda, y se volvió hacia Teri–. Anda, cuéntame todo lo que pasó en Las Vegas.

–Apenas salimos de la habitación, ni siquiera metí una moneda en las tragaperras. ¿Quieres que te cuente cómo me mantuvo ocupada mi marido?

–No hace falta, me parece que ya lo sabemos –había detalles que no hacía falta compartir.

Teri la abrazó con fuerza, y le dijo:

—Muchas gracias, Rachel. No había sido tan feliz en toda mi vida, y tú me convenciste de que fuera a hablar con Bobby. Me alegro tanto de haberlo hecho... mi marido es maravilloso —los ojos se le llenaron de lágrimas—. Ya sé que es difícil de creer, pero me necesita y me ama.

A Rachel le pareció algo de lo más comprensible.

Cuando el teléfono empezó a sonar, Jane hizo ademán de contestar, pero se detuvo y miró a Rachel.

—¿Quieres que conteste, o dejo que salte el contestador?

—El contestador.

—Eres una cobarde —le dijo Jane, ceñuda.

Rachel sabía que su amiga tenía razón, pero no podía evitar que los padres de Nate la aterraran, sobre todo su madre. La breve conversación que había mantenido con ella había confirmado todos sus temores, era obvio que no le caía bien a pesar de que ni siquiera se habían conocido en persona; además, la señora Olsen había dejado claro el hecho de que ella no pertenecía a su mundo privilegiado... y lo cierto era que ella no estaba segura de querer entrar en un mundo así.

—¿Qué pasa, Rachel? —le preguntó Teri.

—Nada, olvídalo. Quiero que me lo cuentes todo sobre Bobby y tú.

Su amiga estaba deseando contárselo.

—Quiere que me encargue de comprar una casa aquí mientras él está fuera. He decidido que voy a aprender a jugar al ajedrez, aunque aún no se lo he dicho. He estado leyendo alguna información sobre el tema, ¿sabías que el ajedrez empezó siendo un juego de dados de la India, hace unos mil cuatrocientos años? —al verla negar con la cabeza, añadió—: Yo tampoco. Hay mucha gente interesante que ha jugado al ajedrez... Charles Dickens, por ejemplo, y Tolstoi, y sir Walter Scott. Y también Humphrey Bogart, y John Wayne. Es un tema fascinante, aunque... la verdad es que durante estos días no he leído demasiado —le guiñó el ojo mientras sonreía con picardía.

Rachel decidió que era mejor cambiar de tema, y le preguntó:

—¿Qué pasa con el contrato de alquiler de tu piso?

—Bobby hizo que uno de sus empleados se encargara de eso —Teri bajó un poco la voz al admitir—: ¿Sabes qué es tan... tan maravilloso? Hace que me sienta como la única mujer del universo.

—No sabes cuánto me alegro por ti.

—Estoy tan feliz, que me cuesta creerlo. No sé qué he hecho para merecerme esto...

—Le cortaste el pelo —apostilló Jane, mientras sujetaba con una goma un montón de facturas—. Con un corte de pelo has ganado un millonario, increíble.

Teri soltó una risita, y les preguntó:

—¿Os apetece venir a cenar a mi casa?

—Lo siento, esta noche no puedo. Voy a casa de mis suegros —le dijo Jane.

—Yo tampoco puedo —dijo Rachel.

—¿Vendrás a trabajar el martes? —le preguntó Jane.

—Sí.

—Genial, todo el mundo se alegrará un montón de verte.

Mientras Rachel acababa de limpiar su zona de trabajo, Teri la miró y le preguntó:

—¿Adónde vas a ir?

—A casa. Bruce va a traer a Jolene, y...

—Está evitando a ya sabes quién —apostilló Jane.

Rachel agarró su bolso, y después de despedirse de Jane, Teri y ella salieron del salón.

—¿Quieres pasarte por casa? Los vecinos se quedarán pasmados al ver la limusina con chófer.

—No puedo, Bobby va a llamarme en cuanto aterrice.

—Si te llama al móvil, puedes hablar con él desde mi casa.

—Ni hablar, Jolene es muy pequeña para escuchar una conversación así —le dijo, con una sonrisa de oreja a oreja.

Rachel se echó a reír, y le dijo:

—Tienes razón.

Teri la acompañó al aparcamiento. James estaba junto a la limusina, esperando sus instrucciones.

—¿Aún sigues interesada en Nate?

Rachel soltó un profundo suspiro. Estaba loca por él, pero no hasta el punto de estar dispuesta a tener un cara a cara con su madre. Seguramente acabaría conociendo a la dragona tarde o temprano, pero aún no estaba preparada.

Después de despedirse con un abrazo, cada una se fue por su lado. Rachel llevaba en casa unos minutos cuando Bruce llegó con Jolene.

—Traemos la cena —le dijo él.

La niña entró sujetando con cuidado una caja de pizza, y cuando su padre dejó en la sala de estar la bolsa con su ropa, le dijo sin más:

—Ya puedes irte, papá.

Rachel se echó a reír al ver la cara de sorpresa que ponía él, y le dijo:

—Me parece que acaba de echarte.

—¿Ni siquiera me vais a dar un poco de pizza?, os recuerdo que la he comprado yo.

Al ver que la niña la miraba como para pedirle su opinión, Rachel sonrió y le dijo:

—Anda, vamos a dejar que se quede.

—Vale, pero tienes que marcharte después de cenar. No puedes ver la peli con nosotras.

—¿Qué peli?

—*La princesa prometida*, es su preferida —le dijo Rachel en voz baja.

—Te he oído, Rachel. También es tu preferida —le dijo la niña.

—Vale, lo admito.

—La verdad es que prefiero pintar la sala de estar antes que ver eso... y es exactamente lo que voy a hacer —les dijo Bruce.

Rachel fue a la cocina, y puso tres platos sobre la mesa.

—¿Tienes pimentón rojo? —le preguntó él.

—Estante de arriba, a la derecha —le contestó, mientras sacaba tres latas de refresco de la nevera.

Al oír que llamaban a la puerta, Jolene exclamó:

—¡Ya voy yo!

Rachel sintió que se le formaba un nudo en el estómago incluso antes de girarse para ver quién era; tal y como temía, Nate Olsen estaba en la puerta... acompañado de sus padres.

C A P Í T U L O 37

Justine acababa de pasar dos horas reunida con un arquitecto de Bremerton, y todo había ido tan bien como esperaba. Llamó entusiasmada a su madre, que le sugirió que se pasara a verla de camino a casa. Los juzgados estaban cerrados en celebración del Día de la Bandera, ya que mientras el resto del mundo hacía vida normal, todos los empleados estatales y federales tenían fiesta.

Justine adoraba el dieciséis de Lighthouse Road, siempre sentía una profunda sensación de paz y bienestar cuando iba a su hogar de la infancia. El enorme porche era como una invitación a entrar, a pasar un rato relajado junto a la familia y los amigos.

Oyó el sonido de la aspiradora al subir los escalones del porche. No le extrañó que su madre estuviera pasando un día de fiesta limpiando, porque era una maniática del orden, al igual que su abuela. Ella estaba de acuerdo en que la limpieza era importante, pero tenía otras prioridades y luchaba por dar abasto con su hijo, su marido, sus amigos, la casa, y el trabajo. El viernes anterior había entregado su carta de renuncia, y a pesar de que el director lamentaba perderla y le había ofrecido un paquete de incentivos más que tentador, ella tenía otros planes.

Entró en la casa después de llamar, y se sorprendió al ver

que no era su madre la que estaba pasando la aspiradora, sino Jack. Estaba en medio de la sala de estar con unos auriculares, llevaba a la cintura uno de los delantales con volantes de su madre, y se detuvo en seco al verla.

—Vaya, vaya —cuando él la miró ceñudo y se quitó los auriculares, sonrió de oreja a oreja y comentó—: Esto sí que es toda una noticia, no sé si llamar a algún reportero del *Chronicle*.

—Como se lo cuentes a alguien, estás muerta.

—Que haya paz —dijo Olivia, al salir de la cocina mientras se secaba las manos con un paño.

—Tu madre me ha dicho que pasar la aspiradora es tan bueno como correr, y me ha convencido. Me ha parecido una forma fácil de hacer ejercicio.

—¿Y qué me dices del delantal? —le preguntó Justine.

Jack miró a su mujer, y comentó:

—También ha sido idea suya, me ha dicho no sé qué de limpiar el polvo de las estanterías... —se apresuró a quitarse la prenda, y la tiró encima del sofá—. No vas a contárselo a nadie, ¿verdad? ¿A que va a ser nuestro secretillo?

—Mis labios están sellados —le dijo ella con la mano alzada, como si estuviera haciendo un juramento.

Olivia se acercó a ella, y la abrazó antes de decir:

—Me alegro de verte, cariño. Así que la reunión con el arquitecto ha ido muy bien, ¿no?

—Me parece que tu idea va a funcionar de maravilla, mamá —le dijo, con una enorme sonrisa.

—Pues claro —le contestó su madre, como si no lo hubiera dudado ni por un segundo—. Y la idea no fue sólo mía, sino de las dos. Yo sólo comenté que sería agradable tener un lugar especial donde tomar el té, y tú te has encargado de poner los planes en marcha.

—No tendré que ir a comer a ese salón de té, ¿verdad? —les dijo Jack. Después de desenchufar la aspiradora y de enrollar el cable, la guardó en el armario del vestíbulo. Con el dedo meñique alzado, fingió que bebía de una taza imaginaria.

—No, a menos que quieras volver a ponerte ese delantal —le dijo Justine en tono de broma, mientras alzaba también el meñique.

—Muy gracioso —le dijo él, enfurruñado.

—La próxima vez, cerraré la puerta con llave —le prometió Olivia.

—No habrá una próxima vez.

—Lo que tú digas, querido.

Jack le echó un vistazo a su reloj, y comentó:

—Será mejor que me vaya, algunos de nosotros sí que tenemos que trabajar —después de darle a su esposa un largo beso que la dejó sin aliento y ruborizada, hizo una reverencia con teatralidad y fue hacia la puerta.

Antes de marcharse, le guiñó el ojo a Justine, y ella le devolvió el gesto. Le encantaba lo mucho que había cambiado su madre desde que se había casado con aquel hombre. Por primera vez desde la muerte de Jordan, sentía que su madre era realmente feliz... al igual que ella. El incendio lo había cambiado todo durante un tiempo y tanto Seth como ella lo habían pasado muy mal, pero por fin estaban saliendo de aquella pesadilla y volvían a encarrilar sus vidas.

Charló con su madre mientras tomaban el té e intercambiaban ideas. Mientras hablaban de qué tipo de platos irían bien en el salón, decidió comprar un surtido de teteras de diferentes estilos y colores, y su madre le sugirió una marca de té que le gustaba mucho. Se preguntó si su abuela estaría dispuesta a darle la receta del pastel de coco, uno de los preferidos de toda la familia, y su madre le dijo que seguro que no pondría ninguna objeción. Al mediodía servirían sopas, ensaladas y sándwiches, y habría un menú especial diario. Escribieron listas con recetas que podrían usar, y hablaron de la decoración.

Fue a por Leif a la guardería al mediodía, y mientras el niño dormía una siesta, extendió los esbozos del arquitecto sobre la mesa de la cocina y fue anotando con un lápiz algunas de las ideas que se les habían ocurrido a su madre y a ella.

Para cuando el niño despertó, todo estaba guardado de nuevo, la cena estaba en el horno y la ensalada preparada, y había una botella de vino enfriándose en hielo. Estaba deseando que Seth llegara del trabajo, porque tenía un montón de cosas que contarle.

Se sorprendió al oír que llamaban a la puerta. Penny estaba ladrando como una loca en el jardín vallado. Antes de que pudiera detenerle, Leif se le adelantó a la carrera y abrió sin pensárselo dos veces, pero se quedó mirando desconcertado al hombre que tenía delante.

—Hola, Warren —Justine intentó controlar las ganas de mirarlo ceñuda.

—Hola, Justine —al ver que no le invitaba a entrar, añadió—: ¿Puedo pasar?

Seth iba a llegar de un momento a otro, y no le haría ninguna gracia encontrarla en compañía de Warren Saget.

—Supongo que sí —esperó que su tono de voz vacilante reflejara lo poco que le gustaba aquella situación.

Abrió la puerta mosquitera, y cuando Leif se abrazó a su pierna sin dejar de mirar al recién llegado con suspicacia, lo alzó en brazos.

—¿En qué puedo ayudarte? —no quería parecer maleducada, pero no quería que aquella visita se alargara. Quería que él le dijera a qué había ido, y que se marchara cuanto antes.

Warren pareció dolido ante su actitud, y le dijo:

—El viernes me pasé por el banco. No estabas allí, pero me enteré de que habías presentado tu renuncia. No me habías comentado que habías decidido dejar el trabajo.

Ella contuvo las ganas de decirle que aquello no era asunto suyo, y comentó:

—Era un trabajo temporal mientras Seth y yo decidíamos lo que íbamos a hacer con el restaurante.

—¿Ya habéis tomado una decisión?

—Sí, vamos a reconstruir.

—La última vez que hablamos, me dijiste que te sentías

desilusionada porque Seth no había prestado atención a tus ideas. ¿Ha cambiado de opinión?

Como no estaba dispuesta a explicarle los entresijos de sus negocios o de su matrimonio, se limitó a asentir y comentó:

—Algo así.

—Me alegro. Hace mucho que tú y yo somos amigos, así que espero que podamos trabajar juntos en este proyecto.

Lamentaba haberle contado tantas cosas, sentía que le había sido desleal a Seth por hablar con él. Optó por no responder.

—¿Qué es lo que habéis decidido?

—No tengo tiempo de entrar en detalles, Warren. Sólo puedo decirte que estoy muy ilusionada.

—Me alegro mucho —le dijo él, sonriente.

Leif empezó a aburrirse y se movió con nerviosismo, y cuando lo bajó al suelo, empezó a tirarle de la falda y le dijo:

—Cuéntame un cuento, mamá. Léeme *Buenas noches, luna*.

Justine intentó que se calmara, y se volvió de nuevo hacia Warren.

—Perdona, pero estoy bastante ocupada —le dijo, para ver si captaba la indirecta y se marchaba.

—Entiendo —fue hacia la puerta, pero se detuvo y le dijo—: Me darás la oportunidad de pujar por el proyecto de construcción, ¿verdad?

—Por supuesto —sabía de antemano que Seth se negaría a permitir que Warren se encargara de aquel trabajo; en primer lugar, tanto sus métodos como sus materiales eran cuestionables, y en segundo lugar, seguro que intentaría aprovechar cualquier oportunidad para acercarse a ella.

—Nunca he ocultado lo que siento por ti, Justine. Me gustaría ser mucho más que tu constructor.

—¡Warren, por favor!

—Nos une una larga amistad, y te he echado de menos.

Esperaba que te dieras cuenta de lo mucho que me importas. Siempre lo has significado todo para mí.

—Estoy casada, Warren. Adoro a mi marido y a mi hijo.

—Hace una temporada que no eres feliz. Te conozco, y lo veo en tus ojos. No querías que me diera cuenta, pero no podías ocultármelo.

—Las cosas han cambiado.

—¿Estás segura?, ¿no será un arreglo temporal?

En ese momento, la puerta de la cocina se abrió y Seth entró en la casa con Penny pisándole los talones. La perra se lanzó a por Warren, pero obedeció de inmediato cuando su amo le ordenó que se detuviera.

—Hola, cariño —Justine sintió un alivio enorme al ver a su marido.

Al ver que él se limitaba a mirarlos en silencio, se le acercó y le besó la mejilla antes de colocarse a su lado y de pasarle el brazo por la cintura. Era una forma silenciosa de dejarle claro a Warren que tanto su lealtad como su amor le pertenecían a su marido.

Después de alzar en brazos a Leif y de darle un beso, Seth acarició a la perra, que se había sentado obedientemente a su lado, y le dijo a Warren con rigidez:

—Hola, Warren.

—Hola.

—Warren ya se marchaba —apostilló ella. En cuanto se quedaran solos, le explicaría a su marido qué hacía Warren allí.

—He venido a hablar con Justine sobre el proyecto de reconstrucción del restaurante —no parecía tener ganas de marcharse.

—Entiendo —sin más, Seth fue hacia la puerta y la abrió.

Al ver que Warren no se movía de donde estaba y que los dos se fulminaban con la mirada, Justine se llevó las manos a las caderas y les espetó con voz seca:

—¿Queréis dejarlo ya? —se interpuso entre ellos, y añadió—: Por favor, Warren, márchate.

Él la miró con expresión dolida, y le dijo con petulancia:
—Creo que deberías contárselo a Seth.
—¿El qué? —le preguntó él.
La perra empezó a ladrar mientras permanecía sentada, y Leif se fue corriendo a la otra habitación.
—No hay nada que contar —Justine contuvo las ganas de ponerse a gritar. Era obvio que Warren quería causarle problemas con Seth, y no estaba dispuesta a permitírselo—. Quiero que te mantengas alejado de mí, Warren. Ni te me acerques. ¿Te ha quedado claro? —él se había pasado de la raya, y a partir de ese momento, no quería volver a verlo en toda su vida.

CAPÍTULO 38

Maryellen se sentía embarazadísima. El bebé podía nacer en cualquier momento, y jamás había deseado tanto algo. Estaba preparada. La bolsa con sus cosas estaba lista, la casa estaba limpia gracias a Ellen y a Joe, y había acabado de tejer la mantita amarilla en la que iba a envolver al niño cuando lo llevara a casa al salir del hospital.

Hacía un día soleado y estaba sentada en el sofá, mirando hacia el jardín y doblando unas cuantas toallas recién sacadas de la secadora. Jon estaba trabajando en su despacho, donde tenía la habitación de revelado además del ordenador y la impresora para las fotos digitales. El hecho de que estuviera en casa al mismo tiempo que sus padres indicaba que su actitud había cambiado un poco.

Joe y Ellen habían sacado a Katie para disfrutar del sol, a la pequeña le encantaba explorar el mundo que la rodeaba. Podía verlos en ese momento a través de las puertas correderas de cristal, estaban paseando por el jardín mientras la niña se entusiasmaba con cada flor y cada brizna de hierba.

Katie estaba muy unida a sus abuelos, hablaba de ellos sin cesar. Jon siempre buscaba una excusa para hacerla cambiar de tema. Jamás decía ni una sola palabra en contra de sus padres delante de Katie, pero no hablaba de ellos con la niña.

Últimamente, había notado que la actitud de su marido en lo referente a su familia se había suavizado un poco. Todo había empezado la tarde en que había encontrado a su padre jugando con Katie. Aquél había sido el primer día que habían hablado, y a partir de entonces habían intercambiado algún que otro comentario con actitud amable pero distante.

Cuando el teléfono empezó a sonar, contestó de inmediato. Como el parto era inminente, su madre llamaba varias veces al día y la visitaba siempre que podía; además, charlaba a menudo con su hermana, Kelly, que salía de cuentas en un par de semanas. Supuso que se trataba de ésta última, porque solía llamarla a primera hora de la tarde.

—Hola.

—¿Cómo estás? —le preguntó Kelly.

—¿Y tú?

—Embarazada —le dijo su hermana, con una risita.

—Yo también —ella no tenía ganas de reír.

—Parece mentira que nueve meses puedan parecer tan largos.

Al contrario que ella, Kelly tenía problemas para quedarse embarazada, pero... también al contrario que ella... no le resultaba difícil llevar el embarazo a buen término.

—Ninguna ropa me queda bien, y cada día me salen más estrías. No es que me queje, pero se me había olvidado lo incómodo que puede llegar a ser un embarazo.

Maryellen contuvo las ganas de recordarle que ella se había pasado la mayor parte del embarazo confinada en el sofá de la sala de estar. Echaba de menos cosas sencillas, aspectos cotidianos de la que solía ser su vida normal. Estaba deseando poder meterse en la cama y acurrucarse contra su marido, tomarse un baño de verdad era un lujo que no podía permitirse, y como tenía prohibido subir escaleras y el cuarto del bebé estaba en la segunda planta, su madre y Ellen se habían encargado de decorarlo. Ni siquiera lo había visto.

Por si todo eso fuera poco, no podía dejar de preocuparse

por el bebé. Intentaba ser positiva, pero no podía evitar preocuparse. Debido a los problemas asociados a aquel embarazo, la aterraba la posibilidad de que el bebé naciera mal.

Al principio del embarazo le habían hecho un montón de ecografías y de análisis de sangre, pero conforme el feto había ido desarrollándose, habían ido haciéndole menos pruebas. Los médicos decían que todo parecía normal, pero a continuación le advertían que las ecografías no ofrecían garantía alguna.

Ella ya había aceptado que, debido a su edad y a los problemas que había tenido, aquel embarazo iba a ser el último.

Charló con su hermana durante unos diez minutos, y al colgar se sorprendió al darse cuenta de que Ellen estaba preparando una ensalada en la cocina.

—¿Dónde está Katie? —le preguntó, mientras empezaba a doblar la manta amarilla de punto.

Ellen alzó la mirada con una hoja de lechuga en la mano, y le contestó:

—Aún está fuera con Joe.

Maryellen miró hacia fuera, pero no vio por ninguna parte ni a su hija ni a su suegro.

—No los veo —dijo, mientras se ponía de pie con dificultad.

—Deben de estar por aquí cerca —Ellen fue hacia la puerta corredera mientras se secaba las manos con un paño de cocina.

Maryellen se quedó junto a la puerta, viendo cómo recorría el jardín. La vio alejarse hasta que la perdió de vista, y al cabo de un momento, oyó que empezaba a llamar a Katie y a Joe. Su voz fue ganando intensidad conforme fueron pasando los segundos y no obtuvo respuesta.

El corazón empezó a martillearle en el pecho, porque sabía sin lugar a dudas que estaba pasando algo malo. Su instinto de madre estaba en alerta roja. Sintió que se mareaba, y fue tambaleante hacia la escalera que conducía al despacho de Jon.

—¡Jon! ¿Puedes venir un momento?

A pesar de que intentó aparentar calma, su voz debió de traicionarla, porque él salió a toda prisa. La miró a los ojos, y le preguntó:

—¿Qué pasa?

Ella tragó con fuerza, ya que tenía miedo de su posible reacción.

—Joseph y Katie han desaparecido.

—¿*Qué?* —la agarró de los hombros, y le preguntó frenético—: ¿Qué quieres decir?

—Katie estaba fuera con Joe y Ellen, y yo estaba hablando por teléfono con Kelly. Cuando he colgado, Ellen estaba en la cocina y no he visto por ninguna parte ni a la niña ni a tu padre. Ya sabes que a Katie le encanta el agua, y...

Antes de que acabara la frase, Jon echó a correr y atravesó el jardín en dirección al arroyo que había por detrás de la casa, y que bajaba hasta el dique que conducía a Colvis Passage. Era poco profundo, pero si la niña se había caído allí, podría ser arrastrada hasta Puget Sound.

Se quedó esperando en el patio, con la mano apretada contra la frente. Ellen salió de entre los arbustos que bordeaban el extremo más alejado de la propiedad, y al ver que la miraba y negaba con la cabeza, le preguntó a gritos:

—¡Ellen! ¿Dónde está Jon?

—Ha ido al arroyo, no he sido capaz de llegar hasta allí.

—¿Y Joe?

—No... no lo sé. Es imposible que haya podido llegar al arroyo, hay demasiada pendiente.

Maryellen sintió náuseas, y por un momento pensó que iba a vomitar. Todo aquello le parecía irreal, no era capaz de asimilarlo, pero el terror que la atenazaba era casi palpable. Tenía un dolor de cabeza terrible, y estaba tan mareada, que tuvo que aferrarse al respaldo de una silla.

—No sé cómo ha podido pasar, Joe estaba con ella... —le dijo Ellen, con los ojos inundados de lágrimas.

Sólo hacía falta un instante para perder de vista a Katie.

A la pequeña de tres años le encantaba jugar al escondite, sería capaz de aprovechar para escabullirse en cuanto viera que su abuelo se despistaba por un momento.

No habría sabido decir cuánto tiempo pasó, pero le pareció una eternidad. Justo cuando creía que iba a enloquecer, vio un movimiento entre los arbustos, y oyó a su hija llorando. Sintió un alivio tan abrumador, que le flaquearon las rodillas.

Jon salió de entre los arbustos con Katie fuertemente apretada contra su pecho. La pequeña estaba cubierta de lodo de pies a cabeza.

—¿Dónde está Joseph? —le preguntó Ellen, mientras iba hacia él a toda prisa.

Maryellen no alcanzó a oír lo que decían. Después de entregarle la niña a Ellen, Jon regresó por donde había llegado, y en cuestión de segundos desapareció entre los árboles y los densos matorrales que bordeaban la propiedad.

La niña siguió berreando, pero no por dolor, sino porque se había asustado. Ellen se la entregó, y la pequeña se calmó en cuanto estuvo en los brazos de su madre y tapada con una toalla. Se metió el pulgar en la boca, y soltó un suspiro trémulo mientras Maryellen se sentaba y la mecía con suavidad.

—¡Dios mío, Joe! —exclamó Ellen, antes de cubrirse la boca con la mano.

Maryellen alzó la mirada, y vio que Jon ayudaba a salir a su padre de entre los arbustos y lo conducía hacia la casa. Joe estaba empapado, y tiritaba de frío.

—¿Qué ha pasado? —les preguntó Ellen, mientras corría hacia ellos.

Joseph apenas parecía capaz de hablar, pero respiró hondo varias veces y alcanzó a decir:

—Katie se puso a jugar al escondite, y se metió en el bosque —hablaba jadeante, y tenía la piel macilenta y los labios azulados—. Se acercó demasiado al borde. Vi cómo resbalaba y se caía dentro del arroyo, así que fui corriendo a sacarla.

Maryellen se imaginó a aquel hombre mayor bajando corriendo hacia el arroyo, tropezando con rocas y árboles caídos, luchando por rescatar a su nieta antes de que se la llevara la corriente.

—Yo también he resbalado —se inclinó hacia delante, y apoyó las manos en las rodillas mientras intentaba recuperar el aliento.

Jon entró corriendo en la casa, salió al cabo de un momento con una manta, y tapó a su padre con movimientos tensos.

—Ellen, lleva a papá a Urgencias ahora mismo —dijo, con voz firme.

Su madrastra se apresuró a entrar en la casa para ir a por su bolso, y cuando volvió a salir, él le preguntó:

—¿Quieres que os lleve en mi coche?

Ellen parecía aturdida. Vaciló por un instante, pero entonces negó con la cabeza y le dijo:

—No, quédate aquí cuidando de Katie.

—Que comprueben cómo tiene el corazón.

—No me pasa nada. Mientras Katie esté bien, yo también lo estoy —dijo Joe.

—Haz lo que te he dicho, Ellen —insistió él, con voz inflexible.

Cuando su madrastra asintió obedientemente, condujo a su padre al coche y le ayudó a entrar a pesar de sus protestas, mientras ella se ponía al volante y encendía el motor. Entonces se apartó del vehículo, y observó cómo se alejaba a toda velocidad.

Cuando regresó junto a Maryellen, parecía al borde del colapso.

—¿Cómo está Katie?

—Se ha llevado un buen susto, pero está bien —le dijo ella.

—Gracias a Dios —cerró los ojos, y agachó la cabeza.

Maryellen también le dio las gracias a Dios. Habían estado a punto de perder a su hija. Si Joseph no hubiera ido tras ella, la niña se habría ahogado.

Después de respirar hondo varias veces, su marido agarró a la pequeña y la abrazó con fuerza antes de subirla para bañarla y cambiarle la ropa.

Maryellen se cambió la camiseta, y al sentarse se dio cuenta de que aún estaba temblando de pies a cabeza; de hecho, sus rodillas entrechocaban la una contra la otra. No podía dejar de pensar en lo cerca que habían estado de perder a Katie.

Cuando Jon regresó, temió que le echara algo en cara, o que dijera que sus padres no podían volver a la casa. Aunque él no se lo había dicho, estaba convencida de que desde el principio había estado buscando una excusa para poder mandarlos de vuelta.

Aquella tarde, Joseph le había proporcionado la razón perfecta, pero aun así, Jon le había llamado «papá».

Su hija, que ya estaba limpita y seca, se comportaba como si no hubiera pasado nada, pero ella se sentía lista para ir directa a un psiquiátrico mientras la pequeña parloteaba tan feliz.

—Jon... ¿estás bien?

Él hizo una mueca, y la tomó de la mano antes de decir:

—No quiero volver a pasar por una tarde como ésta, Maryellen.

—Yo tampoco.

—Cuando vi a Joseph con ella en brazos, no supe qué decir. Tuve ganas de despotricar, de gritarle por permitir que Katie se escabullera.

—¿No lo has hecho?

—No, creo que él mismo estaba a punto de tener un ataque al corazón.

—Oh, no... —le habría gustado preguntarle qué sentía al pensar que a su padre podría pasarle algo así, pero no se atrevió. Su suegro le había salvado la vida a Katie, pero su marido parecía incapaz de admitirlo, al menos en voz alta.

Al cabo de una hora, Ellen llamó para decirles que había llevado a Joe a la clínica, y que el doctor Timmons le había hecho un examen completo y había dictaminado que su corazón estaba bien. Tenía la presión arterial un poco alta, pero era comprensible. Los dos habían regresado al hotel, y estaban descansando.

Grace llamó también, y en cuanto se enteró del incidente, decidió ir a cenar junto con Cliff. Maryellen apenas probó el pollo con arroz, y supuso que su falta de apetito se debía al susto que se había llevado.

Su madre se dispuso a marcharse después de recoger la cocina, y cuando se levantó del sofá para despedirse de Cliff y de ella, se dio cuenta de repente de cuánto le dolía la espalda, y supo lo que estaba pasando: estaba de parto.

—¿Podríais quedaros un rato más?

Su madre miró a Cliff, y entonces asintió y dijo:

—Claro.

Maryellen miró sonriente a su marido, y alargó los brazos hacia él.

—Jon, me parece que tendrías que llevarme ahora mismo al hospital.

CAPÍTULO 39

Charlotte pasó la mañana con sus amigas del centro de ancianos. En la reunión del grupo de costura había disfrutado de sándwiches y café, y de todo un festín de cotilleos. Era el primer día oficial del verano, pero a pesar de que hacía una tarde fantástica y estaba a unas calles del centro, optó por ir en coche; normalmente, preferiría caminar, pero tenía que hacer algunas compras.

Ben había decidido quedarse en casa, así que no había ido a jugar al *bridge* con sus amistades mientras ella estaba con las suyas ni iba a acompañarla a comprar. Desde el principio de su relación, la había acompañado siempre durante aquellas tareas tan cotidianas, y había llegado a depender de su compañía.

Era obvio que estaba preocupado por algo. Si llevaran más tiempo casados, quizás habría sabido de qué se trataba de forma instintiva. Estaba familiarizándose con sus estados de ánimo, pero aquél era nuevo y la tenía bastante preocupada.

Al aparcar delante del supermercado, apagó el motor y permaneció sentada en el coche mientras reflexionaba sobre aquello. Le habría gustado que su marido se sintiera lo bastante cómodo como para confiarle sus problemas, pero al parecer, no era así. En vez de sentirse ofendida, intentó idear formas de ayudarlo. Quizá debería preguntarle directamente qué le pasaba... sí, eso sería lo mejor.

Olivia salió del supermercado justo cuando ella estaba entrando.

—¡Hola, mamá! Maryellen está de parto.

—¿Ahora mismo?

—A lo mejor ya ha tenido al bebé, Grace me llamó ayer por la noche para decírmelo. Cliff y ella han pasado la noche en casa de Jon y Maryellen, cuidando de Katie.

—Qué buena noticia.

Se alegraba mucho tanto por Maryellen como por Grace, que se merecía el buen año que estaba teniendo. Dos nietos que iban a nacer en cuestión de semanas, un nuevo marido, y... bueno, lo cierto era que, a pesar de que la felicidad de Grace era innegable, un nubarrón parecía acercarse a su vida. Will iba a regresar a Cedar Cove.

Estaba preocupada por el hecho de que su hijo hubiera decidido mudarse a la ciudad, ya que temía que Will intentara malmeter en la relación de Cliff y Grace.

—¿Mamá...?

—Perdona, estaba pensando.

—Tengo que volver al juzgado, he venido a comprar tofu para la cena. No se lo digas a Jack, se lo pongo en la comida sin que él lo sepa.

—Bien hecho —agarró un carro, y antes de entrar en la tienda, añadió—: Llámame cuando sepas algo de Maryellen.

—Vale, hasta luego.

Charlotte soltó un profundo suspiro, y pensó en los problemas que habían ido surgiendo. Ben era su principal prioridad, ya pensaría más tarde en lo de Will. Su marido había estado preocupado y distraído últimamente, y ella no alcanzaba a entender lo que le pasaba.

Siguió dándole vueltas al tema mientras compraba pan y leche, y mientras regresaba a casa después de pasarse por la tintorería, decidió hablar con él. Era la forma más sensata de manejar la situación, y ella era una mujer sensata... o al menos, lo había sido hasta que se había casado con Ben Rhodes.

En el trayecto de regreso, se paró en un puesto junto a la carretera donde vendían fresas de la isla de Vashon. Compró dos cajas, porque quería hacer conservas, y decidió que aquella noche tentaría a su marido con bollitos con fresas y nata montada. A él le encantaban, sobre todo cuando estaban recién salidos del horno. Ella siempre decía que una mujer inteligente sabía cómo sacarle información a un hombre. Su nieta diría que era un punto de vista bastante anticuado, pero a ella siempre le había funcionado.

En cuanto llegó a casa, Ben salió y cargó con las fresas y el resto de la compra, y ella lo siguió con la ropa que había recogido de la tintorería. Era un robo lo que cobraban por planchar una camisa, pero su marido no quería que ella malgastara tiempo y energías con la tabla de planchar.

Cuando entraron en la cocina, se dio cuenta de que él no había probado bocado de la comida que le había dejado preparada, pero no hizo ningún comentario al respecto y decidió darle la noticia que le había contado Olivia.

—Maryellen está de parto —al ver que ni siquiera parecía escucharla, añadió—: ¿Me has oído, Ben? Maryellen está de parto.

—Ah, perdona... qué buena noticia.

—Sí, Olivia me ha dicho que llamará en cuanto sepa algo.

—Perfecto.

Charlotte puso un cazo de agua al fuego para preparar té. Fuera lo que fuese lo que le pasaba a su marido, parecía haber empeorado.

—Has comprado muchas fresas, ¿no? —le dijo él, mientras agarraba una bien grande.

—Trae, te lavaré unas cuantas para que las pruebes. Las han recogido esta mañana, y están muy dulces.

—No me apetecen, gracias —dijo, mientras volvía a dejar la fresa en la caja.

—Ben, ¿va todo bien? —no podía seguir soportando aquella incertidumbre, tenía que saber lo que pasaba.

—Sí, por supuesto —se acercó al gato, que estaba acurrucado en una de las sillas de la cocina, y empezó a acariciarlo.

—No quiero ser pesada, pero últimamente estás bastante raro.

Su marido se acercó a ella, y la abrazó con fuerza; al cabo de unos segundos, soltó un profundo suspiro y le preguntó:

—¿Estás segura de que quieres saberlo?

—Claro que sí.

—Se trata de mi hijo.

—¿De David?

—Sí.

—Espera un momento. Voy a llenar la tetera de agua, para que el té vaya haciéndose mientras hablamos.

—No quiero darte más preocupaciones...

—No digas tonterías, soy tu esposa.

—Pero...

—Ben, por favor. Si tú no confías en mí, no me sentiré cómoda contándote mis preocupaciones sobre mis propios hijos.

—Los tuyos no se parecen en nada a los míos, sobre todo a David.

—Eso no es verdad, pero ya hablaremos después de Will.

—¿Will? —la miró desconcertado.

—Ya te lo contaré después. Por favor, dime qué es lo que pasa.

Al ver que parecía aliviado por poder contárselo, se sintió mal por no haber insistido antes en tener aquella conversación. En vez de preocuparse por él en silencio, tendría que haberle preguntado de inmediato qué le pasaba.

Después de llenar la tetera y dos tazas con agua, se sentó delante de él en la mesa y vio que tenía a Harry en el regazo. Al principio, al gato no le había hecho ninguna gracia tener que compartirla, pero Ben se lo había ganado... al igual que a todos sus allegados. Harry ronroneó encantado mientras él le acariciaba.

—Ya sabes que Steven me llamó.

—Sí.

Ella había hablado brevemente con él. Al principio había sido un poco incómodo, pero Steven le había parecido un buen hombre. Carecía de la labia de su hermano y parecía costarle mantener una conversación fluida, pero por fortuna ella no tenía ese problema y se había esforzado por dejarle claro lo complicada que se sentía por formar parte de su familia.

—¿Te acuerdas de que me dijo que David había vuelto a meterse en problemas de dinero?

—Sí. Se declaró en bancarrota hace un par de años, ¿verdad?

—Sí —Ben apartó la mirada, y añadió—: David se ha metido en un buen lío. No estoy al tanto de todos los detalles, pero según Steven, lo arrestaron hace poco por intentar defraudar al seguro.

—¡Dios mío!

Él siguió acariciando al gato mientras hablaba.

—Pero de repente, tuvo el dinero necesario para pagar a un abogado de altos vuelos.

—¿De repente?, ¿consiguió dinero de forma inesperada?

—Parece ser que fue poco después del incendio del Lighthouse.

Charlotte sintió que la recorría un escalofrío, y le preguntó:

—¿Estás diciendo que crees que David pudo tener algo que ver con lo que le pasó al restaurante?

—Sí —admitió él, con voz ronca.

—Ben, seguro que David sería incapaz de hacer algo tan... tan vil.

—¿Crees que quiero creer que mi propio hijo sería capaz de hacer algo así? Llevo cerca de una semana viviendo con esta información, y no puedo seguir ignorando esa posibilidad. Comprobé las fechas, y coinciden.

—Ben...

—No te he dicho nada hasta ahora porque... porque me

sentía incapaz de hacerlo. Sospechar que mi propio hijo es responsable de un crimen tan rastrero es muy diferente a denunciarlo ante el sheriff –tenía el rostro macilento.

Charlotte sintió que se le encogía el corazón. Su marido tenía que enfrentarse a una decisión imposible, porque al margen de todo, David era su hijo. Ningún padre querría denunciar a su propio hijo.

–He ido a ver al sheriff mientras tú estabas fuera.

–Oh, Ben... –alargó el brazo por encima de la mesa para tomarle la mano en un gesto de apoyo, pero él ni siquiera pareció darse cuenta.

–Ha tomado nota de toda la información que le he dado, y me ha dicho que investigará el asunto –le dijo él, con voz carente de inflexión, mientras fijaba la mirada en el gato–. Si al final se comprueba que David tuvo algo que ver con el incendio, quiero que me prometas que tanto tu familia como tú os... –pareció incapaz de continuar.

–Te amo, Ben. Si David es culpable, ten por seguro que nadie de esta familia te culpará a ti.

Él la miró con ojos brillantes, y la tomó de la mano antes de murmurar:

–Gracias. Si David es culpable, yo mismo me encargaré de indemnizar a Justine y a Seth por los daños causados.

–¡Ni hablar!, tienen un seguro –él no tenía la obligación de pagar por lo que había pasado en el restaurante, y un desembolso tan grande de dinero le dejaría sin ahorros.

–Da igual. No pienso permitir que mi hijo os perjudique, ni directa ni indirectamente.

Charlotte tuvo que contener las ganas de echarse a llorar al verle tan afectado, tan decepcionado con David. Su marido estaba dispuesto a asumir una responsabilidad que no era suya, y esa nobleza innata tan típica en él era una de las razones por las que lo amaba tanto.

CAPÍTULO 40

Jon se volvió desesperado hacia una de las enfermeras de la sala de partos. La mujer era de mediana edad, tenía el pelo canoso, y según la placa que llevaba, se llamaba Stacy Eagleton.

—¿Es que no puede hacer nada para ayudar a mi mujer?

—Estoy bien, cariño —susurró Maryellen. Tenía la frente perlada de sudor, y la fuerza con la que estaba aferrada a su mano desmentía sus palabras.

Ya llevaba casi veinte horas de parto, y él estaba más preocupado con cada minuto que pasaba. Aquel embarazo había sido problemático desde el principio, así que tendría que haber supuesto que el parto tampoco sería fácil.

El personal del hospital le había asegurado que todo transcurría con normalidad, y Stacy había insistido tantas veces en que aquellas cosas requerían su tiempo, que si alguien volvía a intentar tranquilizarlo con un comentario banal, no sabía si iba a poder controlar su genio. No era normal que su mujer estuviera de parto durante veinte horas, le había costado mucho menos dar a luz a Katie.

—Dele algún calmante.

Su mujer abrió los ojos, y alzó un poco la cabeza. Se sintió aterrado al verla tan pálida, tan débil.

—No, Jon. No es bueno para el bebé —le dijo, con voz sorprendentemente firme.

Llegados a aquel punto, estaba mucho más preocupado por ella.

Antes de que pudiera intentar convencerla de que aceptara la medicación, Maryellen gimió y sacudió la cabeza de un lado a otro como si no pudiera seguir soportando el dolor. Él intentaba ayudarla en todo lo posible, pero ella ya no quería que la tocara ni le masajeara la espalda. Lo único que podía hacer era cronometrar los segundos, y le parecía una tarea nimia.

—Bien, muy bien —comentó Stacy, después de comprobar que la dilatación ya estaba completa—. Todo está listo, voy a por el doctor DeGroot.

Jon besó a su esposa en la mano, y le dijo en voz baja:

—Ya falta muy poco.

—Me parece que nuestro hijo no tiene demasiadas ganas de nacer —comentó ella, con una débil sonrisa.

Jon recordó la felicidad inmensa que lo había embargado cuando Katie había nacido. El milagro de traer una vida al mundo le había dejado sobrecogido y maravillado, aunque en su memoria gran parte del parto era una vorágine de actividad y sentimientos. En aquel entonces, había sido ajeno a la realidad a la que se enfrentaba en ese momento al ver a su mujer luchando por dar a luz.

La amaba con toda su alma, pero en ese momento, sus sentimientos se intensificaron más que nunca. Colocó un paño frío sobre su frente, y le besó la sien antes de susurrarle cuánto la adoraba.

—¿Ellen y Joseph siguen en la sala de espera? —le preguntó ella.

Él asintió. Grace los había llamado para avisarlos, y en cuanto se habían enterado de que Maryellen estaba de parto, se habían apresurado a ir al hospital. La verdad era que no quería que estuvieran allí, pero el amor que sentía por su esposa le impedía pedirles que se marcharan.

—¿Has hablado con ellos?

Negó con la cabeza, consciente de que estaba decepcionándola, y le dijo:

—Le he pedido a la enfermera que los mantenga al corriente.

Al ver que su sonrisa se desvanecía, apoyó la frente en el borde del colchón. No recordaba cuándo había dormido por última vez, pero sabía que su cansancio no podía compararse a lo que su mujer llevaba soportando durante veinte horas.

Cuando ella gimió y le apretó la mano con más fuerza, empezó a contar los segundos en voz baja para intentar ayudarla en lo que fuera. El dolor duró un minuto y medio, las contracciones se sucedían sin apenas descanso; cuando aquélla empezó a remitir, vio que una lágrima descendía por la mejilla de su mujer.

El doctor DeGroot entró en ese momento, y comentó mientras se colocaba a los pies de la cama:

—Parece un buen día para nacer, ¿verdad?

Todo el mundo se puso en acción. Varias enfermeras rodearon a Maryellen, y se produjo un subidón de energía ante la inminencia del parto.

—A ver lo que tenemos aquí... de acuerdo, Maryellen, prepárate para empujar.

Jon se sintió un poco superfluo, como si ya no tuviera ningún papel en todo aquello. Surgió un problema, pero no alcanzó a entenderlo del todo; al parecer, el bebé estaba boca arriba, y eso había contribuido a que el parto se alargara tanto.

El dolor pareció intensificarse aún más. Maryellen apretó los dientes, y empujó con un esfuerzo titánico. Soltó un gemido, y se incorporó un poco en la cama.

—Bien, muy bien —la animó el médico.

Jon estaba como hipnotizado. El bebé emergió del cuerpo de su mujer, y soltó un sonoro berrido. El médico se volvió sonriente hacia él, y le dijo:

—Felicidades, tienen un hijo.

—Es un niño, Maryellen —dijo, con una sonrisa de oreja a oreja.

—¿Está bien? —le preguntó ella con ansiedad.

—Está perfecto —le aseguró, a pesar de que tenía los ojos nublados por las lágrimas y apenas podía ver nada—. Bienvenido, pequeño Drake —le dijo al niño, en un susurro reverente.

Era el nombre que más le gustaba a su mujer. Habían hablado del tema cientos de veces, y habían hojeado libros de nombres que Grace les había llevado de la biblioteca; por alguna razón, él había dado por supuesto que iban a tener otra niña, y de ser así, le habrían puesto Emily.

—Me dijiste que pensarías en un segundo nombre... Drake Jonathon suena bien, ¿verdad? —le dijo ella, con una pequeña sonrisa.

Jon se inclinó hacia delante, y la besó para intentar transmitirle sin palabras lo mucho que la amaba y lo orgulloso que se sentía de ella. Cuando se apartó un poco, entrelazó los dedos con los suyos y le dijo:

—Tenemos tiempo de sobra para tomar una decisión.

La enfermera se le acercó para entregarle al niño, que a juzgar por cómo lloraba, no parecía demasiado entusiasmado con el nuevo mundo que le rodeaba. Él lo acunó con suavidad hasta que se calmó, y entonces lo puso en brazos de Maryellen.

Su mujer apartó un poco la manta en la que estaba envuelto su hijo, y le examinó los dedos de los pies y de las manos como si necesitara ver por sí misma que todo estaba bien. El niño se quedó mirándola, y se quedó dormido de inmediato; al igual que él, su hijo se sentía satisfecho y feliz en brazos de Maryellen.

—Me parece que sus familiares están deseando tener noticias suyas —comentó Stacy Eagleton, mientras acababa de arreglar a Maryellen.

—Jon, ¿puedes ir a decírselo? —su mujer lo miró implorante.

Él sabía que había llegado el momento de tomar una decisión. Por una parte, le habría gustado ignorar la presencia de su padre y su madrastra. Se había prometido a sí mismo que no volvería a darles cabida en su vida, y había luchado por cumplir su palabra. No quería sentir nada por su padre. Aquel hombre le había dado la espalda cuando él necesitaba que dijera la verdad, había mentido en un estrado y le había mandado a la cárcel a pesar de que sabía que era inocente.

—¿Jon?

La voz suave de su mujer lo arrancó de sus pensamientos. Contempló a su hijo, y sintió un amor tan enorme, que pensó que el corazón le iba a estallar. Por primera vez, entendió el dilema al que se había enfrentado su padre, porque él también tenía dos hijos. Amaba a Katie y a Drake por igual... si tuviera que mandar a uno de ellos a la cárcel, ¿a cuál elegiría? No quería encontrarse jamás en una tesitura tan terrible... sacrificar a un hijo para salvar al otro.

Joseph no tenía derecho ni legal ni moral para tomar una decisión así, para jugar a ser Dios, pero él empezaba a entenderle un poco. Sí, su hermano Jim era el verdadero culpable del delito que le habían imputado, pero se trataba de un hombre débil y vulnerable. Cuando Jim había mentido y le había inculpado a él, Joseph había apoyado su falso testimonio. Había optado por sacrificarle a él, porque sabía que era más fuerte que su hermano. La cárcel habría acabado con Jim, aunque al final se había destruido a sí mismo a pesar de que su padre había intentado salvarlo con rehabilitación, terapia, y apoyo incondicional.

—Voy a hablar con ellos.

Maryellen le agarró la mano, y le dijo:

—Gracias.

—Llevan esperando casi veinte horas.

Cuando entró en la sala de espera, Ellen y Joseph se levantaron de inmediato. Las dos personas que había sentadas en el extremo opuesto alzaron la mirada, pero al verlo siguieron conversando. Sus padres lo miraron con expectación. Los dos tenían aspecto cansado y desarreglado, sobre todo su padre. El día anterior, se había metido hasta las rodillas en un arroyo para salvar a Katie... había estado a punto de sufrir un ataque al corazón mientras rescataba a su nieta.

Jon sabía que jamás olvidaría el pánico que había visto en los ojos de su padre cuando lo había encontrado sentado en un tronco caído abrazado a Katie, que no dejaba de llorar. Estaba macilento, y respiraba con dificultad debido al alivio y al esfuerzo físico que había realizado. Al ver el terraplén por el que su padre había bajado dando tumbos en un intento desesperado de salvar a la niña, había pensado que había sido un milagro que no se hubiera roto la crisma.

—Hemos tenido un niño.

Ellen se cubrió la boca con las manos, y los ojos se le llenaron de lágrimas.

—Un niño... —susurró su padre, mientras sonreía con orgullo.

—Sí, está perfectamente bien.

—¿Y Maryellen?

—Exhausta. La verdad es que estoy casado con una mujer increíble.

Joseph volvió a sonreír, y asintió con aprobación antes de preguntar:

—¿Cuánto pesa el niño?

—Dos kilos setecientos, y mide un poco más de cincuenta y tres centímetros.

—Va a ser larguirucho, como su padre.

—Y como su abuelo —apostilló Ellen, mientras le pasaba el brazo por la cintura a su marido. Apoyó la cabeza contra su brazo, y le preguntó a Jon—: ¿Habéis decidido ya cómo se va a llamar?

—Drake.

—Drake... Drake Bowman —Joseph pareció pensárselo, y asintió con aprobación—. Me gusta.

—Drake Joseph Bowman —dijo Jon, sin apartar la mirada de su padre.

Joseph lo miró boquiabierto, y los ojos se le llenaron de lágrimas que empezaron a bajarle por las mejillas.

—Oh, Jon... —Ellen se echó a llorar, y abrió los brazos hacia él.

Jon vaciló por un instante, pero se acercó a ellos y abrazó primero a su madrastra y después a su padre. Hasta ese momento, no sabía que era capaz de perdonar, pero había descubierto que, cuando un hombre encontraba el amor, la clase de amor y de satisfacción que él tenía junto a Maryellen, en su vida no quedaba espacio para el odio.

CAPÍTULO 41

Teri removió los macarrones, y probó uno para ver si estaban listos. No podía arriesgarse a que le quedaran pasados, porque aquella cena era especial; al fin y al cabo, estaba cocinando para Bobby.

A pesar de que llevaban casados más de dos semanas, era la primera vez que cocinaba para él. Bobby acababa de jugar un importante torneo en Rusia, y su vuelo debía de estar a punto de llegar. Su marido tenía una agenda muy apretada.

A pesar de que siempre la llamaba una vez al día como mínimo, en esa ocasión no lo había hecho después de acabar la última partida. Había tomado un avión en cuanto había terminado el torneo, y estaba previsto que aterrizara en Seattle a las cinco. James estaba con él, y se encargaría de llevarlo en la limusina hasta Cedar Cove... hasta el setenta y cuatro de Seaside Avenue, para ser exactos, porque ya tenían un hogar de verdad.

Ella se había encargado de comprar la casa a los pocos días de regresar de Las Vegas, porque Bobby había insistido en que dejara su piso y se mudara a una casa lo bastante grande para los dos. Él le había dado el cheque, y la mudanza se había hecho en un abrir y cerrar de ojos. Estaba claro que, cuando Bobby Polgar quería algo, se aseguraba de conseguirlo.

Con la tarjeta de crédito que su marido le había dado, había comprado muebles nuevos en una tienda muy exclusiva de Seattle, incluyendo un sofá de cuero carísimo y un conjunto de comedor de madera maciza. Por no hablar de la cama...

Estaba deseando enseñarle la casa y cocinar para él, y había decidido prepararle una de sus especialidades. Sus macarrones con queso siempre triunfaban cuando los llevaba a la fiesta navideña del salón de belleza, y de vez en cuando hacía alguna variación. A veces añadía carne adobada, y en ocasiones ponía también unos cuantos tomates troceados.

Quería que Bobby disfrutara de la comida que ella le preparara. Cuando la había llevado a cenar o habían llamado al servicio de habitaciones, habían comido platos elegantes como ostras y cosas así, pero estaba convencida de que a su marido le gustaría la comida sencilla a la que ella estaba acostumbrada.

Por extraño que pareciera, desde la boda habían pasado más tiempo separados que juntos, y necesitaba tenerlo a su lado. Echaba de menos estar con él, acostarse con él. Cuando estaban en la cama, ninguno de los dos tenía demasiado interés en dormir, los dos disfrutaban al máximo del lecho conyugal... bueno, hasta el momento sólo habían estado juntos en lechos de hotel, pero eso era lo de menos.

Cuando miró por la ventana y vio que la limusina estaba aparcando delante de la casa, fue incapaz de esperar ni un segundo más y salió a la carrera. Se lanzó a los brazos de Bobby cuando él aún no había dado ni dos pasos, y el impacto estuvo a punto de hacerle caer; si la limusina no hubiera estado detrás de él, habrían acabado los dos en el suelo.

Estuvo a punto de torcerle las gafas mientras le salpicaba el rostro de besos, pero de repente se dio cuenta de que él no se mostraba tan entusiasta como de costumbre.

—¿Qué te pasa, Bobby? —se apartó un poco para poder mirarlo a la cara.

Él no contestó; de hecho, fue James quien se encargó de decirle en voz baja:

—¿No se ha enterado?, ha perdido el torneo.

A Teri no le pareció nada del otro mundo; al fin y al cabo, unas veces se ganaba y otras se perdía, como en todo en la vida. Bobby era muy bueno jugando al ajedrez, así que casi siempre ganaba.

—No le gusta perder, señorita Teri —le explicó James.

—A nadie le gusta. ¿Significa esto que la velada entera se ha fastidiado? —dijo ella con calma.

—No suele perder —añadió el conductor.

Bobby ni siquiera parecía estar escuchándolos. James entró la maleta, la colocó a la entrada de la sala de estar, y de regreso a la limusina comentó:

—Me temo que se ha tomado muy mal la derrota, pero seguro que se siente mejor con un poco de cariño y comprensión. Volveré a por él en dos días.

Teri tomó a su marido de la mano, y lo condujo hacia dentro.

—Ven, deja que te enseñe la casa —le dijo con voz suave. Al ver que él seguía inmerso en aquella especie de trance, empezó a mover los dedos delante de su cara y le preguntó—: ¿Me estás oyendo?

Él ni siquiera se inmutó. Fue a sentarse frente a un tablero de ajedrez que había sobre una pequeña mesa de roble, en el que ella había colocado las piezas correctamente gracias a la ayuda de un diagrama, y empezó a moverlas sin decir palabra.

Era obvio que era inútil interrumpirle con algo tan insignificante como... la vida. Estaba tan concentrado, que parecía ajeno a lo que le rodeaba; de hecho, ni siquiera parecía darse cuenta de que ella estaba allí. En vez de enfurruñarse, se sirvió un plato de macarrones con queso, les echó un poco de kétchup, y se sentó de piernas cruzadas en la alfombra junto a él.

Al cabo de una hora, su marido alzó la mirada y pareció quedarse atónito al verla allí.

—¿Teri?
—Hola, Bobby. Bienvenido a casa.
—He perdido.
Ella se sentó junto a él en el sofá, y le apartó el pelo de la cara antes de decirle con ternura:
—Ya lo sé, lo siento.
—No me gusta perder.
Sí, ella ya se había dado cuenta.
—¿Has averiguado lo que ha salido mal? —le preguntó, mientras le echaba un vistazo al tablero de ajedrez. Al verlo asentir, añadió—: ¿Tienes hambre? —como él frunció el ceño como si no supiera cómo contestar, le dijo con calma—: Da igual, voy a buscarte un plato.
—La verdad es que puedo esperar un rato —le dijo él, mientras le sostenía la mirada durante un largo momento.
Aunque llevaban poco tiempo casados, Teri reconoció al instante la expresión que brillaba en sus ojos.
—A lo mejor te gustaría ver el resto de la casa... ¿qué te parece si empezamos por el dormitorio principal?
Bobby sonrió por primera vez desde que había llegado. La siguió por el pasillo hasta el dormitorio, y al entrar cerró la puerta a su espalda.
Al cabo de una hora, Teri estaba tumbada a su lado, suspirando satisfecha. Él la apretó contra su cuerpo, y comentó:
—Cuando te abrazo, no me importa tanto haber perdido.
—Bien, me alegro.
—Tengo hambre.
—No me extraña —le dijo, antes de darle un beso en la mandíbula—. Acabamos de gastar mucha energía.
Al verlo sonreír, se preguntó cuántas personas en el mundo le habrían visto hacer aquel gesto. Estaba convencida de que muy pocas. Salió de la cama, y empezó a ponerse la bata.
—¿Te gusta lo que has visto de la casa hasta ahora? —como había sido ella la que había tomado la decisión de comprarla, estaba un poco nerviosa por saber su opinión.

Él se sentó en la cama, y le dijo con una enorme sonrisa:
—Me encanta, sobre todo el dormitorio.
Ella le dio una palmada juguetona en el hombro.
—Ven conmigo, maridito mío, voy a servirte mi especialidad culinaria —vaciló por un momento cuando él ladeó la cabeza y la miró con expresión intensa, y se preguntó en qué estaría pensando—. ¿Qué pasa?

Él frunció el ceño, y la expresión de perplejidad fue dando paso a una de placer y asombro.

—Te amo, Teri. Te amo con toda mi alma.

—Yo también te amo —se inclinó hacia él, y le besó los labios con ternura.

El tiempo que pasaron juntos fue demasiado breve para Teri. Tuvieron tres noches y dos días enteros, y ella disfrutó cocinando para él. A su marido le encantaron sus macarrones con queso, su pastel de chile, y el quiche de brócoli que le preparó siguiendo una receta del *Chronicle*. Escucharon música, y ella le enseñó a jugar a la generala y al strip póquer... de los dos juegos, el que más le gustó a su marido fue el segundo.

Como ella se había tomado el sábado de fiesta, tuvieron todo el fin de semana para ellos solos. No vieron a amigos ni a vecinos, ni siquiera contestaron al teléfono.

Hasta ese momento, apenas habían estado juntos al margen de los cinco días de la luna de miel, pero aquellos días en Las Vegas no le habían dado una idea clara de cómo sería vivir con Bobby. Le sorprendió ver lo poco que dormía. Él le había comentado en una ocasión que pasaba mucho tiempo pensando, y era obvio que no había estado exagerando. Le bastaba con cuatro horas o menos de sueño al día, y en numerosas ocasiones lo encontró en la sala de estar, observando muy concentrado el tablero de ajedrez, reflexionando sobre distintos movimientos.

Tenía la impresión de que a veces incluso se le olvidaba que ella estaba allí, pero su falta de atención no la ofendía, porque cuando se centraba en ella, la hacía sentir la mujer más adorada y amada del mundo.

Cuando su marido le decía que la amaba, lo decía muy en serio; para él, amar a alguien parecía ser una experiencia nueva, y quería que ella supiera lo profundos que eran sus sentimientos. Cada día le compraba cosas a través de Internet o por teléfono, y seguro que pagaba extra para que el envío fuera más rápido.

No se trataba de regalos pequeños, por supuesto. El primer día, recibió una muñequera incrustada de diamantes y una raqueta de tenis. Ella no había jugado al tenis en toda su vida, pero él parecía creer que se suponía que los dos tenían que ir a jugar juntos, y no había querido decepcionarlo. Al día siguiente, había recibido una televisión de plasma con conexión vía satélite.

Cuando James llegó a buscarlo, tuvo que contener las ganas de pedirle a su marido que se quedara un par de días más. Cuando se abrazaron y se besaron para despedirse, le preguntó:

—¿Cuándo volveré a verte? —incluso un par de horas lejos de él le parecerían una eternidad.

Cuando él empezó a darle una larga y confusa explicación sobre sus siguientes torneos, tuvo que mirar a James para que se lo tradujera.

—Una semana —le dijo el conductor.

—Puedo aguantar una semana —dijo, con voz queda.

Bobby sonrió, y la abrazó una última vez.

—Cuida de él, James —le dijo, sin apartar la mano del brazo de su marido.

—Lo haré —abrió la puerta, y Bobby entró en la limusina a regañadientes.

Teri se cruzó de brazos, y retrocedió un poco.

—Lo ha hecho muy bien, señorita Teri —le dijo James en voz baja, mientras rodeaba el coche—. En todos los años que llevo trabajando para él, Bobby sólo ha perdido una partida, y se hundió en una depresión que duró meses.

—No te preocupes, ya se ha recuperado.

James se llevó la mano al borde de la gorra en un gesto de saludo, y le dijo:

—Usted le da vida, señorita Teri.

Teri contuvo las ganas de decirle que el sentimiento era mutuo.

CAPÍTULO 42

Linnette había estado esperando que llegara aquel momento desde que se había enterado de que Cal ya había regresado de Wyoming. Él la había llamado al cabo de una semana, y le había preguntado si podían quedar para verse.

Había contenido las ganas de llamarle, y el hecho de que él tardara tanto tiempo en contactar con ella había acrecentado aún más el dolor que la embargaba. Le había sugerido el parque del paseo marítimo, porque se trataba de un territorio neutral; además, a primera hora de la tarde estaba muy poco transitado. Durante el verano, allí se celebraban las tardes de los jueves conciertos de entrada libre donde tocaban desde grupos de rock a cantantes de folk o bandas de swing. Ella aún no había asistido a ninguno, pero sabía que sus padres eran asiduos. Estaba convencida de que a su padre no le entusiasmaba ir, pero que lo hacía para contentar a su madre; al parecer, era su cita veraniega semanal.

Si no fuera tan irónico, sería de risa... sus padres tenían más vida social que ella.

Mientras esperaba a Cal sentada en las gradas, se preguntó cómo iba a reaccionar cuando él le dijera cara a cara que ya no la quería en su vida. Por razones que no alcanzaba a entender, necesitaba que se lo dijera en persona. Cortar por teléfono no le parecía bien.

Cuando lo vio llegar al aparcamiento que había junto al parque y salir del coche, sintió que se le aceleraba el corazón, y los ojos se le inundaron de lágrimas mientras recordaba los buenos tiempos que habían pasado juntos. Parpadeó avergonzada, y se puso de pie mientras él se acercaba.

Estaba bronceado, y más guapo que nunca. Llevaba unos vaqueros y una camisa tejana, y su sombrero Stetson le oscurecía un poco el rostro.

—Hola, Cal. Bienvenido —le dijo, sin inflexión alguna en la voz.

—Hola. Me alegro de estar en casa —se detuvo delante de ella con los pulgares metidos en los bolsillos de los pantalones. Parecía bastante nervioso, pero no había tartamudeado.

Cuando Linnette se sentó, él hizo lo propio en la grada inferior. Permanecieron en silencio durante unos segundos. Ella consideraba que él tenía que ser el primero en hablar.

—No quiero hacerte daño, Linnette.

Pues ya era demasiado tarde. Se sentía profundamente dolida, pero estaba luchando por ocultarlo. Intentó decirle que no malgastara saliva, pero no pudo pronunciar ni una sola palabra por culpa del nudo que le obstruía la garganta.

—El amor que siento por Vicki no fue premeditado.

—¿Estás seguro de que la amas?

—Sí. Tenemos mucho en común.

Era obvio que estaba esperando que ella dijera algo, pero se sentía incapaz de hacerlo a pesar de las emociones que se agolpaban en su interior. Había accedido sin dudarlo a verle cuando la había llamado, porque quería hablar con él. Ni ella misma habría sabido decir lo que esperaba de aquel encuentro, pero el dolor aplastante y la sensación de pérdida que la embargaban la habían tomado por sorpresa. Quizás habría sido mejor seguir con su vida sin mirar atrás.

—¿No vas a gritarme ni nada? —le preguntó él.

Linnette consiguió esbozar una sonrisa, y fijó la mirada en sus pies.

—Creía que lo haría, sobre todo cuando me llamaste para

contármelo, pero supongo que ya he pasado la fase del enfado —no era del todo cierto, pero no tenía sentido discutir ni decirle que estaba segura de que iba a tardar años en recuperarse de aquella ruptura—. No... no tengo demasiada experiencia en el tema de las relaciones —aquella angustia le resultaba completamente nueva, era una lección de la vida que no quería aprender ni repetir.

—Ya lo sé, y...

—Tú sabes tan poco como yo sobre relaciones, Cal.

—Eso es verdad. Creo que a los dos nos gustaba la idea de estar enamorados.

No estaba de acuerdo con él en eso, pero empezar a discutir le pareció una pérdida de tiempo, así que se limitó a decir:

—Puede.

Cal soltó un suspiro, y miró hacia la ensenada.

—Supongo que tu familia estará enfadada conmigo. Lo siento, todos me caen bien.

—Mamá y papá siguen creyendo que eres una maravilla de hombre.

Él esbozó una sonrisa. Pareció pensar que era apropiado vaticinarle un futuro positivo, porque comentó:

—Ya verás como algún día conocerás a alguien que te ame mucho más que yo.

Si intentaba hacerle un cumplido, no lo consiguió.

—Eso espero, no me gustaría pensar que van a seguir dejándome tirada.

—No he querido decir eso.

—Ya lo sé.

Se sintió horrorizada al notar que se le escapaba una lágrima, y se apresuró a secársela. No esperaba aquel dolor tan visceral, y no sabía cómo reaccionar. Había amado a Cal de todo corazón y había intentado ayudarlo, a lo mejor ése había sido su error. Quizá ningún hombre quería la ayuda de la mujer a la que amaba... o mejor dicho, a la que creía amar.

—Vicki me preguntó si debería venir para hablar contigo en persona, pero yo pensé que no sería una buena idea.
—En eso acertaste.
Seguramente, no sería demasiado apropiado que una de las empleadas de la clínica le arañara la cara a otra mujer... la mera idea le hizo gracia, y esbozó una pequeña sonrisa.
—Yo también tengo una noticia —comentó, con pretendido entusiasmo. Cuando Cal la miró directamente a los ojos por primera vez desde el comienzo de la conversación, añadió—: He decidido marcharme de Cedar Cove.
Intento fingir que había recibido una propuesta de trabajo fantástica, a pesar de que no era así; de hecho, iba a romper tanto su contrato con la clínica como el del alquiler del piso, y pensaba hacer las maletas y alejarse de allí sin un destino ni unos planes en mente.
—¿Lo dices en serio?
Al verlo tan sorprendido, se preguntó cómo era posible que pensara que estaba dispuesta a quedarse en Cedar Cove.
—Siempre he querido ver otros estados.
—¿Tienes un empleo?
No, aún no, pero seguro que le resultaría bastante fácil encontrar trabajo en alguna población pequeña.
—¿Crees que me marcharía si no tuviera uno?
—¿Qué opinan tus padres?
Aún no se lo había contado. Había sido una decisión precipitada que había tomado... unos dos minutos atrás, pero le parecía la mejor opción. Tenía que irse de Cedar Cove. Recuperarse de una ruptura amorosa era difícil, pero le resultaría imposible si veía a Cal y a Vicki por la ciudad. La única solución lógica era largarse de allí.
—Lo siento, Linnette —era obvio que se sentía muy culpable. Con aquellas tres palabras, acababa de decirle lo mucho que lamentaba haberla lastimado tanto.
—No te preocupes. Estoy aprendiendo lecciones que casi todas las chicas aprenden en el instituto, siempre fui un

poco rezagada en los asuntos del corazón —de repente, sintió la necesidad imperiosa de alejarse de allí. Se puso de pie, y le dijo—: Adiós, Cal.

Él se levantó también, y mantuvo la cabeza gacha y la mirada fija en sus pies. Era obvio que se sentía fatal.

—Siempre te estaré agradecido.

Era todo un detalle de su parte, pero aquello no la compensaba por el hecho de que hubiera dejado de amarla.

Regresó al piso de alquiler que en breve iba a dejar de ser su hogar, y subió la escalera. Consiguió no mirar hacia atrás ni una sola vez, y para ella fue todo un logro.

Llamó a la clínica para decirle a la directora de personal que dejaba el trabajo, y le aseguró que en breve enviaría una notificación formal. Se puso a escribirla en cuanto colgó, y como necesitaba ocuparse con alguna actividad física, empezó a hacer las maletas.

Al oír que llamaban a la puerta cuarenta minutos después, la embargó la esperanza efímera de que pudiera ser Cal y se apresuró a ir a abrir, pero sintió una decepción abrumadora al ver que se trataba del doctor Chad Timmons.

—¿Has dejado el trabajo? —su rostro reflejaba lo irritado que estaba, y entró en la casa sin pedir permiso. Llevaba puesto su uniforme blanco, así que era obvio que acababa de salir de la clínica. Cuando ella asintió, le dijo con voz firme—: No voy a permitírtelo.

—Lo siento, llegas demasiado tarde. Ya he tenido esta conversación con Alma McDonald, y he escrito mi carta de renuncia; además, ¿por qué crees que puedes obligarme a que me quede?

—No puedes marcharte, Linnette. De acuerdo, tenías una relación seria que se ha ido al garete, pero es algo que nos pasa a todos tarde o temprano.

A ella era la primera vez que le pasaba, y no pensaba quedarse allí para tener que ver a Cal y a su nueva novia en todos los eventos sociales. A lo mejor una mujer más fuerte habría aguantado una situación así, pero ella se sentía incapaz de hacerlo.

—¿Vas a huir cada vez que tengas un bache emocional?, ¿es ésa la pauta que piensas establecer en tu vida? Venga ya, Linnette, piénsalo con sensatez. Eres una adulta, compórtate como tal.

Se sintió atacada al oír aquellas palabras tan duras, pero se mantuvo firme. En poco más de un año, había sufrido dos decepciones amorosas, y quería alejarse de todo y de todos. Sabía que su reacción era bastante infantil, pero le daba igual; además, Chad no estaba interesado en ella, sino en Gloria, así que no entendía por qué parecía preocuparle tanto aquel asunto. En el pasado se había sentido atraída por él, pero su obvia falta de interés no la había afectado demasiado porque había conocido a Cal.

—Lo siento, Chad. Ya te llamaré para decirte dónde estoy.

—¿Estás decidida a marcharte? —le preguntó, ceñudo.

Linnette asintió. Nadie más lo sabía, aún tenía que decírselo a sus padres y a Gloria; en ese momento, sólo tenía clara una cosa: iba a marcharse de Cedar Cove.

CAPÍTULO 43

—Allison, ¿puedes pasarte por la oficina del sheriff? —le preguntó su padre por el móvil.

—¿Ahora?

Iba de camino al centro comercial de Silverdale con sus dos amigas, para disfrutar de unas horas de compras. Se había ofrecido voluntaria para conducir, y su madre le había prestado el coche. Desde la graduación, se pasaba los días trabajando en la gestoría de su padre, y cada vez tenía menos vida social. Sería una pérdida de tiempo intentar salir con algún chico, porque amaba a Anson al margen de lo que acabara pasando con lo del incendio.

—Sí, ahora. Es importante.

—¿Tiene algo que ver con Anson?

Sus amigas dejaron de hablar, y se volvieron a mirarla.

—Sí.

Le dio un vuelco el corazón, y alcanzó a decir:

—En diez minutos estoy ahí.

Se disculpó con sus amigas, y regresó a Cedar Cove después de dejarlas en una parada de autobús. Estaba hecha un manojo de nervios, porque estaba convencida de que había sucedido algo.

La puerta del sheriff estaba cerrada, y Seth y Justine Gunderson estaban sentados cerca del despacho. También estaba allí Roy McAfee, el investigador al que había acudido en una ocasión para intentar ayudar a Anson. Todos sonrieron con calidez al verla llegar, y ella los saludó con nerviosismo.

–Hola.

–Hola, Allison. Me parece que también tienes que esperar aquí –le dijo Justine.

Se sentó en la cuarta silla, y aferró con fuerza la correa del bolso.

–¿Mi padre está hablando con el sheriff?

El señor Gunderson asintió y empezó a hablar, pero en ese momento su padre salió del despacho y sonrió al verla.

–¿Puedes decirme qué es lo que pasa, papá? –le preguntó, mientras se ponía de pie.

–Por supuesto. De hecho, no hemos sido ni el sheriff ni yo los que hemos pedido verte –mantuvo la puerta abierta, y le indicó que entrara.

Allison entró desconcertada en el despacho, y vio que el sheriff Davis estaba acompañado de un soldado joven y muy atractivo, que llevaba uniforme y gorra. En la chaqueta tenía una placa identificativa en la que ponía Butler.

¿Butler? No, era imposible. Lo miró con atención, y apenas pudo creérselo.

–*¿Anson?*

Cuando él sonrió y abrió los brazos, no vaciló a pesar de la presencia del sheriff y de su padre. Echó a correr hacia él, y disfrutó del abrazo más enorme y emotivo de toda su vida. Tenía la garganta obstruida por culpa de las lágrimas y la alegría.

–¿Te has alistado?, ¿has estado en el ejército durante todo este tiempo?

–No hay demasiadas opciones para alguien que intenta escapar de algunos problemillas desagradables –le dijo él, sonriente.

–¿Cuándo? –estaba atónita al ver lo mucho que había cambiado. Estaba mucho mejor, se le veía más vigoroso y atractivo que nunca.

—Ya había tomado la decisión antes del incendio del Lighthouse. Hablé con un encargado de reclutamiento, y como vi que en el ejército tenía muchas más oportunidades que en cualquier otro sitio, me alisté en Silverdale. Aunque era una persona de interés en lo del incendio, no se me había acusado formalmente de nada, así que no tuve ningún problema. Tenía todos los créditos que necesitaba para graduarme en el instituto.

A pesar de lo aliviada que se sentía, también estaba enfadada porque no había confiado en ella.

—¿Por qué no me lo contaste?

—Antes quería aprobar el entrenamiento básico, demostrar que podía hacerlo. Tenía que analizar mis opciones.

—¿Y cuáles son?

—En primer lugar, volver a Cedar Cove y contestar a unas cuantas preguntas —apostilló el sheriff.

—No podía involucrarte aún más en todo esto, Allison.

—Anson no provocó el incendio —estaba dispuesta a defenderlo a capa y espada.

—Sí, ya lo sabemos —le dijo su padre.

—Vamos a interrogar a otra persona de interés —el sheriff Davis se volvió hacia Anson, y le dijo—: Gracias por tu ayuda, hijo. Puedes marcharte cuando quieras —se dieron la mano, y añadió—: Gracias a ti, ya estamos casi seguros de quién provocó el incendio.

—Gracias, señor —Anson se volvió hacia Zach, y le preguntó—: Señor Cox, ¿me da permiso para hablar en privado con Allison?

—Si te dijera que no, tendría un motín familiar en las manos —le contestó él, mientras miraba sonriente a su hija.

Allison tuvo que contener las ganas de abrazar a su padre. Tomó a Anson de la mano, y fueron hacia la puerta. Mientras salían, el sheriff les pidió a los Gunderson que entraran.

Tenía tantas preguntas pendientes, que no sabía por cuál empezar.

—Anson, ¿sabes quién provocó el incendio? Cómo es posible, ¿lo adivinaste gracias a la matrícula que Shaw me dijo?

—En parte. No sabía cómo se llamaba, pero le había visto por la ciudad. Como él me vio, me di cuenta de que no era seguro que me quedara, así que decidí huir. Supuse que, teniendo en cuenta mis antecedentes, me echarían la culpa del incendio de todas formas —en cuanto salieron del edificio, se detuvo y la llevó hacia una escalera exterior. Cuando estuvieron metidos en el hueco, añadió—: Ya sé que es una locura, pero voy a volverme loco si no te beso ahora mismo.

—Qué coincidencia, eso es justo lo que yo estaba pensando.

Él la rodeó con los brazos, y empezó a besarla. Allison llevaba meses esperando aquel beso, así que no estaba dispuesta a permitir que el hecho de que cualquiera pudiera verlos le impidiera disfrutar del momento.

—Te he echado tanto de menos... —susurró, mientras lo abrazaba del cuello.

—Pensar en ti fue lo único que me dio fuerzas para aguantar el entrenamiento básico —le dijo él, mientras le acariciaba la espalda.

Se aferraron el uno al otro durante un largo momento, pero Allison no pudo seguir aguantando la incertidumbre y le preguntó:

—¿Quién fue?, ¿quién provocó el incendio?

—No sabía cómo se llamaba, pero le había visto de vez en cuando en el restaurante a eso del mediodía. Se ve que es constructor, me enteré de quién era hace poco. Se llama Warren Saget.

—¿Warren Saget?, la gestoría de mi padre se encarga de su declaración de la Renta.

—Sí, ya lo sé. Tu padre lo comentó.

—¿Cómo le identificaste?

—Vi una foto suya en el periódico. Shaw ha estado enviándome el *Cedar Cove Chronicle*, así he podido estar al corriente de lo que pasaba por aquí. Había un anuncio de la empresa de construcción de Saget en la que salía él, así que llamé enseguida al sheriff —esbozó una sonrisa, y añadió—: Comprobaron su matrícula, y las tres primeras letras son SUL.

Allison era consciente de que saber que Warren Saget era el responsable del incendio era un primer paso, pero que lo difícil de verdad iba a ser demostrar su culpabilidad. Todo lo que había visto y leído en series policíacas y novelas de misterio indicaba que, para condenar a alguien, hacían falta algo más que pruebas circunstanciales o declaraciones de testigos. La única prueba física que tenían hasta el momento era la cruz de peltre que había aparecido entre las cenizas, y pertenecía a Anson.

—¿Cómo podrá demostrar el sheriff que él es el incendiario?

—Yo le vi, y he accedido a testificar en el juicio. El sheriff y el señor McAfee tienen otra idea... no sé de qué se trata, pero me parece que tiene algo que ver con la señora Gunderson. Por eso está en la comisaría con su marido. Supongo que el sheriff planea organizar una confrontación, un cara a cara con Saget, pero no estoy seguro. Sólo sé que testificaré contra él en el juicio si hace falta.

—¿Qué pinta mi padre en todo esto?

Anson apoyó la frente contra la suya, y le dijo:

—Yo le llamé, fue él quien me aconsejó que hablara con el sheriff.

—¿*Qué*? ¿Cuándo? —lo miró boquiabierta.

—El viernes pasado. Como te he dicho, reconocí a Saget en cuanto vi su foto en el periódico, y supe que había llegado la hora de dar la cara y contar lo que sabía si no quería que todo esto pendiera sobre mi cabeza durante el resto de mi vida. Tu padre organizó la reunión de hoy —se detuvo por un momento, y admitió—: Sólo confío en unas cuantas personas en este mundo, y él es una de ellas.

—¿Por qué no me llamaste a mí? —no pudo evitar sentirse

dolida, a pesar de que quería encarar aquel asunto con madurez.

—No podía ponerte en una situación así, Allison —la besó de nuevo, y añadió—: Sabía que querías creer en mí, así que sólo me quedaba confiar en que tu padre pensara como tú.

—¿Cuánto tiempo puedes quedarte? —ya empezaba a temer el día en que tuviera que volver a marcharse.

—Una semana, me toca empezar el entrenamiento especializado. Voy a trabajar con ordenadores, en la sección de Inteligencia del ejército. No sé si seguiré con la carrera militar, pero la formación que van a darme me vendrá muy bien.

—Eres una de las personas más inteligentes que conozco —le dijo, con sincera admiración.

Anson jamás había sabido reaccionar ante los halagos, pero en esa ocasión lo aceptó con naturalidad porque por fin creía en sí mismo.

—Y tú eres la única persona que me había dicho algo así. Lo más gracioso es que las pruebas a las que me sometieron demostraron que es cierto.

—Claro que lo es.

—Cuando me alisté, me hicieron un montón de exámenes. Saqué muy buenas notas en idiomas, informática, y varias cosas más, así que pude elegir lo que más me gustaba. Me decidí por el servicio de Inteligencia.

—Estoy tan orgullosa de ti...

—Fuiste tú quien me dio fuerzas para creer en mí mismo.

Salieron de debajo de la escalera, y fueron al aparcamiento. Allison abrió el coche de su madre, y cuando estuvieron dentro, lo miró y le preguntó:

—¿Adónde te apetece ir?

—Me gustaría ir a ver a mi madre para devolverle su dinero, y después podríamos pasarnos por casa de Shaw —sonrió de oreja a oreja, y comentó—: No sé si van a reconocerme.

—Yo no me he dado cuenta de quién eras al principio.

—Sí, ya lo he visto —le dijo, con una carcajada—. Ojalá hubieras podido verte la cara cuando te has dado cuenta de que este soldado de pelo corto era yo, ha sido graciosísimo.

—Crees que eres muy gracioso, ¿verdad?

—No, lo que creo es que soy el hombre más afortunado de Cedar Cove. No tengo que huir ni que esconderme, te he recuperado, y mi vida está encauzada. Por primera vez en mi vida, el futuro me parece prometedor.

Allison compartía su entusiasmo.

CAPÍTULO 44

En opinión de Rachel, la cena del martes con los padres de Nate no habría podido ir peor. Se había sentido incómoda y fuera de lugar durante toda la velada. Habían ido a un restaurante de Seattle terriblemente caro, donde para cada persona había más cubiertos de los que ella tenía en su casa; por si fuera poco, Nate ni siquiera parecía darse cuenta de lo incómoda que estaba. Su madre había aprovechado cualquier oportunidad para hacerla sentir inferior, aunque lo había hecho con gran sutileza. Aquella mujer había ido sacando temas que la excluían, y no había intentado en ningún momento explicarle a qué o a quién se refería.

En una ocasión, cuando ella había tenido la temeridad de hacer una pregunta sobre alguien a quien acababan de mencionar, Patrice Olsen había enarcado las cejas como si le extrañara que no supiera que estaban refiriéndose a la hija del embajador británico. A partir de ese momento, no se había atrevido a preguntar nada más. Habían empezado con muy mal pie el día en que Nate se había presentado sin avisar en su casa con sus padres, ya que la antipatía que Patrice sentía por ella parecía haberse acrecentado cuando la había visto en compañía de Bruce y Jolene. Era obvio que había pensado que estaba siéndole infiel a Nate.

La cena se le hizo eterna, y cuando se despidieron de los

Olsen, se sorprendió al ver que Nate parecía satisfecho por cómo había transcurrido la velada. Mientras la llevaba a casa en coche, se preguntó cómo era posible que él no se hubiera dado cuenta de que su madre estaba intentando minar su relación.

—Ya te dije que no tenías de qué preocuparte —le dijo él. Apartó la mirada de la carretera por un instante, la tomó de la mano, y le dio un pequeño apretón. Parecía feliz y satisfecho—. Sabía que mamá te adoraría en cuanto te conociera un poco, y tenía razón. Le pareces fabulosa.

—No lo dirás en serio, ¿verdad? Me he pasado toda la cena hecha un manojo de nervios —le dijo, con voz queda. No le recordó el primer encuentro que había tenido con sus padres, pero supuso que él se daría cuenta de que aquél era uno de los motivos de su incomodidad.

—¿En serio?

—Sí —tuvo que contener las ganas de echarse a llorar—. Estaba tan incómoda, que hasta me costaba respirar.

—Pues lo has disimulado muy bien. Eres una mujer con mucha clase, Rach. Les has causado muy buena impresión a mis padres, sabía que todo saldría bien.

Al parecer, no se había dado cuenta de que ella apenas había probado bocado durante la cena.

—Tus padres te quieren mucho.

—He tenido algunas diferencias de opinión con mi padre a lo largo de los años, ya sabes que él no quería que me alistara en la Armada. Tuvimos una fuerte discusión sobre ese tema, pero sé que en el fondo está orgulloso de mí y de la decisión que tomé. Tanto mi madre como él han aprendido a confiar en mi criterio —le lanzó una mirada elocuente mientras atravesaban el puente de Tacoma Narrows en dirección a Cedar Cove.

—Tus padres tienen muchas razones para sentirse orgullosos de ti, Nate.

Estaba deseando llegar a casa. Le dolía la cabeza, y tenía las mejillas agarrotadas después de pasarse horas con una sonrisa forzada en la cara. El padre de Nate no la preocupaba tanto, porque al contrario que su mujer, era una persona directa. Desde que las habían presentado, se había dado cuenta de que la señora Olsen la consideraba inferior... de hecho, lo había notado desde que habían hablado por teléfono en el parque. No era nada personal; simplemente, aquella mujer consideraba que no era lo bastante buena para su único hijo.

Para cuando llegaron a su casa, estaba indecisa; por un lado, no quería que Nate se fuera, pero por el otro, quería estar sola. No tenía forma de explicarle cómo la hacía sentir su madre; si lo intentaba, él pensaría que estaba siendo infantil y paranoica.

Nate aparcó frente a la casa, y se volvió a mirarla; a juzgar por su expresión, era obvio que tampoco quería que la velada terminara.

—¿Quieres entrar a charlar un rato? —sabía que de momento no tenía más remedio que dejar de darle vueltas a lo que había pasado en la cena. Más tarde, cuando hubiera tenido tiempo de asimilarlo, podría tomar las decisiones pertinentes.

—Sí, me apetece un poco de café —le dijo, antes de besarla.

Los besos de aquel hombre siempre habían sido su perdición. La primera vez que se habían besado, había sentido que el mundo giraba a su alrededor, y durante los meses que llevaban juntos la atracción física que había entre ellos había ido ganando fuerza.

Nate la ayudó a bajar del coche, y cuando llegaron a la casa, agarró las llaves de su mano y abrió la puerta. Era obvio que le habían enseñado desde pequeño a tener aquellos pequeños detalles de cortesía, y en ese sentido su comportamiento difería mucho del de Bruce... se preguntó por qué había pensado de repente en él.

—Gracias —dijo, cuando Nate le devolvió el llavero.

Encendió la luz de la sala de estar de camino a la cocina,

y a pesar de que no le apetecía tomar café, empezó a prepararlo para poder ocuparse con algo mientras intentaba aclararse las ideas.

—Tienes un mensaje en el contestador —le dijo él, mientras se sentaba en una silla.

Rachel le dio al botón sin pensar, y de inmediato oyó la voz de Jolene. La niña parecía un poco decepcionada por no haberla encontrado en casa.

—Hola, Rachel. Ojalá estuvieras ahí, iba a preguntarte si querías venir al cine conmigo. Papá dice que la peli que quiero ver es de chicas, y me ha dicho que te llamara por si querías acompañarme —soltó un suspiro exagerado, y añadió—: Ya sabes cómo son los hombres. Llámame pronto, ¿vale?

—Se toman muchas libertades, ¿no? —comentó Nate, ceñudo.

—No digas eso —se puso a la defensiva, y sintió el impulso de defender a Bruce y a Jolene.

—Tengo que darte una noticia, Rachel —comentó, después de que ella le sirviera una taza de café.

—Espero que sea buena —se sentó también, y empezó a remover el café con nerviosismo.

Él alargó el brazo por encima de la mesa, y le sujetó la mano antes de decir:

—Han transferido el George Washington a San Diego.

Ella tardó unos segundos en asimilar lo que acababa de oír.

—¿Te vas de Cedar Cove?

—Sí. Quería decírtelo antes, pero entre que mis padres estaban en la ciudad y que tú estabas muy ocupada...

—Desde que Teri volvió no tengo tanto trabajo —sabía de antemano lo que iba a contestarle él. Durante el último mes, no había podido salir en dos ocasiones con él porque ya tenía planes con Jolene.

—Siempre estás con esa niña.

—Tiene nombre, Nate. Se llama Jolene, y somos amigas.

—No sé si es bueno para ti pasar tanto tiempo con ella.

Rachel se obligó a controlar la indignación que la embargó, porque sabía que no era el momento adecuado de hablar sobre su relación con Jolene. Había otros asuntos más apremiantes, como el hecho de que Nate iba a marcharse de Cedar Cove.

—Tendrías que haberme dicho antes que iban a trasladarte, Nate.

—Sí, ya lo sé –le cubrió las manos con las suyas, y la miró a los ojos–. Siento decírtelo así, sobre todo teniendo en cuenta que me voy muy pronto.

—¿Cuándo?

—La semana que viene.

—¿*Qué?*

—Lo siento, Rachel.

—He... —no sabía cómo reaccionar; en ese momento, la cena y la incómoda velada le parecieron la menor de sus preocupaciones. Habían trasladado a Nate... en una semana, el hombre al que amaba iba a marcharse–. ¿Qué va a pasar con nuestra relación?

—Vamos a tener que tomar una decisión muy importante.

Ella se tensó, y el corazón empezó a atronarle en los oídos.

—Ya sabes lo que siento por ti, Rachel.

—Sí –sentía lo mismo por él.

Nate le había robado el corazón a pesar de que tenía varios años menos que ella y era hijo de un político rico y poderoso. Durante los seis meses que habían pasado separados mientras él estaba en alta mar, se habían enviado largas cartas y habían mantenido un contacto diario a través del correo electrónico, y la relación había ido estrechándose. Había estado a punto de cortar con él cuando se había enterado de quién era su familia, pero él la había convencido de que no lo hiciera; sin embargo, la Armada estaba a punto de arrebatárselo.

—¿También se van los demás?

Había entablado una buena amistad con varias mujeres relacionadas con la Armada, sobre todo con Cecilia Randall; de hecho, en ese momento entendió por qué apenas la había visto desde el nacimiento de Aaron. Su amiga no sólo estaba ocupada cuidando de su hijo recién nacido y aclimatándose a la casa que le había alquilado a Grace Harding, era obvio que estaba preparándolo todo para marcharse a San Diego.

—Sí, han trasladado a casi todos los que trabajamos en el George Washington.

—Ah —esperaba tener la oportunidad de despedirse de sus amigas, para intercambiar direcciones y promesas de mantenerse en contacto.

—Quiero proponerte algo, Rachel... quiero que te vengas conmigo.

Lo miró boquiabierta. ¿Acaso esperaba que renunciara a su propia vida para ir detrás de él?

—Puedes encontrar trabajo donde sea, ¿verdad?

—¿Quieres que me mude así, sin más?

—Ya sé que estoy pidiéndote mucho y que puede parecer injusto, pero tengo mis razones.

—No puedo, Nate. Mi vida está aquí, en Cedar Cove. Mis mejores amigas viven aquí... Teri, Jane, y...

—Y Jolene.

—Sí, y Jolene.

La niña se quedaría desconsolada si ella se marchaba. Hacía unos años que había perdido a su madre, y al perderla también a ella se sentiría abandonada por segunda vez. No podía hacerle algo así.

Nate le besó los nudillos con ternura, y le dijo:

—¿Por qué no nos tomamos tres meses para pensárnoslo?

—Vale, tres meses —ya le echaba de menos, sabía de forma instintiva que iba a ser distinto a cuando estaba en alta mar.

—Dentro de tres meses, lo sabremos.

—¿El qué?

—Si podemos vivir separados —lo dijo con naturalidad, como si todo estuviera muy claro.
—¿Y qué pasará si decidimos que no podemos?
—Espero que accedas a unir tu vida a la mía.
—¿Qué quieres decir?
Él esbozó una sonrisa cálida, y le dijo:
—Que espero que al final aceptes casarte conmigo.

CAPÍTULO 45

Teri comió un poco de ensalada, pero apenas tenía apetito. El amor solía afectarla así. Había perdido cuatro kilos y medio cuando Ray se había ido a vivir con ella... había recuperado esos kilos y dos más cuando le había echado, pero eso era lo de menos. En esa ocasión estaba viviendo con el hombre adecuado, y jamás había sido tan feliz; de hecho, jamás habría pensado que pudiera llegar a alcanzar aquella felicidad. Las mujeres como ella no solían enamorarse de hombres maravillosos que las adoraban, pero a ella le había pasado, y cada día le daba gracias a Dios por haber puesto a Bobby en su vida.

—¿Vas a comer ya? —le preguntó a Rachel, al verla entrar en el comedor del salón de belleza.

Su amiga había estado cabizbaja durante toda la mañana. El día anterior se había enterado de que Nate iba a marcharse de la ciudad, y la noticia había sido un golpe muy duro para ella.

—Sí, aunque la verdad es que no tengo demasiada hambre —comentó, mientras metía la comida en el microondas.

—Yo tampoco. ¿Por qué será?

—Por los hombres, ése suele ser el problema —apostilló Jane, al entrar en la habitación.

Teri se echó a reír, y admitió:

—Echo de menos a Bobby —repetía esa misma frase un montón de veces al día.

Su marido tenía que participar en torneos de todo el mundo para mantener su puesto en la clasificación, pero ella esperaba que en un par de años pudiera bajar un poco el ritmo.

—¿Dónde está ahora? —le preguntó Jane, mientras esperaba a que le tocara usar el microondas.

—En Nueva York —había hablado con él antes de ir a trabajar—. Quiere que pasemos el fin de semana juntos allí.

—¿Vas a ir?

Teri se encogió de hombros con fingida indiferencia, aunque se moría por estar con él. Estaba deseando ver su ático de Manhattan, quizás incluso podría convencerlo de que la llevara a ver algún espectáculo de Broadway... aunque era muy poco probable que lo consiguiera, porque Bobby se centraba completamente en el ajedrez cuando participaba en un torneo. Sólo había habido una excepción, la luna de miel. Durante los días que habían pasado en Las Vegas habían tenido otra cosa en mente, algo que no tenía nada que ver con los juegos de azar. Sólo con recordar las horas que habían pasado en la cama, le echaba incluso más de menos.

—Estás enamorada de ese jugador chiflado, ¿verdad? —le dijo Jane.

—¡No está chiflado! —era un poco excéntrico, pero no estaba dispuesta a admitirlo ante su compañera—. Es un genio, y me necesita... y sí, estoy enamorada de él.

—Y por si fuera poco, a él le gustan sus macarrones con queso —comentó Rachel, en tono de broma.

—Esperad y veréis —les dijo, justo cuando sonaba el temporizador del microondas—. Algún día os enamoraréis, y entonces lo entenderéis.

—Rachel también está enamorada —dijo Jane, mientras ponía su comida a calentar—. ¿A que sí?

—Sí, pero no esperaba que el amor fuera tan complicado.

—¿Por qué lo dices? —Jane se cruzó de brazos, y se apoyó en la pared.

Rachel pareció estar a punto de explicarse, pero cambió de idea y se limitó a decir:

—Porque sí.

—¿Vas a irte a San Diego con Nate? —le preguntó Teri.

No quería que su amiga se marchara, el Get Nailed no sería lo mismo sin ella; sin embargo, no pudo evitar preguntarse cuánto tiempo iba a aguantar ella misma con aquella vida dividida, con la casa de Bobby en la costa este y la suya en la oeste. Cada vez le resultaba más difícil tenerlo tan lejos. Se necesitaban el uno al otro, aunque le resultaba extraño. Estaba acostumbrada a que la necesitaran, pero como siempre había sido muy independiente, necesitar a alguien era una experiencia completamente nueva.

A pesar de todo, no quería marcharse de Cedar Cove, y no sabía cómo iba a lograr resolver todas aquellas contradicciones.

—No sé lo que voy a hacer —comentó Rachel.

—No te olvides de que, si te casas con Nate, lo harás también con la Armada de los Estados Unidos. Tendrás que ir a donde te digan cuando te lo digan, y sin rechistar —le dijo Jane.

—¡A la orden, capitán! —le dijo Rachel, en tono de broma. Se sentó en una silla, y empezó a comer el arroz con pollo que acababa de calentar—. Lo que me da miedo no es la Armada. Puedo aguantar la vida militar, pero no sé si podría soportar a la madre de Nate.

Denise, la recepcionista, entró en ese momento y le dijo a Teri:

—Preguntan por ti.

—Mi próxima cita es a la una.

—No es una clienta, sino aquel chófer alto y delgaducho.

—¿James? —aquello la sorprendió, porque James sólo habría ido a Cedar Cove para llevar a Bobby.

—Sí, y no viene solo... le acompaña un tipo enorme y

musculoso —a juzgar por su expresión, era obvio que a Denise no le había gustado demasiado aquel hombre.

—¿Le ha pasado algo a Bobby? —Teri dejó la ensalada a un lado y se puso de pie.

—No lo sé, no me lo han dicho.

Teri se apresuró a salir al salón, y vio a James con un desconocido musculoso y vestido con un traje negro.

—Acompáñame, Teri —le dijo James.

—¿Bobby está contigo?

—Está en el coche —le dijo el desconocido, con un fuerte acento que ella no alcanzó a identificar.

—¿Por qué no me lo habéis dicho antes? —salió del salón seguida de James y del otro tipo, pero al llegar al aparcamiento, no vio la limusina por ninguna parte.

—Allí —le dijo James.

El desconocido los precedió hacia una furgoneta blanca, pero al ver que junto al vehículo esperaba otro hombre, Teri se dio cuenta de que algo no encajaba.

—¿James...? —dijo, con suspicacia. Al ver que él apartaba la mirada, empezó a alarmarse—. ¿Qué es lo que pasa?

—Haga lo que él le diga —le dijo, en voz baja.

—A ver, un momento... ¿se puede saber qué está pasando? —no estaba dispuesta a marcharse con aquél... aquél matón, al menos sin una razón de peso.

Cuando el móvil de James empezó a sonar, él miró al otro hombre antes de contestar. Al ver que el matón asentía, abrió el teléfono y miró a Teri.

—Sí, está conmigo... no, no nos han hecho daño.

—¿Es Bobby? —se dio cuenta de que el desconocido se alejaba de ellos. Al ver que James asentía, le dijo—: Dame el teléfono —cuando se lo dio, dijo de inmediato—: ¿Bobby?

—¿Te han hecho daño?

—Estarás de broma, ¿no? ¿De qué va todo esto?, ¿te han amenazado? —tenía ganas de ir tras el matón para darle una buena patada. ¿Cómo se atrevía a asustar así a Bobby?—. No te preocupes, sé cuidar de mí misma.

—Pásame con James —le dijo él, al cabo de unos segundos.

Teri le devolvió el teléfono al chófer, que habló brevemente con Bobby antes de colgar.

—No va a pasar nada, señorita Teri —le dijo, con voz trémula, mientras intentaba sonreír.

—¿Los gorilas estos han amenazado a Bobby?

—No, la han amenazado a usted —le contestó, mientras se secaba el sudor de la frente.

—¿A mí?, ¡me gustaría que lo intentaran!

—No, no le gustaría, créame.

—¿Quiénes son esos tipos? —le preguntó, cada vez más indignada. Estaba decidida a informar al sheriff para que los arrestara por... bueno, aún no sabía por qué, pero iba a averiguarlo. Si se dedicaban a amenazar y a extorsionar, seguro que eran culpables de algo.

—No estoy seguro.

Al ver que parecía a punto de sufrir un ataque de nervios, lo llevó de vuelta al salón de belleza. Jane y Rachel la miraron con expresión interrogante, pero no les dijo nada y condujo a James al comedor, que ya estaba vacío.

—Lo de hoy ha sido para demostrarle a Bobby que podían acercarse a usted cuando les diera la gana —le dijo él.

Teri no se dejó amilanar. Quizás estaba siendo una necia, pero estaba convencida de que podía cuidar de sí misma. Bobby ya tenía bastantes cosas en la cabeza como para tener que preocuparse por ella.

Después de hacer que James se sentara, le sirvió un vaso de agua, que él se bebió en varios tragos enormes.

—A ver, ¿cuánto dinero quieren? —le dijo, mientras intentaba controlar la furia que sentía.

—No quieren dinero.

Ella lo miró desconcertada. Si no querían dinero, ¿a qué se debía toda aquella farsa?

—Lo que quieren es que Bobby se deje ganar en una partida —le dijo James.

Teri se echó a reír, y comentó:
—No tienen ni idea, ¿verdad?
—¿De qué?
—¿Acaso no saben que mi marido no soporta perder?

CAPÍTULO 46

Justine había quedado con Warren Saget en el D.D.'s. Aunque ya habían pasado varios días desde que el sheriff le había contado la verdad, aún le costaba creer que hubiera sido él el causante del incendio. Era un golpe muy duro pensar que era capaz de herirla así, pero en cierto modo, todo tenía sentido.

Warren ya estaba esperándola en una mesa cuando llegó, y al verla se puso de pie y apartó una silla para ayudarla a sentarse. Ella no había ideado aquel encuentro, pero había accedido a que se organizara, aunque ni el sheriff Davis ni Seth eran plenamente conscientes de lo que estaban pidiéndole.

—No sabes cuánto me alegré cuando recibí tu llamada esta mañana —le dijo él, en cuanto estuvieron sentados.

Ella agarró la servilleta de lino y se la colocó sobre el regazo mientras intentaba ocultar su nerviosismo.

—Gracias por acceder a comer conmigo, aunque te haya llamado en el último momento.

—¿Cómo podría negarte algo? —le dijo él con galantería, mientras la miraba con una expresión cálida—. Sabes que me gustaría ser tu caballero andante, ¿verdad?

—Sí, lo sé.

De repente, entendió lo que había llevado a aquel hombre a hacer lo que había hecho. Más tarde lo hablaría con

Seth, pero en ese momento tenía que seguir representando su papel.

—¿En qué puedo ayudarte, Justine?

Ella repasó mentalmente los consejos que le había dado el sheriff Davis para que fuera guiándose en aquella conversación, y le dijo:

—He hablado con un arquitecto sobre la construcción del salón victoriano de té.

—¡Fantástico! ¿Quieres que repase los planes y calcule un presupuesto de construcción?

—Te lo agradecería —fingió que miraba el menú, y añadió con aparente naturalidad—: Por cierto, Seth ha estado hablando con los del seguro esta mañana, y se ha enterado de que ha habido una novedad bastante interesante en la investigación.

—¿Ah, sí?

Tal y como esperaba, se mostró muy interesado.

—Sí, es bastante complicado.

—¿En qué sentido?

—No quiero hablar del incendio, Warren. Es un tema que aún me afecta mucho. No puedo creer que alguien fuera capaz de hacer algo así de forma deliberada.

—Sí, vivimos en un mundo frío y despiadado.

—No encuentro una razón lógica, me parece un acto... no sé, irracional. Nadie se ha beneficiado económicamente, así que no ha podido ser por dinero.

—Entonces, ¿crees que ha sido por algo personal?

—Es la deducción más lógica. Quienquiera que lo haya hecho, está claro que me odia... seguro que quería hacernos daño a mi familia y a mí.

—A ti no, Justine —se apresuró a decirle él, antes de bajar la mirada hacia su propio menú.

—¿Entonces a quién?, ¿a Seth?

—Fue él quien despidió al friegaplatos, ¿verdad?

Justine se inclinó hacia delante, y apoyó los codos en la mesa.

—Eso es lo más interesante de todo, Warren; al parecer, no fue el chico que pensábamos. Tenemos pruebas que demuestran que Anson Butler no tuvo nada que ver con el incendio.

—Me parece que leí en algún sitio que encontraron su cruz entre los escombros —le dijo, ceñudo.

—Nadie dijo que la cruz fuera suya —comentó, mientras le sostenía la mirada.

—Puede que me equivoque, pero me parece que lo oí en algún sitio.

—Es posible. Todos los indicios señalaban a Anson —la calma aparente que proyectaba de cara al exterior contrastaba con el martilleo de su corazón. Volvió a mirar el menú, y añadió—: El sheriff Davis llamó a Seth para decirle que recientemente han salido nuevas pistas a la luz.

—¿Qué pistas?

Ella siguió representando su papel a la perfección. Apartó la mirada, y suspiró antes de decir:

—Por desgracia, no puedo revelar los detalles, pero por lo que tengo entendido, son muy determinantes —iba llevándolo paso a paso hacia una confesión de culpabilidad.

Warren la miró con expresión alerta, y se inclinó hacia delante antes de decir en voz baja:

—Puedes contármelo, Justine. Soy de fiar.

—¿Ah, sí?

Como todo aquello era mucho más doloroso de lo que esperaba, se detuvo y tragó con dificultad. Al notar el escozor de las lágrimas en la garganta, recordó el ataque de pánico y lo solícito que se había mostrado Warren. Su preocupación por ella le había parecido sincera, pero en realidad había sido él el responsable de toda la tristeza y el estrés que la habían abrumado durante aquellos meses.

Se obligó a mantener la calma, y dejó a un lado el menú.

—Voy a pedir pastel de cangrejo.

Warren asintió, pero estaba empeñado en insistir en el tema del que habían estado hablando.

—Cuéntamelo, Justine. Siempre has confiado en mí. ¿Qué es lo que ha descubierto el sheriff?

—¿De verdad crees que debería contártelo a ti? —le dijo, mientras lo miraba directamente a los ojos.

—Eh... por supuesto —su pregunta parecía haberle desconcertado.

—¿En serio? —quería hacerle un montón de preguntas más, pero cada vez estaba más convencida de que jamás tendría ocasión de hacerlo. Aquella conversación podía ser su única oportunidad.

A esas alturas, él ya había empezado a ponerse nervioso.

—Warren, las nuevas pruebas te señalan a ti.

—Estás bromeando, ¿verdad? —le dijo él, con una carcajada seca.

—Ojalá. Te he llamado para quedar a comer porque quería que me dijeras por qué lo hiciste —al ver que él la miraba alarmado y echaba la silla hacia atrás como si estuviera a punto de huir, le dijo en voz baja—: Si sólo pudiera hacerte una pregunta, sería ésta —tuvo que detenerse durante unos segundos para no perder la compostura, y al final logró decir—: ¿Por qué, Warren? ¿Por qué destruiste el restaurante?

Estaba muy pálido. Bajó la mirada, y pareció buscar las palabras adecuadas.

—Verte con Seth era... duro, me dolía saber que le habías elegido por encima de mí. Eras la única mujer que había sido capaz de entenderme, la única que no me había echado en cara mis limitaciones sexuales —la amargura que se reflejaba en su voz daba miedo—. Sabía que tenía que encontrar la forma de recuperarte.

—Oh, Warren...

—Hace unos seis o siete meses, cuando fui a comer al restaurante, conseguí convencerte de que te tomaras una copa de vino conmigo.

Justine intentó recordarlo. Había sido el día en que David Rhodes había intentado estafar a su abuela en el Lighthouse. Ella había intervenido, y se había quedado muy alterada por lo que había pasado.

—Parecías tan agotada...

—Lo estaba —le dijo, sin entrar en explicaciones.

—Seth apareció, y al verte conmigo se puso...

Justine recordaba lo que había sucedido. La situación había sido un poco tensa, y Seth y ella habían discutido.

—Me miró con petulancia, como diciéndome que tú eras suya y sólo suya por mucho que yo te amara y te necesitara, que no lograría recuperarte por mucho que me esforzara. En ese momento, supe lo que tenía que hacer.

—¿Quemar el restaurante?

—Quería herirle a él, no a ti. Sería incapaz de hacerte daño —la miró implorante, como un niñito arrepentido.

—Pero me lo hiciste, Warren. Nos hiciste daño tanto a él como a mí.

—Sí, me he dado cuenta, pero se me ocurrió la forma de resarcirte —le dijo él, con la cabeza gacha—. Decidí construirte otro restaurante, más grande y mejor que el otro. Iba a darte el restaurante de tus sueños, para que te dieras cuenta de lo mucho que te amo.

—Uno no demuestra su amor haciéndole daño a la gente.

—Lo siento —mantuvo la mirada fija en la mesa, y asintió con tristeza.

—Ya lo sé.

En ese momento, Seth y el sheriff atravesaron el comedor hasta llegar a la mesa. Warren alzó la mirada y suspiró.

—Habéis hablado con el friegaplatos, ¿verdad? —les dijo, sin mostrar preocupación alguna—. Él estaba allí aquella noche, intentó apagar el fuego.

—Sí, ya lo sabemos —Davis se sacó las esposas, y le dijo—: Warren Saget, tiene derecho a guardar silencio...

—Sí, sí, ya lo sé —le espetó con irritación. Se puso de pie mientras extendía las manos, y miró ceñudo a Seth—. Nunca la amarás tanto como yo.

Justine también se levantó, y su marido le pasó el brazo por la cintura.

—Nadie podría amar a mi mujer más que yo, Warren. Siento que las cosas hayan acabado así.

—Lo negaré todo, tengo un buen abogado —le dijo, con expresión burlona.

—Da igual, tenemos tu confesión grabada —Justine se alzó un poco la camisa, y dejó al descubierto el cable que tenía sujeto al estómago—. Has admitido tu culpabilidad en un sitio público, Warren, así que la grabación se puede usar en un juicio. No hay ningún cabo suelto.

Después de esposarlo, el sheriff Davis sacó a Warren del restaurante ante la mirada asombrada del resto de comensales.

—Ya está, se ha acabado —dijo Seth con alivio, mientras salía con ella del restaurante.

—Al final, estuve a punto de no poder hacerlo. A pesar de que sabía que había sido él, me costó engañarle.

Seth se volvió hacia ella, y le dijo:

—Has conseguido la confesión que necesitábamos. Da igual cómo lo hayas hecho, lo que importa es el resultado final.

No amaba a Warren, pero sentía lástima por él. Quizá la había sentido siempre.

—No puedo evitar sentir lástima por él —admitió, mientras Seth le abría la puerta del coche.

Los dos permanecieron callados durante el trayecto de vuelta a casa, y al llegar comentó:

—La verdad es que es muy triste.

—No me digas que realmente te da pena esa sabandija —le dijo él.

—En cierto sentido, sí.

—La verdad es que a mí también me la da —admitió él, al cabo de unos segundos. Esbozó una sonrisa, y comentó mientras entraban en la casa—: Tenemos toda la tarde para nosotros solos, ¿verdad?

Nadie esperaba que el arresto de Warren fuera tan rápido.

–Sí.

–Tenemos dos horas antes de ir a por Leif.

Justine se abrazó a su cuello, y le preguntó con voz seductora:

–¿Qué sugieres que hagamos durante todo ese tiempo?

–Dame un momento, y seguro que se me ocurre algo –de repente, la alzó en sus brazos y la llevó al dormitorio.

–¿En qué estás pensando, Seth Gunderson? –le dijo, con un exagerado acento sureño, mientras parpadeaba con coquetería.

–Estoy pensando en que éste sería el momento perfecto para ponernos a ampliar la familia –le contestó, antes de besarla.

Justine estaba completamente de acuerdo con aquella idea.

Bobby Polgar leyó de nuevo la nota que tenía en la mano. No era un hombre familiarizado con el miedo, pero en ese momento estaba aterrado. La vida de Teri corría peligro, James y ella se habían visto las caras con unos hombres implacables. El mensaje estaba claro: aquellos hombres podían secuestrar a Teri en cualquier momento, y él no podía hacer nada para protegerla. En la nota ponía que tenía que regresar al setenta y cuatro de Seaside Avenue, y que esperara a recibir más instrucciones.

Títulos publicados en Top Novel

La otra verdad – HEATHER GRAHAM
Mujeres de Hollywood... una nueva generación – JACKIE COLLINS
La hija del pirata – BRENDA JOYCE
En busca del pasado – CARLY PHILLIPS
Trilby – DIANA PALMER
Mar de tesoros – NORA ROBERTS
Más fuerte que la venganza – CANDACE CAMP
Tan lejos... tan cerca – KAT MARTIN
La novia perfecta – BRENDA JOYCE
Comenzar de nuevo – DEBBIE MACOMBER
Intriga de amor – ROSEMARY ROGERS
Corazones irlandeses – NORA ROBERTS
La novia pirata – SHANNON DRAKE
Secretos entre los dos – DIANA PALMER
Amor peligroso – BRENDA JOYCE
Nuevos amores – DEBBIE MACOMBER
Dulce tentación – CANDACE CAMP
Corazón en peligro – SUZANNE BROCKMANN
Un puerto seguro – DEBBIE MACOMBER
Nora – DIANA PALMER
Demasiados secretos – NORA ROBERTS
Cartas del pasado – ROSEMARY ROGERS
Última apuesta – LINDA LAELL MILLER
Por orden del rey – SUSAN WIGGS
Entre tú y yo – NORA ROBERTS
El abrazo de la doncella – SUSAN WIGGS

www.ingramcontent.com/pod-product-compliance
Lightning Source LLC
LaVergne TN
LVHW030334070526
838199LV00067B/6276